COLLECTION FOLIO

G000166455

Alix de Saint-André

En avant, route !

Gallimard

Alix de Saint-André a été journaliste, grand reporter de presse écrite (*Le Figaro-Magazine, Elle*) et chroniqueuse de télévision (Canal+) avant de se consacrer à la littérature.

Après un roman policier, un essai théologique, un roman d'aventures historiques, l'hagiographie de sa nounou et le récit de sa folle histoire d'amour avec Malraux et la littérature, *En avant, route!* est le récit picaresque de ses trois équipées pédestres à Saint-Jacques-de-Compostelle.

À ma chère cousine, Christiane Rancé Mousset,
qui m'a guidée sur le chemin de l'écriture,
et montré la route de Compostelle,
avec toute mon amitié.

A Raquel Fernández Pérez,
peregrina máxima y gran gurú internacional,
en compensación a los daños de 1808,
con un abrazo gigantesco.

COMPOSTELLE I

La puerta se abre a todos,
enfermos y sanos,
no sólo a católicos,
sino aun a paganos, a judíos, herejes,
ociosos y vanos;
y más brevemente, a buenos y profanos.

Poema del siglo XIII

La porte est ouverte à tous,
aux malades et aux bien-portants,
pas seulement aux catholiques,
mais aussi aux païens, aux juifs, aux hérétiques,
aux oisifs et aux vains;
en bref, aux gens de bien comme aux profanes.

Poème anonyme du XIIIe siècle

Bécassine chez les pèlerins

Le 14 juillet 2003, ma cousine Cricri et moi-même étions dans le très typique village de Saint-Jean-Pied-de-Port, au Pays basque, attablées devant une nappe à carreaux rouges et blancs typique, en train d'avaler du fromage et du jambon typiques avec un coup de rouge typique aussi, en fin d'après-midi, sous la menace d'un orage de montagne, bien noir mais presque tiède.

J'étais au pied du mur.

D'un grand mur appelé : Pyrénées.

Cricri connaissait très bien le chemin de Compostelle ; elle avait fait beaucoup de reportages dessus.

Moi, je ne connaissais même pas l'itinéraire. Je fumais trois paquets de cigarettes par jour depuis vingt-cinq ans, et, selon l'expression de Florence, j'entrais dans les restaurants avec ma voiture.

Je n'avais rien préparé. Aucun entraînement. Ni sportif ni géographique. Aucune inquiétude non plus : le chemin était fléché et il y avait plein de monde. Je n'aurais qu'à suivre les autres. À mon rythme. Ce n'était pas bien compliqué. Fatigant, peut-être ; dur, mais pas difficile.

Cricri m'offrit un couteau ; je lui rendis une pièce de monnaie (pour ne pas couper l'amitié), et elle partit.

J'achetai un bâton ferré — appelé un bourdon. Il fallait qu'il soit léger, m'avait-elle dit. Celui-ci était léger, clair, droit, avec une courroie de cuir. En haut, un edelweiss pyrogravé couronné de l'inscription «Pays basque» faisait plus touriste que pèlerin, pas très professionnel.

Mais le vendeur m'assura que ça irait.

PREMIER JOUR

Tout de suite, ça grimpe. Il est plus tôt que tôt, l'air est chaud et humide comme à Bombay pendant la mousson, et ça monte. Sur une route asphaltée, pour voitures automobiles, dure sous les pieds! Grise et moche. On peut juste espérer que la campagne est belle. Dès qu'on sera dégagés du gros nuage qui nous enveloppe, on verra. Pour le moment, bain de vapeur.

J'ai suivi les autres, comme prévu. Je me suis levée en pleine nuit, pour faire mon sac à tâtons au dortoir. On sonne le réveil à six heures dans les refuges, mais tout le monde se lève avant l'aube. Pourquoi? Mystère. D'ores et déjà je sais une chose: dans le noir, j'ai perdu mes sandales en caoutchouc, genre surf des mers, pour mettre le soir.

Je sais aussi une autre chose: je ne ferai pas demi-tour pour les récupérer!

☆

Je marche derrière un jeune couple de fiancés catholiques. Des vrais. Au-delà de l'imaginable.

15

Courts sur pattes musclées sous les shorts en coton. Très scouts des années cinquante. Ils sont venus à pied de Bordeaux. Il doit y avoir une réserve là-bas. Gentils, polis, souriants : je hais les catholiques, surtout le matin. Ils me vouvoient et ne savent pas encore quand ils vont se marier. Pour le moment, la situation leur convient : un long voyage de non-noces dans des lits superposés !

Devant marche un curé rouquin. Je l'ai vu au petit déjeuner. En clergyman avec un col romain, le tout synthétique et bien luisant, armé d'un bourdon d'antiquaire, énorme, sculpté, digne des Compagnons du Tour de France sous le second Empire. Une semaine par an, il quitte sa paroisse de banlieue pour le chemin de Saint-Jacques. Respirer, dit-il. Suer, c'est sûr.

Il a les joues rose bonbon.

Le nuage s'évapore, et des vaches apparaissent. Bien rectangulaires, avec de beaux yeux sombres et mélancoliques sous leurs longs cils. Un peintre m'a expliqué un jour pourquoi les juments avaient l'œil si joyeux, alors que celui des vaches était si triste : pas des choses à raconter à des fiancés catholiques.

☆

Très vite, ça fait mal. Dans les jambes, les épaules et le dos. Ça grimpe et ça fait mal. Je n'y arriverai pas seule. N'ayant aucune forme physique, je dois m'en remettre aux seules forces de l'Esprit. Comme au Moyen Âge. Je pique mon bâton dans le sol à coups d'Ave Maria, comme des mantras. Une pour papa, une pour maman, une cuiller de prières, une dizaine par personne, et en avant ! Ça passe ou ça casse. À la grâce de Dieu ! Comme on dit. Mais pour de vrai. En trois dimensions.

Mine de rien, ça rythme, ça concentre. Ça aide. Ça marche. J'ai l'impression de traîner toute une tribu derrière moi, des vivants et des morts, leurs visages épinglés sur une longue cape flottant aux bretelles de mon sac à dos. Un monde fou.

☆

On me double gaiement. Cinq jeunes Espagnols, débraillés et bavards. Quatre filles de l'Est, croates, qui foncent, austères. Deux Suissesses allemandes, charmantes, armées de bâtons hauts et branchus comme des arbres. De vrais randonneurs aussi, quasi équipés pour l'Everest.

Et un handicapé. Grand et maigre, il marche par à-coups. Fonce devant lui en biais, ralentit, et s'arrête. Une femme le suit de loin en trottinant avec un sac de ravitaillement ; elle le rattrape et semble le relancer comme un yoyo ; il repart à toute allure, toujours de travers. Drôle de couple.

Quand j'arrive à sa hauteur, il est presque arrêté, et m'emboîte le pas, machinalement. Je lui dis bonjour ; il bredouille des mots tout mâchouillés. La femme nous rejoint. Elle me reproche de lui parler. Je ne devrais pas. Il l'appelle «maman», pourtant ce n'est pas sa mère, c'est une éducatrice.

Il est jeune, mais plus du tout un enfant. Elle dit qu'il aime marcher; il dit qu'il veut manger. Qu'espèrent-ils? Compostelle n'est pas Lourdes. Je ne sais pas lequel est le plus étrange, d'elle ou de lui.

☆

Après les vaches, des chevaux. Très familiers, en liberté sur la route, ils me reniflent de leurs naseaux soyeux. Des gens qui se promènent parce que c'est les grandes vacances, les vraies, après le 14 juillet. Des cyclotouristes, des familles pique-niqueuses. Un autre monde. Sur la même route, nous sommes ailleurs, dans une aventure qui n'est pas la leur, et qu'ils regardent passer sans envie. Moi aussi, j'ai joué au cerf-volant avec le petit Jean-Baptiste sur le plateau du Benou, tout près d'ici, par un de ces beaux dimanches dont on ne voudrait jamais qu'ils virent au lundi. Je pourrais être de leur côté. Je l'ai déjà été.

☆

En haut, je dépasse les autres, arrêtés pour casser la croûte. Ils m'encouragent; ça m'agace.
À la fontaine de Roland, je m'arrête. Tous

m'ont rattrapée : les fiancés, mon zozo et sa fausse mère, les deux Suissesses plus des Anglais qui mangent du pâté de foie. Et je lis, gravé dans la pierre, ceci : « Santiago de Compostela 765 km ». N'importe quoi ! J'hallucine ! Ils ne savaient pas compter autrefois ? Ça fait dans les quatre cents au grand maximum... Je demande aux autres. Ils rigolent ; ils croient que je plaisante... Mais non, à peu de chose près, c'est la bonne distance. Une douche de désespoir me tombe sur la tête. Impossible, je ne m'en sortirai pas, c'est interminable, on n'en voit pas le bout, même en voiture, ce serait trop long. Beaucoup trop long. Je ne savais pas. Je pouvais bien faire ma maligne ! Les petits fiancés sourient, me disent un truc dans le genre : les plus grands destins ont commencé par un tout petit pas. Suffit de mettre un pied devant l'autre et de recommencer. Ouais...

La fausse mère du zozo essaie de le convaincre de se lever depuis un moment, rien à faire. Je lui dis : « Tu viens ? » Il me suit. Autant s'installer tout de suite dans le miracle permanent, sans ça on n'en sortira pas. La femme me lance un regard noir ; c'est normal : on est toujours mal vus, nous autres prophètes...

☆

Voici l'Espagne, à la bonne heure ! Promesse d'amples horizons, de vin, de soleil. Et cette langue superbe, exigeante, que j'aime entendre et parler, qui décape les oreilles et racle le gosier. La frontière espagnole est la première que j'ai franchie de ma vie, et elle me produit toujours le même effet grisant. Tout va mieux de l'autre côté; déjà on a quitté la route pour un chemin de terre et une forêt profonde, où résonnent la trahison de Ganelon et le cor de Roland, nous nous rapprochons de Roncevaux, «Roncesvalles»: *¡Rrronncesseballiesse!* Génial! *¡Hhrrrh-énial!*

Je crève de faim, en plus d'avoir mal partout. Et j'entends des voix, à m'en retourner plusieurs fois dans les sous-bois. Personne. Derrière moi, seules les branches des arbustes sous le vent. Des voix de femmes, pourtant, j'en jurerais... Il me faut un bon moment pour comprendre: des nymphes! On dirait vraiment des murmures dans les feuillages... Je suis en train d'écouter le plus vieux poème du monde, enfant de la nature et d'un humain en marche, le ventre creux.

☆

Autre découverte: la montagne n'est pas une pyramide qu'on grimpe d'un côté pour redescendre de l'autre, avec un versant nord et un versant sud; c'est un paysage qui n'arrête pas de monter et de descendre. Toutes les montagnes sont russes. Y compris les Pyrénées espagnoles.

☆

Les derniers kilomètres sont interminables. Les pires. Parce qu'on en voit le bout mais qu'on n'en voit pas la fin. On s'approche, elle s'éloigne. Usant.

☆

À l'arrivée, c'est beau Roncevaux, vieilles pierres médiévales, cloître, collégiale, du roman et du gothique, en veux-tu en voilà, mausolée, refuge d'époque dans un couvent suintant d'histoire, de quoi remplir quinze pages du *Guide bleu*, tout ça agglutiné le long de la grand-route et bien fermé, sauf un *restaurante*. Alléluia ! Pas question de virer Gandhi sous prétexte de pèlerinage ! Ni saucissonnage de chorizo sur papier gras à la youkaïdi, aïdi, aïda. Un peu de tenue et de civilisation. Le menu du pèlerin est à sept euros, entrée, plat, dessert, pain et vin, tout compris. La nappe est blanche. Il est deux heures. Ah, l'horrible joie de faire bande à part ! D'être assise, le dos libre de sac. Je dois dégager une odeur médiévale, en harmonie avec le décor. Je ne visite pas, j'habite. Le tourisme ne passera pas par moi. Je ne veux pas connaître l'histoire, je veux la vivre, la boire et la manger. Amen !

☆

Au monastère, il faut faire la queue pour avoir un lit et un coup de tampon sur sa *credencial*, la crédentiale, le passeport du pèlerin. Ça bouchonne! Mais le dortoir vaut le coup d'œil: les hospices de Beaune au début du xxie siècle; une cinquantaine de lits superposés de bois sombre, sur fond de pierres nues. Un côté militaire. Rangé, collectif et austère. Il faut laisser ses chaussures à l'entrée. Au moins soixante paires de godillots sont déjà là!

Après la douche me voilà donc pieds nus (sans mes sandales façon surf restées vingt-huit kilomètres plus tôt) pour aller étendre mon linge lavé au savon de Marseille. Ça pique, les graviers! Mes pieds sont gonflés comme des gros fruits terminés par cinq petites cerises ; j'ai l'impression que leur peau va éclater.

L'orage menace. Un vent qui tourne, chaud, lourd. Ciel gris.

« *Do you speak English ?*

— *Yesseu ?* »

C'est une jeune fille brune et pâle qui m'a posé la question. Apparemment, il n'y a pas grand monde qui parle anglais, et encore moins portugais — elle est brésilienne: Tatiana. Elle a vingt et un ans, elle est paumée, et il commence à pleuvoir. Au bistrot! Les Brésiliens aiment les choses douces, je lui offre un anis *del mono*, « du singe », vieil apéritif local, bien sucré, bien épais. Avec des glaçons. Ça fait du bien. À moi, en tout cas. Fille unique, elle a quitté le Brésil pour le chemin de Saint-Jacques (découvert dans un livre de son compatriote Paulo Coelho) sur un coup de tête, pour emmerder son petit copain et ses parents. Maintenant qu'elle est là, après dix heures d'avion et trois d'autocar, c'est elle qui est bien emmerdée. La seule façon de s'en sortir la tête haute, c'est de continuer à pied jusqu'à Saint-Jacques, lui dis-je, du haut de je ne sais quelle sagesse imbibée d'anis. Aucun mal du pays ne résiste à un bon dîner, on va trouver des pèlerins qui parlent anglais ou portugais. En avant, route! comme dirait ma cousine Cricri, citant son cher Rimbaud. Qu'elle téléphone à ses parents, ça s'inquiète toujours, les parents. L'argent n'a pas l'air d'être son problème. Je me marre en pensant à certains de mes amis qui m'appellent « la petite sœur des riches ». J'ai encore trouvé une ouaille qui appelle le Brésil pendant un siècle d'une cabine avec une carte de crédit illimitée en nickel massif... Et elle a pris une vraie chambre à l'hôtel, elle! Je nous achète à chacune une coquille, avec la croix-épée de saint Jacques peinte en rouge au milieu. Elle en a déjà une, évidemment. Les riches ont déjà toujours tout. C'est ce qui rend leur fré-quentation si frustrante — et partant très sancti-fiante, quoi qu'on prétende.

☆

Des cloches. Huit heures, messe des pèlerins. Avec mes pieds nus et prêts à exploser, je reste au fond de l'église. À un moment, ceux qui vont à Saint-Jacques sont appelés dans le chœur gothique. Je m'approche. Alignés, nous sommes peu nombreux par rapport au nombre des fidèles dans l'église et des paires de godillots posées à l'entrée du refuge, vingt, vingt-cinq, pas plus. J'en ai déjà croisé certains, mais pas beaucoup. Je suis au milieu d'inconnus. Une poignée de curés nous bénit, selon l'antique formule qui doit nous protéger contre les dangers de la route et nous ramener sains et saufs chez nous après avoir visité le tombeau de l'apôtre ; elle se termine par l'envoi fameux : «Priez pour nous à Compostelle !»

Nous y sommes. Nous voilà confirmés pèlerins de Saint-Jacques. Tous. Un mélange d'âges, de nationalités et même de convictions, apparemment : certains se signent, d'autres pas, les mains bien croisées dans le dos, ou alors de travers, comme face à un miroir. Désormais, impossible de faire demi-tour, de déserter cette longue route béante devant nous. Encore plus de sept cent cinquante kilomètres, au moins... Affolant. Surtout quand on a l'impression, comme moi, d'être déjà cassée en mille morceaux maintenus par une petite peau fine et prête à craquer. C'est fou.

À la fin, on se tourne vers la statue de la Vierge de Roncevaux pour entonner le *Salve Regina*, ce vieil «Allô, maman, bobo !» de l'immense fatigue chrétienne, dont je comprends qu'il ait été composé au Puy, sur le chemin de Saint-Jacques :

« *Mater misericordiae*, Mère de miséricorde, *Ad te clamamus, exsules filii Evae*, Vers toi nous crions, nous, les enfants d'Ève en exil, *Ad te suspiramus, gementes et flentes*, vers toi nous soupirons, nous gémissons et nous pleurons... *In hac lacrimarum valle*: dans cette vallée de larmes...»

Je ne l'ai jamais chanté aussi fort, ni dans un tel mélange de franche panique et de confiance désespérée: « *Advocata nostra,* toi notre avocate, *illos tuos misericordes oculos,* tourne vers nous tes yeux... *O O O Clemens*: Ô clémente, ô pieuse, ô douce Vierge Marie. » La dernière phrase avec tous ces Ô Ô Ô qui montent et qui descendent ressemble à l'étape d'aujourd'hui. Mes pauvres pieds sont dans les pas de mes frères du Moyen Âge, et une seule chose est certaine: à ce stade, personne d'autre ne peut me mener à bon port sinon la Sainte Vierge.

Voilà qui est rassurant.

Et même assez désopilant.

DEUXIÈME JOUR

À l'aube, il ne pleut plus. Mais c'est récent, il a dû pleuvoir toute la nuit, et le linge que j'avais soigneusement étendu en plein vent est trempé d'une eau bien glacée de montagne. Je suspends mes chaussettes à mon sac à dos, de chaque côté de la coquille Saint-Jacques, pour qu'elles sèchent en se balançant. Au vrai chic parisien.

Allegro andando. C'est très allègrant de marcher tôt le matin, et seule. En suivant les flèches jaunes. Et en ouvrant les petites barrières en bois qui séparent les champs, comme si cette campagne espagnole était le vaste salon d'un immense palais en plein air. Ma technique d'*Ave Maria* pour rythmer la marche s'est mise en place sans difficulté, et j'ai l'impression de dérouler de longs phylactères de prières derrière moi, qui flottent en drapeaux blancs aux branches des arbres, comme si j'étais un personnage de fresques. Ou de bandes dessinées.

Les collègues me doublent en me disant bonjour. D'où viens-tu? Où vas-tu? Beaucoup ne font que quelques étapes, et ne vont pas jusqu'à

Compostelle; ils continueront l'année prochaine, au gré de leurs vacances, une semaine par-ci, une semaine par-là. Ça se termine invariablement par *¡Buen camino!*, Bonne route! Et l'on s'aperçoit qu'on a oublié de leur demander comment ils s'appelaient...

La douleur met un peu moins d'une heure à revenir. Elle s'installe chez elle: jambes, hanches, épaules. J'essaie de la calmer avec de l'aspirine et des vitamines. Elle se tait dès que je m'assieds et que je pose mon sac. C'est radical. Est-ce que ça va être tout le temps comme ça?

Les autres vont très vite, on dirait qu'ils courent. C'est curieux, ce rythme; ce n'est pas le pas lent de la promenade et de la flânerie, ni vraiment le pas gymnastique du sport ou de l'armée, c'est un petit pas élastique de gens qui vont quelque part; ils ont un rendez-vous, et n'ont pas de temps à perdre. D'ailleurs ils connaissent tous le nom de l'étape suivante, que je n'arrive pas à retenir.

Je ne lis pas le guide, je suis. On verra bien où ça s'arrête. De toute façon ce n'est pas pour tout de suite... Ne pas réfléchir aide à avancer. Il faut lâcher prise. Se laisser faire, se laisser porter par les autres et par la route. Seule une faiblesse absolue et un abandon total à la Sainte Vierge pourront me mener à bon port. C'est idiot, mais c'est comme ça.

Nos prières engagent l'honneur de Dieu, a écrit l'une des saintes Thérèse, la grande ou la petite, l'Espagnole ou la Française, je ne sais plus, et je ne sais plus où. Mais c'est écrit.

☆

C'est ce jour-là, sûrement, que j'ai vu Raquel pour la première fois. Si j'essaie de me souvenir mieux, je dirais qu'elle était embourbée, chose pourtant impossible par un temps aussi chaud et aussi peu boueux. En fait, elle était dans une ornière. Le chemin descendait brutalement, et remontait tout aussi brutalement le long d'une route qu'il fallait franchir, ou peut-être longer. Toujours est-il qu'au fond du creux, il y avait Raquel.

Une de ses caractéristiques, que j'appris à connaître plus tard, et qui tient à sa rondeur fondamentale, était de descendre très vite les pentes, mais de les remonter très difficilement. Or, quand on marche longtemps, tous les randonneurs le savent, on constate l'inverse : il est bien plus facile de monter que de descendre. C'était l'un de ses moindres paradoxes.

Elle parlait sans doute ; je ne l'ai jamais vue silencieuse.

Arrivant derrière elle, je devais l'aider si je voulais passer. Je la doublai, et lui proposai de s'accrocher à mon bâton pour escalader l'ornière. Elle accepta volontiers et nous franchîmes l'obstacle, finissant à quatre pattes et tout à fait hilares.

Je ne suis ni très grande ni très mince, mais Raquel ne se vexera pas, j'espère, si j'écris qu'elle m'arrive à peine à l'épaule. Il s'agit d'une petite personne brune, dont la rondeur naturelle était, à l'époque, extraordinairement ballonnée, d'un côté par la présence de son sac à dos, et de l'autre par une sorte de garde-manger ventral, grande poche pleine de nourriture et de crème solaire, encadrée, sur chaque flanc, par une petite bouteille d'eau en plastique.

Après l'ornière, nous nous présentâmes, et elle me dit que son prénom, Rachel, en hébreu, signifiait brebis. Elle était très calée en Bible, surtout en Ancien Testament, car née de parents témoins de Jéhovah à Cuba, ce qui était une drôle d'idée, pas très salubre. Dès l'âge de cinq ans, elle montait sur les tables pour proclamer la parole de Dieu, et refusait, à l'école, de saluer le drapeau ou Fidel Castro. Depuis, elle n'a, dit-elle, aucun mal à comprendre les terroristes. Bref, Raquel avait neuf ans quand ils réussirent à fuir Cuba pour s'installer à Madrid. Son père, divorcé, était toujours témoin de Jéhovah, mais plus sa mère ni elle, qui s'étaient rendu compte de quelques détournements dans les fonds qu'elles étaient chargées de collecter peu compatibles avec l'enseignement biblique. Et aussi de quelques fins du monde, dont la date avait dû être repoussée... Elle s'était fait baptiser catholique, mais n'avait plus la foi. Elle avait connu la pauvreté et la faim jusqu'au vol. Psychologue pour enfants, elle rééduquait de petits dyslexiques, sans paraître éprouver toutefois une particulière affection à leur égard, ni à l'égard des enfants en général.

Elle me raconta tout ça d'une traite et sans cesser de marcher. Parler la faisait aller plus vite, au contraire. Verbomotrice, elle trottinait en short, armée d'un bâton de randonnée métallique ajustable en hauteur, boule aux cheveux bouclés, roulant en vrombissant derrière l'axe pointu de son bourdon.

De son côté, Raquel ne me considérait sans doute pas non plus comme la personne la plus sportive du siècle, car depuis notre rencontre, nous partagions la même joyeuse certitude : si cette femme-là arrive à Santiago, il n'y a pas de raison que je n'y arrive pas non plus ! Comme la mienne, sa mère était persuadée qu'elle arrêterait avant une semaine. Nous savions juste que nous étions folles. Bien trop pour ne pas continuer. Et nous nous répétions : Nous sommes folles, nous sommes folles, avec la plus grande satisfaction.

Chaque fois que nous croisions un troupeau de moutons, je ne manquais jamais de saluer la famille étymologique de Raquel. Qu'elle soit là ou non : nous ne marchions pas tout le temps de conserve, car elle avait cette foudroyante accélération dans les descentes, cette stagnation insensée dans les montées, l'habitude de se lever tard et le goût des arrêts fréquents — ces deux dernières choses délicieuses, mais dont aucune n'était alors dans les moyens de mon enveloppe terrestre.

Larrasoaña, tel était le nom de l'étape. Rien à graver dans les mémoires. Le maire avait transformé sa mairie en refuge. Des matelas alignés sur le sol, pour un euro et demi. Quand j'arrive, il reste une place au premier. Au milieu d'un groupe de sept mecs. Quatre à gauche, trois à droite. Leurs chaussures sont béantes à la porte. Le bâton posé entre nos corps servira de barrière à la vertu comme l'épée dans les récits de chevalerie, soit, mais aucune barrière n'est prévue contre la puanteur de leurs godillots...

Je m'offre une chambre au-dessus du bistrot : un vrai lit, sans personne pour dormir au-dessus de ma tête, et l'usage de la salle de bains familiale avec une baignoire où je laisse nager mon linge dans le bain moussant ; j'avais presque déjà oublié ces délices bourgeoises.

Le soir, dîner avec les nouveaux camarades : les deux Peter, le Hollandais et l'Australien, hommes marchant d'un bon pas, et qui ont escorté ce matin ma Brésilienne, les deux Suissesses allemandes et Raquel. Question du jour, posée par Peter le Hollandais, qui a un regard doux de cocker, moustache et cheveux gris : que faisons-nous tous là ? Peter l'Australien, géant qui me fait penser à un colonel anglais, car il avance en balançant son bâton comme un stick, à l'horizontale, sans jamais le planter dans le sol, a déjà fait la fin du chemin, entre León et Saint-Jacques ; ça lui a plu, il est revenu faire le début...

Beaucoup de gens ainsi tombent sous le charme, et ne peuvent s'empêcher d'y retourner. *El camino engancha*, dit-on en espagnol. Qu'est-ce que le chemin lui a apporté? Beaucoup. Des choses simples. Ne plus s'énerver devant les petites contrariétés (en faisant la queue, par exemple). Il dit ça de l'air fiérot de celui qui aurait découvert la Lune. Et les Suissesses? L'une, Nicole, étudie le sanscrit, qu'elle écrit couramment. L'autre, Caroline, est sa voisine. Elles ont vingt-deux ans. Elles parlent de nature et de sens de la vie. Avec toutes ces langues mélangées, la conversation se simplifie. Peter le Hollandais est le plus bavard; il veut faire le point, savoir ce qu'il garde et ce qu'il jette; il est venu réfléchir. Raquel veut connaître ses limites, puisque personne de son entourage ne la croit capable d'aller jusqu'au bout... Moi, je veux surtout ne rien dire; le chemin est comme la Légion étrangère, on a le droit d'y garder son passé pour soi. Peter l'Australien confirme. D'ailleurs, on n'a demandé à personne son métier. Nous avons tous la même identité sociale: pèlerin, et ne restent de notre ancienne vie qu'un prénom et un lieu d'origine.

Dieu est le grand absent de la conversation. Pour obtenir sa *credencial*, le passeport du pèlerin, il faut remplir un questionnaire — et définir sa motivation en cochant une de ces quatre cases: religieuse, spirituelle, culturelle ou sportive. En Espagne, même les «sportifs» obtiennent ce carnet qui ouvre la porte des refuges; toute

personne en route vers Saint-Jacques est consi-
dérée comme un pèlerin. En France, c'est une
autre paire de manches. Religieux et randonneurs de la culture se tirent souvent la bourre.
Mais où sont les «religieux» autour de cette
table? Invisibles.

En exergue du carnet des pèlerins espagnols,
est imprimée cette phrase d'un poème du
XIIIᵉ siècle: «La porte est ouverte à tous, aux
malades et aux bien-portants, pas seulement
aux catholiques, mais aussi aux païens, aux
juifs, aux hérétiques, aux oisifs et aux vains; en
bref, aux gens de bien comme aux profanes.»

☆

Une chose est certaine: aucun d'entre nous,
en ce moment, ne pourrait être ailleurs, même
si personne ne sait vraiment au fond pourquoi il
est ici. Ce qu'il y fait, si, merci: on marche. Seuls,
pour la plupart. Et les autres, ceux qui devaient
nous accompagner? Raquel résume, définitive:
«Tes amis te disent qu'ils viendront avec toi,
mais l'été ils ont trop chaud, l'hiver ils ont trop
froid, en automne il pleut, et au printemps, ils
ont peur des allergies!»

TROISIÈME JOUR

La première cigarette à six heures du matin dans la lumière dorée d'un village de Navarre, sur une place déserte, les façades des maisons bombant leurs fiers écus, et les martinets au ventre noir piaillant en rondes aux fontaines est bien douce malgré cette cuisante douleur aux jambes. Le troisième jour, il ne lui a fallu qu'une demi-heure pour revenir, et ma démarche de bébé Pampers, pattes écartées, suscite des commentaires désolés.

Un très joyeux garçon, José, dit le Galicien, ou « l'homme au vœu », me remonte le moral, en m'appelant *¡mujer!*, femme ! Son père a guéri soudain d'une grave maladie : « Est-ce Dieu, est-ce Diable ? Je ne sais pas, mais j'ai dit : chemin de Santiago ! » Et comme sa mère, en plus, s'est bien remise d'une opération, il a promis qu'il irait brûler ses vêtements à Finisterre, au bout de la terre, quatre-vingt-dix kilomètres après Saint-Jacques, après la dernière étape, au bout du bout du bout... Si un autre membre de sa famille tombe malade, nul doute que José ne franchisse l'Atlantique jusqu'en Amérique, parti comme il est ! J'envie sa bonne santé, son entrain et sa jeunesse. Jusqu'au moment où j'apercevrai ses pieds nus dans une rivière, la plante si trouée d'ampoules qu'on dirait les cratères de volcans en fusion. Et lui, tout sourire, contemplant ce désastre.

Dans la matinée, on a ces impressions-là, que les gens volent sur la route, légers comme des oiseaux, gais et souriants. Ils vont souvent très vite ; surtout les Basques et les Catalans, habitués des montagnes. Mais l'après-midi, à l'étape, on les voit réparer des crevasses impressionnantes, assis en tailleur sur leur lit.

Les plus jolis marcheurs sont un couple de Suisses ; le rythme souple de leurs corps côte à côte dégage une sorte de grâce et d'élégance partagées, comme s'ils dansaient. À un moment, ils m'ont emboîté le pas, le temps d'une conversation, l'un à ma gauche, l'autre à ma droite, et après un au revoir, se sont éloignés en me doublant dans l'accélération silencieuse de leur essor naturel, très vite et très loin. Même taille, grands, minces, lui blanc, et elle métisse d'origine haïtienne, assez drôle. Deux légers accents, différents, adoucissent leur français chantant ; ils sont curieux, attentifs, et parents d'enfants adultes, déjà. Ils m'assurent que le quatrième jour, le chemin devient moins douloureux, demain...

L'harmonie dans le mouvement des couples est d'autant plus bouleversante que l'usage de lits superposés les contraint à la chasteté. À travers la marche commune, leurs corps semblent exprimer, presque sans le vouloir, une autre forme d'amour physique, très belle.

Une après-midi, tard, après la douche, dans un dortoir bruyant de cyclistes italiens, j'ai vu un couple allongé pour la sieste : deux gisants dans l'étroitesse d'une bannette, respirant la même respiration totalement silencieuse, mains jointes sur la poitrine, corps parallèles, comme si chacun, seul, dormait le même sommeil que l'autre, sans le toucher, dans une communion totale et un respect absolu. Magnifiques. Ils avaient su dresser entre eux et le monde ce rempart d'invisible pudeur qu'on lit dans les contes de fées.

Ce n'était pas un jeune couple ; ils n'étaient pas ensemble depuis très longtemps non plus. Réveillés, ils étaient souriants et gentils, mais beaucoup moins distingués que dans leur sommeil. J'ai toujours été gênée de les entendre parler, comme si j'avais souhaité qu'ils restent à jamais dans l'univers éthéré où ils m'avaient laissée les contempler.

☆

Si la beauté a ses mystères, la laideur a aussi ses horribles secrets. Pourquoi une banlieue doit-elle être moche et interminable ? Rien à faire, c'est comme ça. Arriver à Pampelune, nom ridicule en français, et peu sérieux en espagnol (Pamplona), est un cauchemar (*una pesadilla*) attesté par des générations de pèlerins qui y subissent leur première «tentation de l'auto-bus». Ah! Rejoindre le centre-ville par les transports en commun! L'horreur, encore une fois, est dans la tromperie sur les distances: au panneau, il reste au moins quatre kilomètres, alors qu'on se croit déjà arrivé.

J'ai plus que mal dans les épaules, les hanches et les jambes; mes articulations, privées d'huile, sont incandescentes. Je me mords l'intérieur des joues pendant que Peter le Hollandais me raconte sa vie, mais aussi m'explique deux choses qui vont peut-être sauver la mienne: 1) le poids d'un sac à dos doit reposer sur le bassin. Il faut donc ranger son contenu en mettant ce qu'il y a de plus lourd au fond, et au plus près des armatures; 2) il faut le sangler à fond, pour le coller au dos. Peter tire sur mes bretelles: ça allège tout de suite les épaules.

À l'arrivée sur la place: nouveau cauchemar, le refuge est fermé; il en existe un autre à la sortie de la ville dans une école; il n'ouvrira pas avant une heure ou deux. Je m'écroule dans le parc public. Ça n'est toujours pas fini! Une fatigue au-delà de la fatigue me tape sur les nerfs, les muscles et les tendons. Je n'ai presque plus d'aspirine. Je devrais aussi trouver des sandales pour le soir. Les plus légères possible, pour le sac. J'ai déjà dépassé le centre-ville et ses boutiques; pas question de faire demi-tour pour visiter la cathédrale archi-célèbre, archi-vieille, archi-gothique, «le plus beau cloître d'Espagne», *gnagnagnagna,* encore moins pour aller acheter des sandalettes. Faut pas charrier. Tant pis! Les Espagnols m'avaient parlé d'un refuge juste après Pampelune, dans la campagne, autant y aller. Parce que faire la queue dans une cour d'école, sous les paniers de basket, à la sortie d'une ville grise et polluée, genre réfugiée de la dernière catastrophe atomique, merci bien! Trop déprimant.

Je suis les flèches jaunes, en titubant, cramponnée à mon bâton, à ma colère, à mes prières. Je passe un magasin pour pèlerins (barres vitaminées, des sandales Mephisto, comme le diable! Trop lourdes et pas ma taille, de toute façon). Je continue. Une pharmacie. Avec des tongs bleues en devanture! J'entre, je demande des tongs. « Il s'agit d'une publicité pour un laboratoire, voyons, ce n'est pas à vendre! C'est une pharmacie ici, pas un magasin de chaussures! proteste la pharmacienne. — Bon, ben de l'aspirine alors, et des vitamines, s'il vous plaît Madame... » Je dois quand même avoir une drôle de tronche parce qu'elle me lâche : « C'est quoi ta pointure ? — 39. » Et la voilà qui revient avec des tongs bleu roi dans un joli sac transparent tout neuf. Combien je lui dois ? Rien, c'est de la pub. Il y a un nom de médicament sur la semelle.

Cette dame vient de me faire la charité! Je suis une vraie pauvre pèlerine à qui l'on file des pompes — et qui ne sait pas trop quoi dire... Il faudrait oser quelque chose comme : « Le Seigneur vous le rendra au centuple », mais tu l'imagines, la dame, avec cent paires de tongs en plastique bleu? Il me sort la phrase antique : «Je prierai pour vous à Compostelle», en payant l'aspirine. Elle hausse les épaules et grogne : «De rien!», l'air mauvais.

Je n'en reviens pas d'être du côté des vrais pauvres, des clochards, de ceux dont la vie dépend d'une pharmacienne grincheuse. Il y a une leçon, là-dessous, sans doute (style : «Qui cherche Dieu ne manque d'aucun bien»). En tout cas, je suis fière qu'on m'ait fait la charité. Je n'ai pas honte; grâce à moi, cette femme triste a fait une bonne action. Et j'ai des sandales, en plus! C'est plutôt gai.

Après, ça l'est moins : quatre kilomètres le long de la route nationale verticale et en plein soleil. Rhâââ! Et puis une oasis charmante à Cizur Menor, dans un jardin, pour trois fois rien, un refuge privé, une fontaine... Une douche et à nouveau le miracle s'accomplit; on est frais, on est neuf, on cause au téléphone de ci ou de ça, comme si de rien n'était. Comme s'il n'y avait jamais eu Pampelune. Je frime dans mes tongs, je raconte l'histoire à tout le monde. Je fais prévenir ma sœur Laurence, docteur en pharmacie, que sa confrérie m'a sponsorisée! J'exulte.

☆

Raquel, qui arrive tard, m'écoute en disant : «¡Hombre!» Je proteste que je ne suis pas un homme, elle répond que c'est une expression ¡hombre!, ça ne veut pas dire homme, c'est juste de la musique, de la ponctuation comme *¡caramba!* en Amérique latine. Quelqu'un qui écrivait devrait comprendre ces choses. Enfin, ou quelqu'un qui est censé écrire, d'ailleurs, car je n'écris pas beaucoup, apparemment...

Je lui confirme que je n'écris pas: je suis venue pour faire le chemin, pas pour écrire; ça ne serait pas pareil de faire le chemin avec l'idée de le raconter après; ça aurait un côté utilitaire, intéressé, moche. Moi je fais le chemin, point final. Si j'y arrive, ce sera déjà beau.

Raquel me darde un œil dubitatif; jusqu'à présent, je ne lui ai prouvé qu'une chose: un écrivain, c'est quelqu'un qui fume trop, qui boit trop, et qui écrit moins que personne.

Car tout le monde écrit ici, ou presque. À part moi. Raquel aussi tient son journal, et se fait prendre en photo dans les endroits stratégiques, avec des pauses de Tartarin souriant.

Si je suis honnête, ma pensée vis-à-vis de l'écriture, c'est: si je me regarde marcher en écrivant, je vais tomber, comme les équilibristes. Pour ce qui est de fumer, par la force des choses, j'ai dû passer de trois paquets à un et demi, mais pour les gens, un et demi, c'est déjà énorme. Quant à boire... mes amis pas très cathos pensaient qu'un pèlerinage se passait à l'eau claire! Dieu merci, nous ne sommes pas musulmans! Ce Dieu qui s'est fait pain s'est aussi fait vin, merveille des merveilles! Et en l'occurrence, ce qu'il y a de vraiment divin ici, quoique sans rapport avec la liturgie, c'est la bière, la *cerveza*. Les Espagnols ont une bière blonde, très légère, juste un peu amère, aux petites bulles bien fines et bien serrées, idéale pour la saison.

Le soir, bien sûr. Et c'est autour d'une bière, ce soir-là, que j'ai fait la connaissance de Gérard. Homme de la Mayenne, bouille ronde et poil blanc, il est parti sur le chemin quasiment le jour de sa retraite, depuis le Puy-en-Velay, vers le 15 juin. Avec plus de huit cents kilomètres dans les jambes, il a attrapé quelques ennuis de santé qui le font se trimballer avec quantité de médicaments, dont il me propose illico des échantillons pour mes douleurs : anti-inflammatoires, plus anti-trous dans l'estomac, plus pommades variées. Gérard est un généreux et un bavard ; il ne parle pas espagnol, ni aucune langue étrangère, le regrette, mais dès qu'il rencontre un Français, il l'entreprend, et dès qu'il s'arrête, sans personne à qui parler, il écrit, lui aussi.

Gérard est bavard, mais il ne bavarde pas ; il ne s'intéresse qu'à l'essentiel : il veut comprendre pourquoi les gens croient en Dieu ; ça lui semble à la fois beau et idiot. Beau parce que ça fait faire de grandes et bonnes choses, qu'il a fait route avec des croyants apparemment aimables, plutôt intelligents et agréables à fréquenter. L'architecture religieuse qu'il visite depuis un mois l'ébahit, mais en même temps, comment tous ces pèlerins ne se rendent-ils pas compte que le pouvoir religieux a toujours tout manipulé, que l'Église est du côté des puissants, que la foi est grevée d'invraisemblances et de supercheries, que et que et que... Tel est Gérard l'agnostique avec ses questions qui n'ont pas encore trouvé réponse, alors qu'il en est à la moitié de son chemin jusqu'à Compostelle.

☆

Avec le téléphone portable, même allumé juste une heure avant le dîner, il n'y a plus d'éloignement, de retraite possible. Dans ce village qui n'a jamais connu de poste ni d'épicerie, m'arrive un coup de fil de mobilisation générale sur les programmes de télévision pour la rentrée : il est urgent que j'anime un jeu culturel sur le cinéma ! Je proteste que je suis sur le chemin de Compostelle, et voilà mon interlocuteur parti illico dans un cours sur Compostelle, où était allé un journaliste d'Europe 1, qui avait fait un livre, et blabla. L'avantage de parler avec des Parisiens, c'est qu'ils savent déjà tout. Je n'écoute rien ; il répète : Tu vas en faire un livre, au moins ? Non, je ne crois pas, enfin peut-être, si ça peut conclure la conversation...

Il y a aussi les voix amies, Dieu merci : Tu te sens comment ? T'es où ? Le genre «Je prie pour toi», et le genre «Prie pour moi». Ce ne sont pas les mêmes, curieusement... Tendres mécréants ! Car, tout aussi curieusement, ce ne sont pas tellement les croyants qui téléphonent.

☆

Il n'y a plus de nuits; sinon cette espèce de parcours d'obstacles dont parlent les vieux — des tranches de sommeil. Mes douleurs me réveillent comme si j'avais cent ans de rhumatismes. Mes pieds gonflés m'obligent à les surélever, comme j'ai toujours vu faire ma mère, pliant des polochons sous un coin de matelas. La fatigue physique aide à dormir, dit-on, tu parles! Moi qui suis championne du monde de sommeil sans faire le moindre sport, je ne ferme plus l'œil. Sauf un peu à l'heure de la sieste.

Et je me sens, comme ma vieille nounou autrefois, désolée de moi, de dormir si mal, une bien grande faute par de si belles nuits.

ON NE COMPTE PLUS LES JOURS

Les jours

La liste des choses que j'ignorais ne cesse d'allonger. Par exemple, j'étais au courant de l'existence, entre la France et l'Espagne, des montagnes Pyrénées, merci, mais j'imaginais ensuite tout un pays aussi plat que la Beauce. Erreur. L'Espagne est pleine de bosses ; et sur les bosses, montant, descendant, remontant, redescendant, crapahutant, ripatonnant, Raquel et moi, plus les autres qui nous doublent... Tatiana la Brésilienne, qui a lâché les deux Peter pour Joaõ, marathonien brésilien aussi, après le couple de Suisses, et avant deux jeunes Allemands, *english speaking*, qu'elle élira finalement chevaliers servants. Sonia, Madrilène perchée sur ses grandes quilles, essayant de suivre un peloton de jeunes filles basques, les trois grâces de Bilbao, emmené par Crispín, «les plus belles jambes de Mondragón», vieux paysan sportif en passe de devenir mythique. Je nous définis, Raquel et moi, comme les tortues (*las tortugas*) qui partons plus tôt mais nous faisons dépasser par tous les lièvres (*las liebres*), le problème étant que les tortues, dans les fables bien écrites, sont censées gagner la course, ce qui est loin d'être notre cas. Mais l'idée que nous réussirons à arriver à Saint-Jacques-de-Compostelle suffit toujours à nous plonger dans une commune hilarité. *¡ Hombre !*

☆

Le chemin ne nous laisse aucune tranquillité. Non seulement ça monte et ça descend, mais ça passe du paysage sublime au dépôt d'ordures, de la vision de champs immenses à la traversée d'usines désaffectées, de petits chemins qui sentent la noisette à d'ingrats trottoirs longeant des autoroutes où des camions lancés à toute vitesse klaxonnent comme des furieux, de cols vertigineux et givrés aux plaines ardentes et desséchées, de clochers carillonnant en éoliennes grinçantes, voilà la gueule du chemin ; jamais le temps de s'habituer ! Et tous les jours, il invente un nouveau moyen de nous flinguer.

☆

Et Dieu dans tout ça ? Ma mère s'imaginait que nous marchions tous derrière un curé en mâchouillant des patenôtres. Rien de tel. Il n'y a que les Français pour pérégriner ainsi à la remorque de prêtres ou de professeurs, prière et culture, art et foi, tralala, monopolisant des refuges entiers à l'énervement général, car ce n'est pas du tout dans la logique du chemin, du *camino* tel qu'il se pratique en Espagne : individualiste et solitaire. Non pas formé de troupes de gens partageant les mêmes centres d'intérêt, mais d'individus farouchement antagonistes liés par le destin.

Nous ne voyageons pas avec Dieu ; Dieu habite dans le coin ; on va le voir ou pas, si l'on veut, si l'on y croit — et mieux encore : si l'on n'y croit pas. En Espagne, où le catholicisme a été très longtemps religion d'État, Dieu jouit, si l'on peut dire, d'une fin de vie officielle, comme une espèce de vieux parent irascible dans sa maison de retraite. Même les mécréants sont en rapport avec lui. « Si Dieu me cherche, il saura où me trouver ! » dit Joaquín, comme une menace, pour justifier sa présence sur le chemin.

On peut prier ensemble, d'une seule voix, à toute vitesse, dans les églises, le soir avant la messe où des armées de femmes entre deux âges mitraillent des rosaires comme des rafales de mitraillettes (Raquel suit très bien le rythme) ; on peut admirer l'évidence de son œuvre à chaque lever de soleil dans un nouveau paysage éblouissant, mais on n'en parle pas.

Petit calcul : 30 minutes pour 150 Ave Maria = 5 Ave par minute.

En réalité, même les pèlerins espagnols sont loin d'être tous catholiques. Je regrette d'avoir oublié le prénom de la jeune fille avec qui j'ai terminé une étape (elle allait beaucoup plus vite que moi, mais avait ralenti pour bavarder), ensuite, nous avions déjeuné très tard dans une ferme-refuge en pleine cambrousse, dont la cour était décorée d'un bric-à-brac d'art contemporain assez surprenant au milieu des vaches. C'était une saisonnière pour qui le chemin de Saint-Jacques était à la fois un voyage de découverte, mais aussi des vacances sportives et pas chères. Issue d'une famille d'anarchistes des Asturies décimée par la guerre civile, dont elle n'avait connu comme témoin que son grand-père, artisan graveur, réduit au silence et à l'indignité, tout ce qui était religieux lui faisait horreur et la dégoûtait avec une violence quasi physique. À en vomir. Littéralement.

☆

Los Arcos, sixième jour, une petite affiche : «La célèbre bénédiction des pèlerins après la messe». À sept heures, voilà tout notre petit monde devant le porche. Après la douche, le pèlerin, shorts et sandales en plastique, a exactement la touche d'un client de camping deux étoiles. Mais autour, que de beau linge! Toute une population endimanchée, tirée à quatre épingles, brossée, lavée, coiffée. Et soudain sonne le glas. Un enterrement. On se faufile dans l'église bondée : en plein milieu, tout devant, dans leurs beaux tee-shirts bien propres et bien tire-bouchonnés, siègent nos deux Peter, le Hollandais et l'Australien. Peu au fait de la liturgie romaine, ils protestent quand la famille du défunt veut les chasser de leur banc. Comme ils ne comprennent pas un mot d'espagnol, qu'ils sont grands, forts et obstinés, ils gagnent la partie, et assistent à toute la messe d'enterrement en short, mains posées sur leurs genoux nus, doigts de pied bien parallèles, au premier rang, très dignes.

Après la sortie du corps, on nous bénit comme prévu ; on nous donne même une image de saint Jacques. Les deux Peter y ont droit aussi, puisqu'ils ont été si sages. Comme le Hollandais parle trois langues, il lève la main tout le temps, et finit par se retrouver à la tête de trois images, en anglais, allemand et flamand (il devra en rendre deux, quand même).

☆

C'est dans cette église, dans une chapelle au fond, que j'ai vu pour la première fois un Jésus mort. Pas une crucifixion, ou une descente de croix, pas une Pietà où il aurait été dans les bras de Marie en larmes, mais un Jésus mort, tout seul, aussi cadavre que le mort qu'on enterrait ce jour-là. Un bras pendant le long du corps, les jambes un peu pliées, la peau plombée, cheveux et barbe bruns tordus de sueur et de sang, les yeux clos. Et au-dessus, debout sur l'autel, dans sa longue robe de deuil en beau tissu, mains ouvertes : sa mère. La Vierge des douleurs.

J'en verrai beaucoup d'autres ensuite. Des

Jésus morts et des Marie debout. Tout au long du chemin, Jésus est mort. Sur la croix, tête pendante, cheveux dans les yeux, à la Vélasquez de Séville, ou dans des cercueils de verre transparent, déposés sous les autels, mais partout mort, mort, mort. Et sa mère, à qui l'on brode de beaux habits de velours mauve, de soie noire et de perles blanches, à qui l'on apporte des brassées de fleurs fraîches, Marie, sa mère, pleure debout. Comme au début du *Stabat mater* : « seule au plus haut de la douleur »...

L'Espagne est le pays où Jésus est mort. Et où nous reste sa mère. Tout au long du chemin, Marie veille, et à longueur de chapelets, c'est elle qu'on prie et qu'on implore, à qui l'on chante, à qui l'on parle. Jésus est mort et il nous a confiés à sa mère, comme il lui avait confié, au pied de la croix, le jeune Jean : « Femme, voici ton fils », « Voici ta mère ».

Et nous voici, nous, ici, aujourd'hui.

☆

Raquel s'est entichée d'une « famille merveilleuse », un « idéal de famille », les de La Cruz (de la Croix !), qui ont pris son sac en stop dans leur voiture où la mère trimballe la petite sœur et le casse-croûte, tandis que le père marche avec les deux fils. Il veut leur montrer que dans la vie, il y a des choses belles et précieuses, qui ne s'achètent pas avec de l'argent... Sans que le poids de leur

50

sac les empêche de profiter du paysage et donc de cette sage philosophie.

Le plus jeune a une bille marrante :

« Comment tu t'appelles ?

— Pedro.

— Quel âge as-tu ?

— Douze ans. Et toi ?

— Quarante-cinq... Je pourrais être ta mère !

— Non. Ma mère, elle a trente-six ans. »

Bing ! C'est tonique la conversation avec les enfants.

Son frère aîné, Miguel, a quatorze ou quinze ans (je ne demande plus !), grand et dégingandé, fou de livres d'aventures et d'Alexandre Dumas. Nous parlons du *Comte de Monte-Cristo* et des *Trois Mousquetaires*. « J'ai souvent essayé d'imaginer la suite, dit-il.

— Mais Dumas l'a écrite ! Tu n'as jamais lu *Vingt ans après* ni *Le Vicomte de Bragelonne* ? »

Il ne les a jamais vus en librairie. Son œil s'allume, et me voilà lancée dans le récit de l'invraisemblable naissance du vicomte de Bragelonne, fils d'Athos et de la maîtresse d'Aramis, devenu jésuite, conçu dans un presbytère, par une nuit sans lune pendant la Fronde, alors qu'elle croit faire l'amour avec un curé, et qu'il croit... Que croit-il, lui ? Mais qu'est-ce que je raconte ? Une histoire complètement scabreuse à un gamin timide qui m'écoute comme si je lui faisais le catéchisme !

En retour, Miguel m'enseigne des choses utiles. Que je ne dois pas attacher la dragonne de mon bâton à mon poignet, car mon bras pourrait se casser en cas de chute, et qu'il ne faut pas non plus serrer le bâton dans ma paume, mais au contraire, le laisser aller avec légèreté au creux de la main, ce qui est aussi efficace, et évite les ampoules. J'appliquerai ses leçons, sans perdre la petite calebasse qu'il m'offre avec son frère (et les sous de leur père !) pour transformer mon bâton de touriste en véritable bourdon de pèlerin.

Quand nous passons devant un cimetière, une église ou un calvaire (assez souvent, donc !), Miguel se retourne, se découvre et se signe, serrant sa casquette contre sa gorge, il murmure quelques mots très vite, l'air inquiet ; ensuite, il reprend son discours juste là où il l'avait laissé, et se recouvre, sans jamais cesser de marcher. Furtives prières, comme de petites boucles accrochées au droit-fil de son chemin, petits pas de danse dans sa marche.

Le contraire de son frère. Dans l'église déserte de Santa Maria, à genoux, mains jointes, tout seul, massif, Pedro prie d'une façon si fervente, si intense, si ancrée dans le sol qu'il en devient dense comme la pierre qui marque son nom.

Très impressionnant, une prière de petit garçon.

Leur route devait s'arrêter à Viana ; la petite sœur (être tonitruant de sept ans) et la mère n'en pouvant plus de jouer les utilités. Nous nous quitterons à Logroño, après neuf kilomètres tout seuls, sans les sacs ni les parents ; Raquel, moi, et les garçons très émus...

C'est à Logroño aussi qu'on s'allège en renvoyant chez soi par la poste les objets trop lourds qui encombrent les sacs. La seule chose dont je pourrais me débarrasser est une bible de poche ; je n'ose pas. Alors Raquel, magnifique et péremptoire :

« Laisse, on te la racontera ! »

J'abandonne la bible à la bibliothèque.

☆

Nous marchons dans des paysages immenses et jaunes ; j'ai toujours l'impression que nous courons. Je proteste auprès des Suisses : « Vous m'aviez dit qu'on s'habituait à partir du quatrième jour, puis du cinquième, j'ai toujours mal partout et je n'avance pas...

— Une semaine et c'est bon ! »

On dirait des profs de piano sadiques, mes si jolis grands Suisses.

Les nuits

Précisions pratiques sur les lits superposés qui meublent les refuges.

Le plus convoité est le lit du bas : on peut garder ses affaires à portée de main, poser son livre ou ses lunettes par terre, et aller faire pipi la nuit sans déranger personne (à condition de ne pas se prendre les pieds dans les nombreux sacs à dos qui encombrent le dortoir). Inconvénient : on se cogne la tête contre le lit du haut, car on peut s'allonger, mais pas s'asseoir.

En revanche, on peut s'asseoir sur le lit du haut, mais on est en exil loin du sol, d'autant plus loin qu'il n'y a pas toujours d'échelle pour y accéder. Quand il y en a une, elle peut se trouver à gauche ou à droite, en tête ou au pied du lit, voire tout à fait au bout, selon les modèles, c'est-à-dire, puisqu'on change de lit chaque nuit, très rarement au même endroit que la veille, ce qui rend toute expédition pendant l'extinction des feux (vingt-deux heures - six heures) fort risquée.

Les gens du haut et les gens du bas ne se voient pas sans contorsions. Donc, ils y renoncent assez vite, et les deux mondes se séparent bien avant la nuit entre monde d'en haut et monde d'en bas. Disons d'emblée que si le lit du bas est plus confortable, l'occupant du lit du haut est plus sympathique. Justement parce qu'il a raté un lit du bas. Soit qu'il ait été en retard, soit qu'il ait ignoré que c'était mieux, ou qu'il l'ait abandonné avec largesse à quelqu'un d'autre (en tout cas, il n'a pas magouillé pour l'obtenir, ou si mal que ses magouilles ont foiré) : le voisin du haut est un homme honnête, maladroit et généreux. Un innocent. Un poète. Tandis que celui du bas est du genre à s'organiser pour que son réveil vrille les oreilles de tout le dortoir à quatre heures et demie du mat avec toutes ses affaires bien rangées selon l'ordre où il les enfilera dans de décapantes exhalaisons d'embrocation. Le monde d'en haut ne rêve pas de performance ; il est encore un peu dans l'enfance.

Un de mes premiers voisins d'en haut fut un énorme jeune rugbyman, dont les gros bras et la grosse tête sortaient d'un maillot aux grosses rayures blanches et rouges. Ses pieds dépassaient du lit, et j'imagine que son voisin du dessous devait être un peu effrayé. Mais en homme du bas, égoïste et stupide, il ne lui avait pas proposé d'intervertir leurs couchettes, au risque de finir écrasé. Mon rugbyman ressemblait à un éléphant de mer échoué sur un minuscule radeau.

En fait, nous avions tous l'air de voguer sur une mer instable, à Estella, parce que les vieux lits métalliques « jouaient » un peu, grinçant du bas et se balançant du haut, comme sous l'effet d'une légère houle. Cette impression de naufrage collectif était accentuée par une statue de saint Sébastien, le torse nu transpercé de flèches, à son habitude, mais qui, pour des raisons inexpliquées, était suspendue par une grosse corde au plafond, à l'horizontale, comme une figure de proue, une sorte de trophée capturé sur un vaisseau ennemi — ou pris sur le nôtre ?

Le dortoir était largement surpeuplé, et situé fort astucieusement à un carrefour. De nos radeaux, nous pouvions contrôler la circulation au nombre de phares qui venaient balayer la pièce, dans un délirant ballet de balises.

Mon jeune, énorme et sportif voisin se hissa tard sur sa couchette, à la limite du couvre-feu, après avoir appelé sa maman, sa fédération ou les deux, grâce à tout un attirail électronique et clignotant accroché à sa ceinture. Il débrancha ses feux de position, et essaya de contenir son énorme corps dans les limites de sa petite bannette, s'allongeant sur le dos, mains croisées sur le ventre. Peu de temps après, étant donné le peu d'espace entre les lits, une de ses mains, grande comme une assiette, m'atterrit dans la figure. Je la rapportai, par-dessus notre frontière, à son propriétaire surpris, qui s'excusa, recroisa les mains et recommença, sans s'en rendre compte, toute l'opération de zéro. La troisième fois qu'il s'endormit, les mêmes causes ayant produit les mêmes effets, je lui proposai une alliance : puisque je ne pourrai éviter d'avoir son bras dans le nez, autant nous installer confortablement pour supprimer ce désagréable effet de surprise, lassant à la longue. Il se coucha donc sur le côté et ne laissa émerger de son lit qu'un seul bras dont il me recouvrit l'épaule ; sa main, placée devant mon visage, formait un paravent utile contre les phares du monde extérieur.

Et nous réussîmes ainsi à fermer l'œil un peu.

C'était un très gentil jeune géant.

☆

Entre les pèlerins, qui dorment tant de nuits ensemble sans coucher ensemble, s'instaure une intimité d'inspiration assez familiale. La mixité oblige chacun à une attention et une pudeur qui disparaîtraient sans doute si l'on séparait les sexes. Là, «plus de raison de se gêner», en effet! À l'exception d'un seul couvent de bénédictines (peu au parfum, on peut l'espérer, des réalités d'une vie sexuelle active) où j'ai vu des dortoirs séparés pour hommes et femmes, la mixité est la règle partout, même dans les établissements religieux; il faut croire qu'elle a fait ses preuves dans la défense et l'illustration de la vertu.

☆

Felipe s'approche de notre table, et tous les convives rentrent le nez sous la nappe ou presque. Le Suisse devient bleu-mauve et sa femme grise... Raquel me donne un coup de coude en disant «Ouïe», Sonia regarde ses pieds et s'éclipse avec Joaõ le Brésilien sur la pointe des baskets. Ceux qui sont restés le saluent du bout des doigts, sans le regarder. Je n'y comprends rien. J'ai déjà pris un verre avec ce Felipe, il est barman à Barcelone, ce qui attire d'emblée la sympathie, et francophone en plus, qualité rare, surtout pour les Suisses, logiquement... Cependant ils lui font un sourire hyper forcé, coincé sur une grimace, pas du tout dans leur genre...

Explication chuchotée: c'est lui «*el Roncador olímpico*», le grand ronfleur, la médaille d'or. Il les a empêchés de dormir deux nuits de suite, en voulant se mettre à côté d'eux par affection!

Son amitié est redoutable. Mais personne n'aborde la question de front avec lui. Comme il a une bonne trentaine d'années, on suppose qu'il a déjà eu l'occasion de vivre avec quelqu'un, et ne peut pas l'ignorer... Jusqu'à présent, je ne l'ai jamais entendu. Le sort m'a éloignée de sa funeste zone d'influence, et je saurai désormais le reconnaître au cas où. Le pire, paraît-il, c'est quand il reste un lit vide, et qu'il s'y installe au dernier moment, trop tard pour qu'on puisse lui échapper.

Autant ce type de ronfleur, qualifié d'olympique (je rencontrerai plus tard les deux candidats à la médaille d'argent!), est universellement rejeté, autant les petits ronfleurs réguliers suscitent une assez vive sympathie et de nombreux fous rires chez les Espagnols, qui aiment beaucoup le bruit, surtout quand il retarde le moment de s'endormir. Mais il ne doit pas cependant empêcher le sommeil, toute la nuance est là.

Il existe quelque part un refuge avec dortoir particulier pour ronfleurs, objet de la louange générale. J'ai oublié où il était. Et il n'y en a qu'un, de toute façon.

L'amour n'attend pas le *roncador*.

NUIT ET JOUR ET NUIT ET JOUR

Très vite, j'ai eu envie de tuer Raquel.

Le reste de l'humanité ensuite, mais elle en premier.

Je m'étais imaginé que ce chemin serait un temps de méditation, de réflexion, de mise au point, voire de prière, donc de silence. Le silence, avec Raquel, il vaut mieux oublier ! C'est un moulin à paroles, qui exige des réponses, en plus. Si mon espagnol s'améliore de jour en jour (elle montre, pour corriger mes fautes, la même patience que si j'étais une de ses élèves dys-lexiques), je n'ai guère de repos. Elle me raconte sa vie, haute en couleur, certes, et me pose des questions sur la mienne. Ce n'est guère mon habitude de me raconter ainsi, mais comme mettre un pied devant l'autre prend toute mon énergie, je n'ai aucun moyen de résister. De plus, on dit des choses différentes dans une langue étrangère ; elles n'ont pas le même poids ; ça va plus vite, et c'est plus simple. Mais l'injustice, c'est que parler fait accélérer Raquel, alors que moi, ça m'essouffle.

Raquel est toujours partante pour s'arrêter. Chaque nouveau groupe croisé, assis à l'ombre, a droit à sa visite. Elle se défait de son harnachement, boit un coup de Coca light, mange un petit quelque chose, c'est pas de refus, se plâtre de crème solaire blanchâtre, harangue les populations, s'informe et fraternise. J'en profite le plus souvent pour rejoindre ma solitude rêvée et continuer la route, d'autant que ces arrêts sont des pièges qui me coupent les jambes. Raquel est très ronde, mais elle a quinze ans de moins que moi. Cet âge, qui n'avait jusqu'alors aucune réalité, est en train d'en prendre une, sévère. Raquel ne se prive pas de m'expliquer qu'en plus elle ne fume pas, qu'elle marche régulièrement dans les sierras, et qu'elle ne boit pratiquement pas, une vraie sainte, *¡ hombre !*

Elle est drôle, généralement ironique, mais très énervante. De ces gens qui se flanquent dans des situations impossibles et qui attendent ensuite qu'on les en sorte.

Inconséquents, ça se dit, en français.

Mais nous sommes tous un peu comme ça ici — à attendre que quelqu'un nous en sorte.

☆

La première fois où j'ai voulu tuer Raquel, c'était à une fin d'étape. Il n'existe rien de pire sur terre ; pour l'atteindre il reste quatre kilomètres (pas trois ni deux, toujours quatre kilomètres), et on a beau marcher, comme dans

les cauchemars, il reste toujours quatre kilomètres, dès qu'on regarde un panneau, ou qu'on
demande à quelqu'un, c'est: quatre kilomètres,
encore et toujours.

Raquel s'était levée tard, avait bavardé avec la
terre entière, s'était arrêtée vingt fois pour se
tartiner de crème, boire de l'eau, du Coca light,
encore de l'eau, manger un fruit...

Et maintenant, elle n'en peut plus, alors que
le terrain est plat. D'habitude, ce sont les côtes
qui lui posent problème. Là, c'est tout plat mais
Raquel n'en peut plus.

Moi je n'en peux plus non plus, parce que je
n'en peux jamais plus à toutes les fins d'étapes;
et Sonia la Madrilène aux grandes quilles n'en
peut plus non plus parce que ses chaussures
ont explosé. Et que ses pieds dedans sont tout
explosés aussi.

Raquel n'arrête pas de parler, et elle n'arrête
pas de s'effondrer, de s'écraser au sol, comme un
hélicoptère fou. Elle vise l'ombre, mais l'ombre,
il n'y en a pas. Pas d'arbres, rien que des pauvres
buissons parfois. Rien d'ombre. Elle s'écrase, et
veut rester assise. Il fait de plus en plus chaud;
si l'on n'arrive pas au refuge avant deux heures
de l'après-midi, ce ne sera plus jouable. Dans
cette fournaise, ce sera l'enfer de la soif. Le vrai
désert.

Je lui prends son sac ventral multifonctions,
garde-manger, bibliothèque, banque, je ne sais
trop quoi encore, qui pèse une tonne et m'en-
trave les jambes. En avant, debout, Raquel!

Sonia, qui est épaisse comme un haricot vert, lui tire sur les bras et arrive à la lever, en titubant.

Raquel parle et parle et parle dans une sorte de délire qui donne soudain à Sonia un fou rire inextinguible; elles sont, à nouveau, arrêtées, et Raquel, à nouveau, écroulée sur le sol, en phase de liquéfaction, ne veut vraiment plus se lever. Là, j'ai très nettement l'envie, le mobile, les moyens et l'occasion (tout ce dont on a besoin dans un bon polar) de lui écraser à deux mains mon bâton de pèlerin catholique sur la tête, bien au milieu, entre les deux yeux, et de lui fendre le crâne. J'entends déjà le bruit du choc, j'en rêve!

Âne bâté de deux sacs, le sien sur le ventre et le mien dans le dos, à qui chaque pas arrache une plainte, je me barre et je les plante là, sur les lieux du crime, à rire comme deux folles.

Mon sens de l'humour est très superficiel, en fait.

☆

Raquel a fini par arriver au refuge: elle est écroulée sur un divan, au rez-de-chaussée, en apnée... Deux autres de ses copinasses m'ont invitée à dîner (comment refuser? Que prétexter? Des obligations familiales?), piégée, j'ai dit oui et je n'irai pas, na!

Qu'on me lâche, je ne suis pas gentille, je suis méchante! Je ne *peux* plus les voir, toutes ces bonnes femmes! Je ne *veux* plus les voir! Je vais prendre un verre avec le Brésilien ; je dîne seule dans un bistrot devant la télé ; puis encore un autre verre avec un couple charmant de Marseille ; ils se sont réservé une chambre à l'hôtel, les finauds. Enfin, je rentre discrètement à la nuit, et voilà tout le refuge aux cent coups ! J'avais l'air fatigué, on ne m'avait pas vue, les bonnes femmes avaient donné l'alerte ; à trois minutes près, elles allaient prévenir la police.

La police ? Envie de hurler : j'ai quarante-cinq ans, je suis journaliste, j'ai traîné dans des pays vraiment bizarres à des moments très louches, et l'on me fait rechercher par les flics de Nájera *la minúscula,* où il ne se passe *nada* depuis le XIVe siècle, quand je suis en retard pour dîner ! Même ma mère n'aurait jamais osé le faire ! Surtout ma mère, d'ailleurs...

Vive la liberté ! Vive le silence ! Vive la solitude !

Qu'on pende tous ces pèlerins !

Les femmes et les enfants d'abord !

FÊTE DE SAINT JACQUES

Belorado, le 24 juillet.

Il fait encore grand jour, les autres sont partis au cinéma, et j'écris dans le jardin. Si : j'écris. Je note l'itinéraire et quelques points de repère, sinon je vais tout confondre ; je commence déjà.

Pour une fois, j'ai été sociable : j'ai déjeuné, à l'heure espagnole, avec tous nos camarades, même les copinasses de Raquel qui avaient fait la cuisine, pains frottés d'huile et d'ail à la tomate et au jambon, chefs-d'œuvre absolus, dans ce charmant refuge privé de Belorado, où nous nous sommes arrêtés, sous la houlette de Crispín. Surnommé par les filles « les meilleures jambes de Mondragón » (naguère « les plus belles », jusqu'à ce qu'une accélération du peloton conduise à un examen rapproché qui les révèle légèrement torves), ce vieux paysan passe pour un sage ; il a déjà fait le chemin, au moins une fois, se lève très tôt, marche très vite, et attire dans son sillage jeunes gens (José le Galicien et Joaõ le Brésilien) et jeunes femmes (le trio des Basques, plus Sonia) sportifs et béats. Cet engouement semble un peu étonnant, comme une soudaine envie de gourou, de vieux chef blanc.

Au déjeuner, il a étalé sa serviette de son côté, sorti son pain, son fromage, son fruit, et déplié son couteau de poche, comme je l'avais vu faire autrefois à Marceau, le maréchal-ferrant de Valenton, et depuis, beaucoup plus souvent, à des photographes citadins en reportage, qui voulaient ébouriffer les foules ignorantes avec leur « vrai » Laguiole.

Pas de quoi tomber à la renverse. Mais je voudrais savoir, quand même. Je lui demande le secret de sa forme ; d'après lui, tout est dans le temps de récupération, comme pour les footballeurs, et plus on vieillit, plus il est long, il faut faire la sieste ou s'allonger au moins l'après-midi... Et le chemin ? « Au début, tu es ébloui par les paysages, mais quand tu rentres chez toi, tu ne te rappelles que les visages ; les rencontres, les gens, voilà ce qui compte ici pour moi. »

Très joli, mais d'ici à se mettre à courir comme un lapin avant l'aube... Raquel est de plus en plus tentée. Appartenir à la dernière division ne l'empêche pas de vouloir jouer la Coupe du Monde avec les pros. Quant à récupérer, en l'absence de Crispín, elle déteste la sieste et trouve toujours quelqu'un à entreprendre, qui n'a pas encore entendu le récit de ses dernières mésaventures. Elle se tient ainsi au courant de tout...

Je suis en train d'écrire dans le jardin cette phrase : « Nous ne pourrions être nulle part ailleurs», qui correspond à la conversation du troisième soir, quand la dame qui tient le refuge, la *hospitalera*, l'hospitalière, me dit de rentrer : je vais attraper froid, et ne plus rien y voir. Je réponds que je reste dehors parce que je fume. « Tu ne devrais pas fumer, ça donne le cancer du poumon, mais tu peux fumer à l'intérieur. »

J'ai entendu douze mille fois que fumer donnait le cancer, et je ne peux rien répondre parce que cette femme a un cancer. On m'a prévenue ; elle a perdu tous ses cheveux, et porte un foulard noué autour de la tête qui, couronnant un visage aux pommettes très hautes, lui donne un petit air slave. J'ouvre mon cahier sur la grande table ; en face de moi, elle est en train de terminer des bouquets de glaïeuls jaunes et mauves dont elle va gratifier le Santiago en bois doré de la maison. C'est la fête de saint Jacques demain, et tous les refuges pavoisent sur le chemin.

Arrive un jeune homme brun, grand et maigre, qui salue d'une voix très grave, et s'assied, un peu recroquevillé, au bout de la table ; il veut un lit ; elle lui demande sa crédentiale, son carnet de pèlerin ; il n'en a pas ; il n'est pas pèlerin ; elle propose alors de le dépanner pour une nuit, mais juste une, sans le faire payer. Il veut rester plus. Impossible. Même les pèlerins ne peuvent pas s'attarder ; un refuge n'est pas un hôtel.

Il sort un paquet de cigarettes ; elle lui dit comme à moi : « Tu ne devrais pas fumer, ça donne le cancer du poumon.

— J'ai le cancer du poumon.

— Et tu continues ! »

Elle roule des yeux ; il hausse les épaules :

« Qu'est-ce que ça change ?

— Tu vas aux séances, au moins ?

— Je ne veux plus y retourner. »

Il montre un bleu à son bras ; elle lui en montre plusieurs aux siens.

Et, les poings sur les hanches :

« Quel âge as-tu ?

— Vingt-huit ans.

— Ils te donnent combien de temps ?

— Avec le traitement : deux ans, on m'a dit. Mais je ne veux pas me soigner. Je n'ai pas peur de la mort, après il y a un monde merveilleux ; je veux le connaître. »

Il parle les yeux fixés sur la table d'une voix très basse.

Furieuse, elle crie :

« Moi j'ai quarante-six ans, je ne sais pas ce qu'il y a après, et je ne veux pas le savoir ! J'ai très peur de la mort et je veux vivre ! Et je me bats pour vivre ! Tu es un trouillard, fils ! Tu as peur de la vie ! La jeunesse est un trésor divin. On te donne deux ans, prends-les ! D'ici là, la médecine aura peut-être fait des progrès, tu ne peux pas savoir. »

Je note leurs paroles. Le garçon s'appelle Raphaël (l'ange de la guérison !), il est d'Alicante, porte un anneau d'or à l'oreille, et surtout un téléphone portable sophistiqué qui l'inquiète davantage, elle, dont je ne sais pas le nom, vu son

coût : beaucoup de drogue circule en Espagne...
Elle me prend à témoin :

« Et moi, qu'est-ce que je vais faire de lui ? »

Je suis là, assise à la même table, avec mon cahier. Je ne sais pas quoi répondre ; ça n'a aucune importance.

Il dit qu'il veut travailler dans les champs, et vivre à la campagne, par ici.

Elle continue à l'engueuler :

« Qu'est-ce que tu t'imagines ? Que c'est facile ? Que c'est tranquille ? Mais dans un village, on trouve tous les vices du monde ! »

Elle lui fait prendre du café au lait et une banane, tout ce qu'il accepte, lui parle de l'assistante sociale qu'elle connaît, de sa famille, de s'il a une petite amie, des médicaments qui sont sûrement dans son sac ; elle arrive à lui en faire sortir quatre boîtes...

Et les autres rentrent du cinéma enchantés ; ils ont bien ri ; ils ont vu un bon film.

Il est dix heures, l'hospitalière nous envoie tous au lit, moi aussi, avec mon cahier.

☆

Saint Jacques, 25 juillet.

Six heures moins le quart. Ce charmant refuge est aussi très célèbre pour ses petits déjeuners. On paie plus cher qu'ailleurs (sept euros au lieu de trois ou quatre), mais il y a un super petit déjeuner, dixit super Crispín, avec différents pains, du beurre, des confitures, des jus de fruits, des céréales, du chocolat, du lait frais, des œufs, que sais-je? Je n'en prends jamais. Cela m'est bien égal. Mais rien n'est prêt. Le couvert n'a même pas été mis la veille. On n'entend personne bouger, ni l'hospitalière ni son mari. Ils auront eu du souci avec Raphaël, sans doute, certains ont entendu des bruits bizarres pendant la nuit. Je ne vais pas me mettre à raconter son histoire devant tout le monde. Ça ne ferait pas venir les croissants, de toute façon.

J'allume une cigarette et je regarde le Santiago doré dans sa niche entre ses deux vases de glaïeuls. Je lui dis: C'est ma dernière cigarette, on a beau être sourd, il y a un moment où tant de signes, juste sous son nez, ça devient trop clair. J'arrête, c'est ta fête, c'est ton cadeau, mais occupe-toi du reste, de moi et des autres. C'est ton affaire.

J'envisage de laisser le paquet entamé à ses pieds, en hommage, mais je pense à l'hospitalière avec ses bleus, à Raphaël, l'ange noir, ça pourrait être interprété de travers, voire de façon agressive, mes symboles à la noix, on ne sait jamais. Non. Décidément, il faut renoncer à tous les jolis gestes aujourd'hui. Je range le paquet dans mon sac à dos.

Et je me barre derrière la bande à Crispín, avec un inconnu qui a une lampe torche et une chemise orange.

Tous les signes d'une nouvelle vie.

☆

Comme les jours commencent à diminuer, on marche sur des bouts de nuit qui traînent. Je n'ai pas de lampe, donc je dois suivre des gens qui en ont, en levant haut les pieds. Je marche derrière la lumière de l'homme orange, à deux mètres, pendant que le soleil se prépare à un nouveau triomphe.

Mes prières me valent la bourdonnante compagnie des miens, comme des guêpes autour d'un pot de miel, et je suis contente d'avoir arrêté de fumer, au moins vis-à-vis de ceux qui ont un cancer; c'était indécent, toute cette tabagie. Et ce serait encore plus indécent de m'y remettre à présent.

Mais il est hors de question de promettre quoi que ce soit à qui que ce soit, en dehors de l'apôtre.

Quand on a fumé au moins trois bureaux de tabac, arrêter flanque un peu le vertige. C'est une aventure étrange. Depuis le lycée, l'une après l'autre, du lever au coucher, mes cigarettes étaient l'air que je respirais, le voile qui me cachait, le feu où je rôtissais mon angoisse, l'ouvrage qui occupait mes mains, le bijou qui décorait mes doigts; une partie de moi-même.

Je suis dépouillée.

Mais je serai toujours une fumeuse, même si je ne fume pas, comme les alcooliques anonymes disent qu'ils sont «des alcooliques qui ne boivent pas». J'ai la même nature camée: je ne peux pas fumer une cigarette sans que le paquet y passe. Jamais je n'atteindrai ces fameuses trois bonnes cigarettes par jour, dont se suffit le sage ; à la première, je replongerai. Donc, il ne faut pas qu'il y en ait une. C'est tout. Et c'est pour ça que c'est facile d'arrêter ; il suffit de renverser ses habitudes ; il n'y a rien de plus facile à changer qu'une habitude, disait mon père.

Attention à ne pas passer du côté non fumeur de l'existence : morale, vertu et légumes mi-cuits à tous les étages ! Jamais ! Au secours !

Sur le chemin, je me crée deux mots d'ordre, l'un absurde : « Tu n'as jamais fumé, il serait idiot de t'y mettre » ; et l'autre aussi : « Tu as déjà fumé cette cigarette, elle ne peut rien t'apprendre. »

Il est plus facile d'être héroïque que raisonnable. Drapons-nous donc d'héroïsme ! Ici, c'est très bien porté.

☆

Ça grimpe beaucoup, c'est très joli, le soleil s'est levé depuis un moment, sans aucune discrétion, dans une explosion de couleurs, et je suis toujours à la remorque de l'homme orange au milieu des fougères... Nous arrivons dans un village abandonné où plus aucune flèche ne va nulle part. Finalement : demi-tour. Il n'y a rien de pire, pour moi, que de faire demi-tour. Même l'idée fait mal. Mais apparemment, l'homme orange s'est gouré, et comme je l'ai suivi sans faire attention, voilà. Bien la peine de partir tôt...

Donc reprendre la piste, mais d'où ? J'en

retrouve un bout, lui un autre, et nous naviguons un peu à vue quand, sur la colline d'en face, à trois cents mètres, j'entends hurler mon nom : Raquel et ses copinasses ! Celles des pains à l'ail, qui avaient voulu me faire rechercher l'autre nuit par les flics, dès le matin, c'est dur ! N'empêche qu'elles sont sur la bonne route et pas moi. Donc je dois traverser une sorte de fossé avec des fougères jusqu'au cou. Rires, encouragements ; je n'ai pas fini d'entendre parler de l'homme orange...

Arrêt à une fontaine. Elles sont dégoûtées : elles ont attendu leur petit déjeuner jusqu'à neuf heures ! Et ont fini par partir le ventre vide, scandalisées par ce «vol». Il me reste des petits gâteaux ; on partage. Je leur raconte un peu l'histoire de Raphaël, qui ne les touche pas beaucoup, et je leur annonce que j'ai arrêté de fumer : grand succès ! Félicitations, Raquel se proclame très fière de moi. Elle l'annonce urbi et orbi à tous ceux qui nous doublent ; ils me disent bravo ; on dirait que c'est mon anniversaire, cette fête de saint Jacques. Est-ce bien la peine d'ameuter ainsi toute la population ?

D'après Raquel oui, c'est indispensable, car elle ne pourra pas être là tout le temps derrière moi, à me surveiller, alors que désormais toutes ces personnes pourront la relayer, puisqu'elles sont au courant ! De cette façon, m'explique-t-elle, il me sera impossible de fumer en cachette.

L'idée de fumer en cachette me paraît complètement ridicule, mais Raquel ne me croit pas.

Sa vision du mal doit être encore très influencée par son enfance ; pour moi, de toute façon, le tabac n'a jamais été « mal », juste mauvais pour la santé, et encore...

☆

En arrivant à San Juan de Ortega, tous ceux qui font la queue au refuge (prévenus par ceux qui nous ont dépassés dans la matinée) me saluent et me congratulent en tant que « la Française qui a fait un vœu ». J'entre désormais dans une catégorie de pèlerins classique, et facile à identifier.

Raquel veut aller plus loin. Pas moi. Vingt-quatre kilomètres depuis ce matin avec la montée qu'on vient de se taper me suffisent amplement. À quoi ça nous avancera d'être plus loin si l'on a une tendinite (ce mot de tendinite me fascine depuis le début) et qu'on doit finir à l'hôpital ? Raquel, elle, a une « crispinite » qui lui donne des ailes...

Certes, cet ancien monastère en pleine forêt, à plus de mille mètres d'altitude, est bien « au milieu du silence et du néant », comme le décrit le guide espagnol, mais le prochain refuge est à Atapuerca, sur un site préhistorique. Je préfère les moines aux menhirs. Même s'il n'y a plus qu'un pauvre vieux curé ; il est célèbre pour servir de la soupe à l'ail aux pèlerins après la messe, une gloire du chemin.

La soupe retient Raquel. Elle ne manque pas de me signaler qu'il n'y a pas d'eau chaude dans les douches, qui datent du haut Moyen Âge, ni davantage de repas chauds dans l'unique bistrot où le patron, frappé par un deuil familial, a décidé de ne faire que des sandwichs. Les grandes douleurs sont froides. Tandis qu'un homme préhistorique, avec deux silex, te fait du feu comme qui rigole...

La douche est une épreuve de congélation, d'autant plus que le sol, en marbre bien glacé, est aussi excessivement glissant et dur; on s'y écrase comme des mouches. Sauf Raquel, qui a déclaré ne pas avoir besoin de grippe ni de plâtre pour rattraper Crispín.

☆

La messe, apéritive à la soupe, attire plus de monde que d'habitude. Il faut dire qu'en dehors du bistrot qui menace fermeture, il n'y a absolument rien à voir ni à faire dans le secteur. Sauf peut-être grimper aux arbres, pour qui aurait l'âme un peu préhistorique et ne craindrait pas les fractures.

C'est une messe rapide comme elles le sont en Espagne, moins d'une demi-heure, où le très vieux curé, en l'honneur de Santiago, célèbre avec amour les ampoules et les crampes du pèlerin, cet être étrange qui, au lieu d'aller à la mer, vient attraper toutes sortes de maux en marchant. Don José Maria ajoute que tout ce qui a du prix dans la vie vaut sa peine. Et que le chemin est dur parce qu'il est précieux. Il contient un grand trésor spirituel qui révèle les hommes à eux-mêmes et les rapproche de Dieu.

Dûment bénis, nous attendons la soupe. Pas de soupe. Et les traditions? Plus de. Le curé est vexé. Parce que trois jours auparavant, un pèlerin mal luné, ou à qui l'ail reprochait, on ne sait, lui a dit qu'on n'avait pas idée de servir un truc aussi infect à des gens qui étaient obligés de l'accepter s'ils ne voulaient pas paraître grossiers, risque qu'il assumait sans problème, lui. Moyennant quoi l'humanité jacquaire entière se voit désormais privée de soupe.

Dont Raquel.

Pour la distraire, je lui donne mon paquet de cigarettes qu'elle cache avec le plus grand soin. Toute la soirée, elle me suit avec un regard noir, persuadée que je vais me précipiter à sa recherche dès qu'elle aura le dos tourné.

☆

Atapuerca, le 26 juillet.

Le Lascaux espagnol. Le campement de l'homme préhistorique ressemble à un champ de manœuvres; sa tête sur l'affiche est bien moche. Raquel (qui vient de passer une heure à essayer de me faire deviner où elle avait si bien caché mon paquet de cigarettes!) proclame qu'elle aurait adoré visiter cet endroit, plutôt que de ne pas manger de soupe dans un lieu désert et glacé, loin de Crispín, qui vole désormais des kilomètres devant...

Ses deux copinasses se révèlent très drôles. Je ne devrais pas essayer de maîtriser ce chemin en prétendant méditer dans ma tour de silence (sans aucun succès d'ailleurs), mais me laisser faire par lui, envahir par tous ces gens bavards et le bruit de leurs mots.

On retrouve aussi les petits fiancés de Bordeaux, plus détendus, lancés dans des essais de langue espagnole assez cocasses. Et on se fait la photo, tous, dans un village, devant un panneau où nous lisons : Santiago 518 km. Je me rappelle le premier...

On a fait 765 − 518 = 247 km ! C'est absolument incroyable ! Il en reste énormément, c'est très abstrait ce 518, mais la chose invraisemblable, c'est qu'on ait fait presque deux cent cinquante kilomètres à pied ! Raquel et moi sommes dans l'euphorie la plus totale : nous sommes folles et nous arriverons à Santiago. Qu'est-ce que c'est, maintenant, cinq cents bornes ? Deux fois ce qu'on a déjà fait ! Rien.

Un peu beaucoup, quand même.

Ce qui aide Raquel à tenir, c'est l'idée qu'elle va recommencer. Depuis le début, elle me dit : l'année prochaine, quand nous ferons le chemin du Nord, ou *la vía de la plata*, le chemin de l'argent, celui qui part de Séville, ou bien le chemin anglais depuis La Corogne, plus court... Je ne suis pas d'accord sur ce « nous », et je proteste toujours : ce qui m'aide à tenir, moi, c'est que le pas que j'ai fait n'est plus à faire ; que mon bâton repousse à chaque fois une terre que je ne foule-rai plus jamais — et que je ne reviendrai pas.

Je pense aussi que nous sommes les rouages d'une horlogerie céleste. En plantant la pointe de nos bâtons dans le sol pour le repousser der-rière nous, en une file ininterrompue et obstinée, nous, les pèlerins de Saint-Jacques, depuis des siècles, nous faisons tourner la terre.

Tout simplement.

Raquel dit : « C'est une belle image, peut-être que tu es un vrai écrivain, finalement, *¡ hombre !* »

☆

Au soir, Burgos : une arrivée plus moche, plus interminable et plus épuisante encore qu'à Pam-pelune, et pluvieuse...

Et puis... la plus légère bière du monde, sur un guéridon, à portée de la main ; la plus belle cathédrale du monde, à saturation du regard, devant les yeux, et au creux de l'oreille, au télé-phone, les plus belles voix du monde... Sauvée ! Rien ne s'oublie plus vite que la douleur phy-sique, les pieds en l'air, en terrasse.

Il ne manque qu'une cigarette.

On dira qu'elle ne manque pas.

Au générique de ce miracle : une douche dans un Algéco, un sandwich au complexe spor-tif et une demi-sieste dans un dortoir en batte-rie, chaud comme une couveuse, qui traite l'être humain comme un poulet breton.

Raquel est allée voir sa mère, qui est venue de

Madrid, chez des amis; Sonia a retrouvé ses parents, qu'elle a emmenés visiter la cathédrale où se trouve ce très doux et tout tabassé Christ en jupe, dont je garde précieusement la photo... Nous nous sommes tous embrassés. Les Suisses vont dîner au coin de la rue; ils repartent; ils continueront l'an prochain; les petits fiancés aussi; ils rentrent à Bordeaux; d'autres arrivent.

Et moi, à ce moment-là, sur cette place au soleil, je suis dans une goutte de pur bonheur.

À ta santé, l'apôtre!

MARGARITO

Il arrive que les refuges portent bien leur nom, et soient des lieux où l'on se réfugie.

Dans le petit matin, après Burgos, il pleuvait. À ne pas croire, fin juillet, en Castille... Et avec la pluie, l'usure, l'impression que ça dure depuis toujours, et que ça n'en finira jamais.

Il était très tôt, et nous marchions sous les capuches pointues de ces imperméables en plastique qui enveloppent le pèlerin et son sac dans une même étanchéité transparente, gardant les vêtements au sec, mais pas du tout l'individu, qui sue.

En nage dans ce sauna portatif, et néanmoins frigorifiés, nous éprouvions les sensations paradoxales que seuls peuvent connaître les rares survivants des grandes fièvres tropicales.

On avait faim, en plus. La faim, ce n'est pas quand on se réveille, c'est une heure après ; on commence à regarder si les cafés sont ouverts ; mais inutile d'espérer en trouver un à l'aube dans les affligeants abords de Burgos. On trouve des panneaux qui annoncent des cafés, mais quand on arrive devant, c'est fermé.

On va d'espoir déçu en espoir déçu; jusqu'à la racine du découragement.

Deux heures après: Tardajos. Café fermé, refuge fermé, épicerie fermée. Trop tôt. Deux kilomètres plus loin, patelin suivant: Rabé de las Calzadas. Minuscule. Tout fermé, tout normal. Eh bon, quelqu'un qui nous dit: «Vous prenez la deuxième à gauche, la première à droite, encore à gauche, et il y a un refuge; ils vous donneront du café!» C'est un détour, tout détour est un ennemi, une rallonge, on n'aime pas les détours, un détour plus un faux espoir, encore un, ça serait beaucoup; ils n'oseraient pas, quand même...

Et là, soudain, l'incroyable: un tout petit refuge ouvert, et quand on demande du café, on nous propose une tartine avec, et du lait, du sucre, un radiateur! Et comme un miracle n'arrive jamais seul, le voici, lui, qui se précipite, qui trotte, qui se casse la figure, qui se relève. Une oreille debout, l'autre couchée, un œil ouvert, l'autre fermé, hirsute en différentes longueurs mais d'un noir presque uni, et avec la queue qui fait un coude! Un véritable angle droit. À l'origine, sans aucun doute, ses parents étaient des chats, mais lui est un anti-chat, comme ma Jaja! Je le reconnais immédiatement. Il se frotte à nous, montre son ventre, se fait gratouiller par des inconnus, pas du tout chat, ça! C'est un *gato desdichado.* Un chat mal doué. Mirobolante merveille!

«Et il (ne) répond (pas) au nom de?

— Margarito, répond l'hospitalier. Au début, on a cru que c'était une femelle, on l'appelait Margarita, mais c'est un mâle finalement, donc: Margarito.»

Raquel rigole: Margarita, c'est le prénom Marguerite, mais Margarito, au masculin, c'est inouï en espagnol jusqu'à présent...

Moi aussi, j'ai eu un Tapioca rebaptisé Cannelle... J'ai même connu autrefois une chatte qui avait suivi le parcours inverse, et finalement s'appelait George, sans s, telle George Sand. Une tigrée de l'avenue Montaigne. Sa patronne dirigeait *Elle.* Quand *Madame Figaro* avait publié tout un numéro sur les chats de race, sans qu'aucun gouttière vînt polluer de ses pattes vulgaires son beau papier glacé, elle lui avait dit:

«George, ma vieille, tu es un non-événement.»

Et George, la très subtile, avait su apprécier ce subtil compliment, qui n'était pas du tout un hommage à la concurrence, mais la plaçait au contraire à la pointe de l'actualité véritable, invisible pour les bourgeoises d'en face. George était très futée et très belle. À l'opposé de Margarito.

Tentons une explication.

Il y a des animaux qui sont les plus beaux de leur race, les plus intelligents, les plus doués; ils ne s'intéressent pas du tout à nous; à peine condescendent-ils à nous apercevoir.

Il y en a des un peu moins bien, juste normaux — qui nous obéissent, ou sont censés le faire ; les domestiques.

Et puis il y a des animaux ratés, qui font de leur mieux.

Ce sont les plus rares. Un animal vraiment raté meurt à la naissance, en général, ou peu après, parce que sa mère veut lui épargner les affres d'une survie aléatoire avec l'allure qu'il a, et le peu de dons qu'il manifeste.

Seulement, même chez les animaux, les mères ne sont pas toujours les personnes les mieux placées pour tuer leurs enfants.

Quelquefois donc, il arrive que des petits comme ça, après avoir échappé aux dures lois de la nature et à un instinct maternel défaillant, se mettent à grandir — tout de traviole.

Ils vivent alors les invraisemblables aventures qui leur donnent ces signes distinctifs secondaires époustouflants auxquels on les reconnaît ensuite (comme la queue à angle droit chez Margarito) et suscitent partout le même commentaire : « C'est-y pas Dieu possible ! »

Quand on demande à l'hospitalier ce qui est arrivé à son chat, on observe un mélange de mains ouvertes, épaules haussées et respiration bloquée qui témoigne chez l'être humain d'une incapacité totale à raconter un événement voué à demeurer incompréhensible. De l'ordre du mystère.

Mais il y a des questions dont on devine déjà la réponse : que Margarito ne chasse pas, par exemple, ni les souris ni les oiseaux; qu'il n'aime pas le poisson, non plus. Il y a de grandes chances aussi pour que le lait le fasse vomir. Supporte-t-il le fromage? Pas sûr, il est si éloigné de ce qu'est un chat, un vrai chat, un félin professionnel, indépendant, inspiré, gracieux, adroit...

Margarito fait de son mieux pour plaire à son humain, seul animal qui le protège et s'intéresse à lui. Et sans lequel il serait mort depuis longtemps. Il se met en boule sur son épaule quand il dort, pour lui tenir chaud (et le réveille!); se met entre ses pieds dès qu'il se lève (et le fait tomber!); le suit partout; ne le lâche jamais. Certains soutiennent qu'il s'agit d'un comportement de chien, sauf que Margarito ne montre pas la moindre qualité canine; il ne sait pas du tout garder la maison ni rapporter une balle, par exemple.

Un chat normal ne sait rien faire d'utile, et en cela seulement le chat mal doué sait jouer son vrai rôle — purement spirituel — de chat.

Sinon, il fait tout son possible, et se trompe souvent; croyant bien faire, il fait tout de travers; s'appliquant, il sème le trouble; il n'a aucun instinct auquel se référer, et tant que son maître le prend pour un vrai chat, les malentendus sont nombreux.

Mais après, une fois que l'humain a compris que cet animal exceptionnel, en forme de chat, était prototypique, paradoxal, à découvrir, à inventer, quel bonheur!

C'est un peu, pour lui, comme de recevoir

chaque jour un cadeau de fête des pères ou des mères, une irrésistible horreur dégoulinante d'amour pataud devant laquelle, chaque fois, il doit trouver une nouvelle exclamation ravie.

Et c'est en cela aussi que le chat mal doué est très éducatif de ses maîtres, et non l'inverse, car il ne cesse, entre autres choses, de renverser l'échelle des valeurs. Il change le regard et conduit à la charité véritable, bien au-delà des apparences.

Sans l'influence du chat à la queue coudée, le refuge de Rabé de las Calzadas n'aurait jamais été ouvert dès l'aube et son café au lait ne serait pas le meilleur du chemin de Saint-Jacques.

Nous quittâmes à regret l'admirable Margarito et son maître.

Pour qu'on ne l'oublie pas trop vite, cette merveille d'anti-chat avait affectueusement gratifié nos jambes de longs poils noirs absolument indécollables.

TOMBÉES COMME DES PIERRES

Quand, deux jours plus tard, à deux heures de l'après-midi, au refuge de Hontanas, dans une chaleur sans partage, dégoulinante d'une sueur blanchie à la crème solaire, Raquel me proposa de continuer pour rattraper les crispiniens, je me rappelais avec assez de précision cette fin d'étape où j'avais dû porter son sac ventral pour n'être pas tentée... Mais comme certaines des choses qui me ralentissaient le plus (dont le soleil et le bavardage) constituaient au contraire pour elle, sans doute en raison de sa naissance cubaine, un puissant carburant, elle fila.

Je ne marchais pas. Je ne marchais plus. Je m'arrêtais là. Dans le gymnase où l'on avait dressé des lits superposés, en plus de ceux du refuge, j'essayais de squatter un lit en entier, le haut pour mes affaires et le bas pour ma personne. Mon mauvais fond remontait. Débarrassée du bourdonnement de Raquel et de ses copinasses, sous les rondes piaillantes des martinets au ventre noir, dans ce charmant village, sans personne de connaissance, comme repartant de zéro, je recommençais à rêver le même rêve : allais-je pouvoir enfin méditer ? Écrire et prendre de la hauteur ? Jouir du silence et de la solitude ? Faire enfin pour de vrai le vrai chemin de Compostelle ? Avec spiritualité incluse ?

Ce soir-là, je dînai à sept heures avec « Chagrin d'amour », une infirmière hollandaise qui avait pris la route parce qu'elle s'était fait larguer. Grande et jolie blonde, elle était dans l'ivresse de la marche à pied et n'envisageait plus de s'arrêter : c'était sain, économique et sans limites. À sa moyenne de quatre kilomètres à l'heure, il lui faudrait dix mille heures pour faire le tour de la terre. Soit, en marchant cinq heures par jour, et en se reposant le dimanche, deux mille deux cent cinquante jours, à peu près six ans. À condition de marcher sur les eaux, cela va de soi... Où en est-elle ? Je ne l'ai jamais revue. C'était une personne très poétique, avec des foulards et des lunettes noires, un archétype comme on n'ose pas rêver en croiser dans la vie.

Le lendemain soir, je me suis retrouvée dans un village franchement laid, où le refuge avait été envahi par un groupe de Bordelais escortés et filmés par leur propre télévision régionale, en toute simplicité... Ils avaient financé, pour des raisons historiques et culturelles, la réfection du tronçon du chemin que nous venions de parcourir, où ils avaient imposé un revêtement « d'époque », composé de petits cailloux ronds qui avaient roulé sous nos pieds très contemporains de façon atrocement pénible, pendant les six dernières heures. Forts de cet exploit (et bien que les refuges fussent réservés à ceux qui portent leur sac sur leur dos), ils occupaient les lits des vrais pèlerins et leurs places à table. Sous couvert de générosité publique, ils dispensaient en rab quelques théories d'histoire de l'art à leur caméra. Dieu merci pour eux, nos savants bienfaiteurs ignoraient l'espagnol, car ils auraient reçu en échange quelques leçons bien senties sur les avantages du progrès dans le revêtement des sols depuis le Moyen Âge. Ils dînèrent entourés du muet reproche de nos articulations incandescentes. Je déteste les Français, le soir, à l'étranger ! Autre archétype...

Vers dix-huit heures, comme chaque jour, j'ai branché mon téléphone portable. Je recevais toujours des coups de fil décalés de travail, mais aussi d'amis qui me soutenaient le moral, ou me recommandaient de marcher pour telle ou telle personne de leur connaissance en mauvais état. Message de Florence : la fille d'une de ses amies était dans le coma, tabassée par son mec ; on allait l'opérer en Lituanie d'une hémorragie au cerveau sans grand espoir ; elle allait peut-être l'accompagner là-bas... En Lituanie ? Je n'avais aucune idée de la canicule en France, ni que l'affaire dont elle me parlait faisait la une des journaux. La jeune femme était Marie Trintignant ;

Florence appelait son compagnon «le noir désir», un nom de diable.

Autre message, Colin, le fils de ma copine Isabelle Garnier. Je le connais à peine. Je rappelle, répondeur. Puis message de Cécile, la fille d'Isabelle : décidément ! Je rappelle, répondeur. Enfin message d'une ancienne collègue : Isabelle était morte accidentellement, en tombant du toit de sa maison où elle prenait une photo. Le seul jour de pluie de tout l'été ; elle avait glissé. Morte sur le coup. Juste devant sa petite-fille, la fille de Colin.

J'étais folle de rage ; je n'imaginais pas la vie sans Isabelle ; il n'était pas du tout prévu qu'elle meure, qu'elle nous plante juste à un moment où elle allait très bien, où elle s'était retirée à la campagne, à Glapion, où elle écrivait un roman, une histoire de meurtre à l'anglaise racontée par le chat. Après son hilarant *Livre des mères*, consacré aux infortunées mamans de dictateurs... Je la voyais avec ses cheveux roux et ras, ses yeux ronds ; je revoyais ses peintures, icônes creusées de rouge, noir et or ; je l'entendais me raconter les bêtises de Pavarotti, et nos histoires de journalistes, ces aventures un peu foireuses pour lesquelles on quitte son père et sa mère, et bien entendu ses enfants, quand on en a. Pour de vraies conneries.

Par exemple, quand elle était au *Journal du Dimanche*... On l'envoie faire une enquête sur les voyantes et les sorcières dans la banlieue parisienne. Jouant le jeu de la vraie cliente, après quelques rebuffades, elle se retrouve enfin face à une Mme Irma qui accepte de la désenvoûter. Pour cela, elle fait couler de l'eau dans une baignoire, en ajoutant des herbes, des algues, de la cire, du sel et de la poudre de perlimpinpin, tout en marmottant des formules magiques. Puis, elle fait déshabiller Isabelle et lui demande de plonger toute nue dans le bain. Après quoi, elle ramasse tous ses vêtements, descend les stores, éteint la lumière et sort, en fermant bien la porte.

Là, dans le noir le plus obscur, le front dégoulinant d'herbasses, à poil dans l'eau qui refroidit, au quatorzième étage d'une barre de béton, Isabelle se met à gamberger : « Pourquoi cette femme a-t-elle pris mes affaires ? Et si elle était folle ? Ou criminelle ? Va-t-elle revenir avec ses complices me trucider ? Mais qui pourrait me retrouver dans cet immeuble semblable à douze mille autres, inconnue dans le quartier inconnu d'une cité inconnue ? Je n'ai même pas dit où j'allais, je ne le savais même pas... Et j'aurai bonne mine ensuite sur l'autel du journalisme, à côté de ceux qui ont été pris en otages ou qui sont morts dans des guerres lointaines. Des prix Albert-Londres ? J'aurai l'air de quoi, en Miss faits-divers, noyée pour une enquête sur la voyance ? Même pas une grande enquête, un dossier, un malheureux bouche-trou de rien du tout que personne ne lira ! Comment fuir ? Où ? »

Il était trop tard. Ses habits, son sac avec ses papiers et son argent, tout était dans la salle de séjour à côté. Comment avait-elle pu être aussi bête... Pourtant elle n'avait pas grand-chose, même pas son chéquier... On se faisait zigouiller pour vraiment rien de nos jours !

Isabelle claquait des dents, de terreur et de froid, quand la sorcière revint, seule, sans sa bande de bandits, avec une grande serviette éponge et un brave sourire, pour achever son désenvoûtement par un thé bien chaud ; elle avait soigneusement rangé les vêtements de sa cliente ; elle n'aimait pas les trucs qui traînaient ; c'était une sorcière très ordonnée.

Aucun désenvoûtement ne fonctionne contre le journalisme.

La mort d'Isabelle me paraissait invraisemblable. Je ne réalisais pas. Mais je comprenais les mots : une mort brutale. Une mort brute, faudrait-il dire. Bête et méchante. Sauvage. Violente.

Le lendemain matin, entre la nuit et le petit jour, j'étais en si grande colère que je me suis perdue, près d'une quatre voies, qui n'arrêtait pas d'apparaître et de disparaître, dans le clignotement des phares de camions et de vagues rugissements de moteurs. Je ne voyais plus les flèches jaunes ; j'avais oublié le nom du village suivant ; j'étais seule comme Isabelle dans sa baignoire avec ses herbes sur la tête, je criais, je gueulais, je l'engueulais et je m'engueulais aussi d'être ici, avec ce sac et ce bâton, bête à marcher derrière on ne sait trop quoi, sans tabac, et à me prendre des claques dans la gueule, des claques absurdes, car il n'y a rien de plus bête que de glisser d'un toit. Ça ressemblait à un conte, pas à une histoire vraie. Elle jouait du violon, en plus... Pourquoi m'avait-on pris Isabelle, ma copine? Cocasse, originale, marrante, mélomane, musicienne, cultivée... C'était quoi le programme là-haut? J'engueulai Dieu. Je n'avais que lui sous la main. Et encore, s'il était là.

Raquel, la seule personne que je connaissais un peu et avec qui j'aurais pu partager ma rage et mon chagrin, avait fichu le camp.

Le soir, j'ai acheté du vin, des chips, et offert l'apéro, au refuge, aux deux Peter, Peter le Hollandais et Peter l'Australien, et à d'autres qui étaient là. Et j'ai expliqué Isabelle à Brigitte, une Berlinoise mariée avec un Français, et qui avait vécu au Bénin; nous avions au moins en commun le marché de Cotonou... Elle a dû me dire que c'était bien triste, la pauvre, qu'est-ce qu'elle pouvait dire? Et ses enfants? Grands; ils travaillaient. Leur père? Elle était divorcée. Un compagnon? Plus depuis un petit moment déjà. Et voilà. Enterrée. Une histoire entre les planches de quatre mots.

La vie était sans Isabelle, désormais.

Bizarre.

Pendant ce temps-là, on débranchait Marie Trintignant au cours d'une cérémonie à laquelle Florence était présente. Elle était au milieu de ce maelström familial et médiatique, délicate, indispensable, discrète, tragiquement abonnée aux mauvaises nouvelles depuis toujours; l'amie lumineuse des mauvais jours.

J'avais de quoi user une quantité d'invisibles chapelets.

☆

Et puis nous voici à León. C'est beau, León. Le refuge est situé dans un vieux couvent au centre de la vieille ville.

Le soir, il y eut un dîner d'adieu pour Peter l'Australien qui repartait, et Brigitte la Berlinoise s'est fait masser les pieds dans la cour par un type en blouse blanche, les joues roses de soleil accumulé : j'ai les photos. Plus tard, il y avait une bénédiction à la chapelle des religieuses, et j'y suis allée. Une bénédiction est toujours bonne à prendre, une forme de carburant. C'est ensuite, sans doute, que j'ai écouté mon téléphone portable, juste avant qu'on rentre au dortoir. J'avais un message de Jean, le mari de mon amie Nita ; il disait qu'elle avait réussi son coup, cette fois, qu'elle nous avait quittés pour de bon.

Tout de suite, bêtement, une phrase d'Oscar Wilde m'est montée à la tête : « Perdre l'un de ses parents peut être regardé comme un malheur. Perdre les deux ressemble à de la négligence. » Je n'ai pas pu m'empêcher de la répéter, sous la forme où elle m'était revenue, transformée en : « Perdre un ami c'est une catastrophe, en perdre deux, c'est de la négligence », avec un sourire tout tordu à Brigitte — qui ne savait vraiment plus quelle tête faire. Moi non plus. C'était le couvre-feu, il fallait aller se coucher ; on ne pouvait pas rester dehors. Brigitte m'a proposé de rester le lendemain passer la journée avec elle sur place ; elle était fatiguée ; elle avait décidé de faire étape à León ; j'aurais pu souffler aussi. Mais je ne voulais pas m'arrêter ; si je m'arrêtais, jamais je ne pourrais repartir.

Du coup, elle m'a acheté un tee-shirt en vente au refuge, qu'elle m'a apporté jusqu'à mon lit. Gris, avec le lion emblème du León rouge brodé dans une coquille Saint-Jacques dorée. En signe de consolation, un objet contra-phobique, comme aurait dit Nita ; elle me disait ça, il y a très long-temps, qu'elle était mon objet contra-phobique...

Je ne sais plus quand j'ai eu quelqu'un au téléphone. Je ne sais plus qui. Nita était morte depuis quelques jours déjà, on m'avait cherchée et pas trouvée pour me l'annoncer de vive voix ; on n'avait pas voulu me laisser un message, et puis finalement... Jean, son mari, avait été hospi-talisé ; Nita incinérée après l'autopsie, dans l'in-timité. On ferait une cérémonie plus tard... Cette canicule avait rendu leur appartement étouffant, et cette horrible histoire de Marie Trintignant, ce coma, ç'avait été trop. Elle a entendu annoncer sa mort à la radio. Elle a dit «Non, pas Marie !», et elle est partie dans la chambre... Elle a sauté par la fenêtre. La concierge est montée prévenir Jean ; il était dans le salon ; il n'avait rien vu. Il s'est évanoui.

Nita avait récemment interviewé Marie Trinti-gnant pour les poèmes d'Apollinaire à Lou qu'elle lisait sur scène avec son père. Elle connaissait aussi ses parents; elle était spécialisée dans le spectacle depuis des années. Elle adorait le théâtre et les acteurs. Soudain ce drame était devenu le sien, par l'alchimie de la chaleur. Ses pages lui étaient montées à la tête, et le diable du noir désir l'avait emportée.

Ce n'était pas la première fois. À chaque tentative de suicide, les urgences la rattrapaient; et elle nous le reprochait. Pourquoi vous ne m'avez pas laissée? Je voulais mourir! C'est trop dur! Elle nous avait tous appelés, amis et confrères, et même ma mère, un jour, dans un état épouvantable, proclamant trop fort qu'elle n'avait pris ni médicaments ni alcool, pour nous emmener dans de longs tunnels de paroles...

Ma Nita! Élégante et vaseuse, très tendre, elle avait le même charme que l'héroïne déchue de *Sunset Boulevard*. En chair et en couleurs. Avec la plus belle des qualités : une générosité magnifique. Celle des grands fauchés. Plus grande encore que la pauvre veuve de l'Évangile, qui donne tout ce qu'elle a, Nita donnait aussi tout ce qu'elle n'avait pas, et s'était même collé sur le dos une abominable histoire de crédit revolving dont elle ne sortait plus, pour assurer la subsistance d'un cher ami écrivain ratissé par un gigolo, et la pâtée de ses chats très gourmets.

☆

Un jour, en Bretagne, où elle m'avait téléphoné sans fin pour me raconter une de ses hospitalisations post-suicidaires, elle m'a demandé : « Tu ne me laisseras pas tomber, hein ? » Je lui ai répondu : « Si, Nita, je te laisserai tomber. » Je n'avais pas menti. J'étais une amie sur laquelle il ne fallait plus compter. Un modèle du genre.

Aucun Sisyphe ne peut remonter le caillou de la dépression en haut de la montagne. On passe des heures à parler, on y est presque, ça va mieux, on y croit, on va pouvoir poser le caillou, s'en aller, et là, d'un coup d'ongle, ils le font retomber en bas, dans la vallée, tout contents d'eux-mêmes. Désespérants désespérés. Il y a quelque chose de sadique dans la dépression. Une sorte de crochet sombre au fond du regard qui cherche à attraper l'autre et ne lâchera pas tant qu'il ne l'aura pas entraîné dans sa chute : « Je suis champion du monde du malheur et tu ne sauras jamais ce que c'est, toi. Un malheur si malheureux, une douleur si douloureuse que la mienne, tu ne peux même pas l'imaginer, pauvre pomme ! » J'avais déjà donné, payé, pour savoir que les proches n'y pouvaient rien ; seuls les pros... Et encore, pas toujours.

Nita n'avait pas un psy, elle en avait deux ! On lui disait qu'ils étaient nuls, au vu des résultats obtenus et du temps passé à les obtenir. Elle nous répondait : « Mais non, ils sont formidables. » Profondément, elle ne voulait pas que les choses s'arrangent ; elle aimait la Grèce et la tragédie ; les histoires qui finissaient mal.

Vieillir, devenir grand-mère, retraitée, ce scénario-là ne l'intéressait pas trop. De moins en moins. Et nous, est-ce que ça nous intéressait tant que ça de la voir se dégrader ? Pas trop non plus. Mais j'avais du mal à considérer, à l'instar des autres, son suicide comme une réussite.

☆

Très tôt, ça s'était mal goupillé pour Nita, dès la Légion d'honneur. Un collège militaire pour filles de militaires inventé par Napoléon, où elle était pensionnaire. Elle n'avait pas vu son père depuis très longtemps ; il faisait le héros à la guerre au loin, en Indochine ou en Algérie. Avant, il avait été prisonnier des Japonais, et libéré de justesse, exsangue et décharné, sauvé par la bombe atomique d'Hiroshima. Et elle, enfant, de la malnutrition, grâce au nuoc-mâm que la nounou ajoutait à son riz... Voici soudain qu'on annonce sa venue ; il était officier supé-rieur, commandant, athlétique (il avait participé aux jeux Olympiques de Berlin) ; beau, dans son plus bel uniforme ; il venait pour la première fois. Nita était plutôt bonne élève. Mais indisci-plinée ; elle avait chahuté au dortoir. Et ce jour-là précisément, en sa présence, devant toute l'école, on choisit de la dégrader... Nita, comme le capitaine Dreyfus. On ne lui casse pas son sabre, elle n'en a pas, mais on arrache les rubans sur son chandail, qui sont l'insigne de sa classe. Sous les yeux de son héros de père. Dégradée, en grande pompe, comme on sait le faire dans l'armée française. De cette humiliation-là, elle ne s'était jamais remise. Personne ne l'avait réhabilitée.

Après, il y eut vite d'autres catastrophes. Béantes.

De son enfance, de ses parents, du théâtre et des acteurs, quand je l'ai connue, elle s'était mise à faire des livres. Cinq en moins de dix ans. Pour le premier, elle avait reçu, à plus de cinquante ans, le Goncourt du premier roman, remis par le ministre de la Culture, à Blois. Mais au *Nouvel Observateur*, où elle travaillait, cela n'impressionnait personne ; tous les journalistes y écrivaient déjà des bouquins sous des avalanches de prix littéraires. À peine si on lui consacra dix lignes, sous une photo. Une petite légende. Voilà Nita. Merci qui ?

Et cette question horripilante des autres : Vous faisiez quoi avant d'écrire ? J'écrivais !

☆

Nous nous étions rencontrées au bar de l'hôtel Normandy, pendant un festival du film américain de Deauville. J'avais commandé un grog pour tuer une angine carabinée. Nita, après avoir estimé la fièvre d'une paume de mère de famille sur mon front, d'un seul mouvement énergique, m'avait raccompagnée dans ma chambre, avait appelé un médecin et demandé la carte du room service. Le toubib et le tartare frites étaient arrivés en même temps. Avec un très honnête bordeaux. Les antibiotiques ensuite, pendant qu'on regardait un vieux western à la télé, seul vrai luxe pendant un festival de cinéma ! Je n'avais jamais eu une angine aussi chic — ni aussi chaleureuse.

Nous fumions et nous buvions. Trop est un pléonasme ; c'est toujours trop ; si ce n'est pas à la frontière de trop, cela n'a pas de sens. Nita avait onze ans de plus que moi, et, dans cette génération, tous les journalistes buvaient, fumaient et ne rendaient jamais un centime sur une note de frais ; c'étaient l'honneur et le folklore du métier. Les femmes, dans les journaux d'hommes, aussi — la plupart du temps. L'alcool en groupe crée une fraternité titubante mais réelle ; il renverse l'échelle sociale, donne une chance aux timides et rabaisse le caquet des petits chefs. Il baptisait le nouveau confrère et soudait les équipes. Le grand danger c'est de boire seul. Mais le passage de l'un à l'autre est souvent invisible. Et très longtemps on continue à veiller sur ceux qui ont passé la ligne quand ils pissent dans les fauteuils ; ils sont pardonnés comme des enfants, car on connaît le gouffre qui les a avalés ; on est juste au bord ; on le contemple ; on y danse ; on y fait du saut à l'élastique.

Pendant les seules vacances que nous avons passées ensemble, dans un cabanon des calanques de Marseille, j'écrivais une nouvelle pour le magazine *Elle*, qu'elle lisait chaque jour par-dessus mon épaule. Il s'agissait d'une version contemporaine de Phèdre, où Phèdre se jetait par la fenêtre depuis une tour de la Défense, un jour de canicule. (Cette image me hante. Phèdre défenestrée un jour de canicule... Il n'y a que le décor qui soit faux!) Là, dans ce terrible Midi, je me suis rendu compte que son «problème d'alcool», comme disent les Américains, avait atteint le terrible stade de la solitude.

Après beaucoup d'hésitations, j'ai fini par lui en parler, en déjeunant au drugstore du Rond-Point des Champs-Élysées. Elle l'avait senti venir. Elle se demandait juste avec quel plat la question viendrait. Comme elle était très bien élevée, elle m'a dit apprécier ma franchise. C'était totalement faux. J'étais devenue une sorte de chevalier blanc, qui ne salit pas son beau costume en dénonçant le mal; qui l'abandonnait.

Ensuite, il y avait eu des moments où j'y avais presque cru. Quand elle s'était cassé les deux bras, et que je lui avais fait fabriquer par un accessoiriste de Canal+ un fume-cigarette orthopédique monté sur une antenne de radio pour l'hôpital... Après son double pontage aussi, elle s'était accrochée à la vie, elle avait lutté... Mais ensuite, elle était condamnée à ne plus boire ni fumer, et c'était impossible, pour elle, une vie au Nescafé tiède. Avant l'apparition de George Clooney, bien entendu.

☆

Nita m'a entraînée dans sa chute un soir où j'ai cru que je n'arriverais jamais à lui faire traverser le carrefour des Gobelins pour la raccompagner chez elle. Le choc avait été si violent qu'il avait cassé le verre en plastique de ma montre, comme dans les polars, où ça révèle l'heure du crime. Son corps était une masse de pierre. D'un poids astral. Un météorite. Je me souvenais du poids de ce poids. Attiré par le sol très fort et très lentement. Il était désormais sur mon dos, dans mon sac, ce poids, et je lui en voulais bêtement; elle souffrait trop; elle nous avait prévenus; on était grands... N'empêche; le suicide est un meurtre qui nous transforme tous, les proches de l'assassin assassiné, en complices.

Elle pesait de tout son poids de pierre sur mon dos, et je n'arrivais pas à faire la part du diable dans cette histoire, de l'alcool, de la chaleur, de la maladie, de ce que c'est dur d'écrire et de vieillir, de vivre quand la plupart des gens que vous aimez sont morts. Ses fils étaient grands, ses amis las, ses livres plus lourds à travailler, et qui les attendait, ces satanés bouquins?

J'étais sans doute la mieux placée pour comprendre, mais je refusais; elle charriait, elle polluait mon beau chemin si spirituel avec ses gros sabots de morte; elle l'avait fait exprès, en plus; elle savait que je partais, et elle en avait profité pour faire ses valises! J'étais piégée. Je n'avais plus le choix; maintenant, je ne pouvais plus la laisser tomber.

Pour Nita, comme j'étais croyante (plus d'ailleurs en sa présence qu'en réalité), j'étais, de toute façon, la complice de tout ce fichu bastringue. De ce monde si pointu d'angles douloureux où elle se cognait. Elle me cherchait souvent sur ce terrain-là, avec sa prof de philo aussi, une religieuse dominicaine, témoin à son premier mariage, et jamais perdue de vue. Elle s'en remettait à nous pour arranger ses bidons avec le ciel — auquel elle ne croyait pas, mais comme elle croyait qu'on y croyait, et qu'on n'était pas plus bêtes que les autres, ça marchait quand même. Elle allumait des cierges à la Vierge de Saint-Médard dans son quartier, et aux icônes dans les îles grecques, toujours par trois, comme les orthodoxes le lui avaient appris...

☆

À mon dernier anniversaire, elle était dans un tel état qu'elle n'avait pas pu rester, et Anne avait dû la raccompagner en taxi. Mais elle était arrivée tôt exprès pour m'offrir un immense plaid en cachemire caramel, somptuosité ita-lienne, d'un côté uni et clair, de l'autre enchevê-tré d'étranges dessins noirs, élégant, tendre et chaleureux, à son image véritable — devenue invisible.

Elle ne se séparait jamais du chapeau rouge que je lui avais rapporté de New York, et Jean le fit mettre dans son cercueil.

Moi, je portais le tee-shirt du León donné par Brigitte, la Berlinoise.

Je partis tôt le matin, dans la nuit, en croisant des fêtards qui rentraient de bordée et me gueulèrent : « Fais gaffe, c'est rien que des fils de pute à Astorga ! »

Je pris l'itinéraire le plus court et le moins beau, celui qui longe la route, pour me chasser du Paradis terrestre ; je ruminais : Marre de toute cette publicité clandestine pour Dieu le Père ! De ce genre « Regardez ce que je sais faire ! » Et boum une montagne ! Et boum des fleurs, des blés, des horizons sans fin, des cieux immenses... Et moi, au lieu de ça, toute cassée, tout affamée, toute fatiguée, accrochée à mon bâton, le cœur lavé. Ras le bol ! Tu n'as pas besoin de moi pour faire ton cirque ! Alors, je suis la route moche. Voilà. Avec Isabelle qui se marre, et Nita, je ne sais pas, je n'arrive pas à savoir...

Pendant cinq jours, j'ai parcouru cent vingt-cinq kilomètres, comme l'attestent les sceaux sur ma crédentiale, mais je n'en garde aucun souvenir.

Ils sont tombés dans un trou noir de ma mémoire.

Je garde juste l'impression d'une période d'orage, de colère et de chagrin, où je me perdis souvent, même en marchant tout droit sur la route.

☆

Plus tard, pendant le long chemin de l'écriture, ce chapitre sur Isabelle et Nita disparut aussi dans la mémoire de mon ordinateur, où je l'ai oublié cinq ans.

Je le retrouvai alors que j'étais en train d'écrire la fin.

Je pouvais enfin le remettre à sa place sans qu'il me paralyse ; le cœur du livre battait assez fort pour l'emporter comme un caillot dans ses artères.

RUÉE AU TOMBEAU

Le 7 août, je fus contente de retrouver Raquel à Villafranca del Bierzo, où elle m'avait attendue. Devant l'état de crasse avancé du refuge, elle avait loué une petite chambre d'hôtel avec une salle de bains et, luxe total : une baignoire. Pour moi. Car Raquel n'avait jamais possédé de baignoire ni pris un bain de toute sa vie. Elle n'en prit pas davantage ce jour-là. Après m'avoir vanté l'installation sanitaire avec fierté, elle examina la baignoire avec méfiance, et se déclara phobique.

Pourquoi macérer dans une eau trouble quand on peut se doucher ? C'était louche. Raquel, qui lavait absolument tout ce qu'elle mangeait, traversa la Galice entière sans cueillir ni croquer une mûre. Par hygiène. Authentique citadine, elle ne savait rien de la nature. Elle croyait que les tomates poussaient dans les arbres, et n'en revenait pas de voir les carottes sortir de terre. Elle ne trouvait pas ça très propre non plus. Les idées les plus biscornues habitaient sa cervelle, et nous avions dû nous y mettre à plusieurs pour la convaincre que la différence entre les taureaux et les vaches n'avait rien à voir avec le fait qu'ils portent, ou non, des cornes...

Elle savait aussi que les Français étaient prétentieux et traîtres, et, de la même façon qu'elle cherchait toujours où j'avais pu cacher un putatif paquet de cigarettes, elle guettait chez moi le moment où ces traits du caractère national allaient se manifester. J'étais beaucoup trop polie pour être honnête... En attendant, elle ne manquait jamais, à chaque couvent visité, de me faire porter le chapeau pour toutes les colonnes cassées, statues décapitées et autres marques de vandalisme que l'histoire espagnole attribue invariablement à l'invasion napoléonienne.

Grâce à ma mère, nous avions trouvé un nouveau gimmick. Comme j'avais les pieds enflés, elle m'avait conseillé de prendre des bains de pieds; je devrais bien pouvoir trouver une bassine! Quelques jours plus tard, je lui téléphonai pour lui annoncer que, suivant son conseil, j'avais les pieds dans l'eau. «Mets du sel!» me répondit-elle, ce qui me fit beaucoup rire, car nos pieds trempaient alors dans un torrent de montagne... Depuis, Raquel et moi, à tout nouveau problème rencontré, essayons d'appliquer la recette maternelle: Mets du sel!

Après trois jours d'une pérégrination bavarde et cocasse, alors que nous étions redescendues des monts brumeux du Cebreiro dans une chaleur humide, la fureur, à nouveau, m'emporta. À la suite d'une erreur d'aiguillage. Je n'assassinai pas Raquel — mais l'insultai copieusement. Et fichai le camp. Un kilomètre après l'avoir laissée coite (pour une fois!), ma colère retombée, je regrettai mes paroles hurlées — en français et beaucoup trop vite pour qu'elle les comprenne — mais sur un ton sans équivoque.

Faire demi-tour était plus impensable que jamais; je résolus de l'attendre.

Le lendemain, à l'aube, sur le pont de Portomarín. Debout sur les marches à l'entrée de la ville, je vis passer de nombreux pèlerins que j'interpellais, mais pas Raquel, qui, du reste, n'avait jamais été très matinale...

À neuf heures, après avoir prévenu tout le monde que je l'attendais, je filai en accélérant le pas, prise par la rage d'arriver et la crainte d'être lâchée par des pieds tout gonflés que je n'arrivais plus à débarrasser de leurs chaussures en carton-pâte.

Le 12 août, je retrouvais Gérard, l'agnostique mayennais, à Arzúa, où il écrivait son journal à la terrasse d'un café; les nouvelles avaient remonté la colonne des pèlerins : ainsi la folle dangereuse, la traîtresse de Française, c'était donc moi? La preuve était faite.

À la messe de ce soir-là, l'Évangile disait : « Quand tu présentes ton offrande à l'autel, si tu te souviens que ton frère a quelque chose contre toi, laisse là ton offrande, devant l'autel, et va d'abord te réconcilier avec ton frère; puis reviens, et alors présente ton offrande »... Message très clair. Dieu est d'une franchise brutale.

Néanmoins, sans en tenir compte ni attendre Raquel, je partis dès l'aube pour arriver d'une traite à Saint-Jacques le 13 août, jour anniversaire de ma sœur Laurence, qui était aussi, et depuis plus longtemps, d'un point de vue évangélique, mon frère.

☆

C'était la plus longue étape que j'avais jamais faite. Presque quarante kilomètres, mais je n'avais plus besoin d'économiser mes forces. Je marchais sur les ailes de la colère, beaucoup plus vite que d'habitude. J'en avais marre. Dès l'entrée de la ville, à l'office de tourisme, je réservai une chambre au mythique hôtel des Rois catholiques, sur la place de la cathédrale, le plus bel hôtel de toute l'Espagne, le plus ancien et le plus luxueux. Fini les dortoirs !

Il fallait encore quatre kilomètres, comme toujours, pour atteindre la cathédrale qui ne se dresse pas au-dessus de la ville comme un repère, mais se niche au contraire en son sein, se cache, pour jouer un dernier tour aux pèlerins. Même à la fin, on n'en voit pas la fin. Et quand on arrive, en dévalant les marches d'un grand escalier, on n'en croit pas ses yeux.

La joie et l'incrédulité d'avoir achevé cet ahurissant périple étaient entamées par l'absence de Raquel et la culpabilité que j'en éprouvais.

Nous aurions dû arriver ensemble.

Comme je lui avais gardé un lit aux Rois

catholiques, je lui gardai une place à la cathédrale, le lendemain, pour la messe des pèlerins, à midi. Dans ses horaires, pour une fois. Je lui avais aussi acheté un mouchoir à se nouer autour du cou, couvert de brebis, son emblème, mais avec un loup caché au milieu... J'avais prévenu tous ceux que je connaissais. Laissé des messages sur tous les téléphones portables. Aucune réponse. Et je ne la voyais ni dehors dans la foule, ni dedans, où nous étions tout aussi nombreux et serrés.

Midi sonnait quand elle arriva enfin, au dernier moment, de nulle part, pour s'asseoir à côté de moi. Le menton baissé, elle roula des yeux et me balança, en me regardant d'en bas, ironique : « Tu t'es confessée ? »

Je ne l'avais pas volé.

Au moment liturgique du baiser de paix, elle me dit qu'elle me pardonnait, en me donnant un grand *abrazo*.

☆

Nous accomplîmes ensemble tous les rituels : faire tamponner une dernière fois nos crédentiales pour obtenir la *Compostela*, le diplôme de pèlerin en latin, embrasser la statue de l'apôtre, au-dessus de l'autel, nous agenouiller devant son tombeau au fond de la crypte, et nous cogner la tête contre le pilier de l'ange, pour être intelligentes.

Raquel fréquenta l'hôtel des Rois catholiques

avec méfiance, sans me quitter des yeux, de crainte sans doute que je n'aille m'y livrer à quelque déprédation. N'étais-je pas de la patrie de Napoléon, ce vandale dont les troupes avaient détruit tant d'églises et de châteaux sur leur passage? Avec les Français, on ne pouvait jamais savoir...

Le 15 août, pour l'Assomption de la Vierge, où l'on célèbre le moment où les anges emportèrent son corps dans les cieux, nous avons applaudi en riant aux larmes le *botafumeiro*, cet énorme encensoir en argent tracté par six ou huit bonshommes, qui se balance au travers de la cathédrale jusqu'au toit dans des volutes d'encens, étreignant le cœur des pèlerins épuisés dans une émotion grande comme une joie de l'enfance.

COMPOSTELLE II

Le crime de non-assistance était particulièrement grave entre pèlerins : l'abandon d'un compagnon de route fatigué ou malade ne pouvait le plus souvent être absous qu'au prix d'un second pèlerinage.

RENÉ DE LA COSTE MESSELIÈRE,
« Voies compostellanes »

Le Chemin anglais

Au retour, le décalage fut total. On me félicita comme une espèce de championne olympique doublée d'une grande mystique. Que j'aie arrêté de fumer parut une sorte de miracle, le premier sans doute sur la voie de ma future canonisation.

On me disait bravo pour mon courage; on me plaignait pour mes ampoules. Or je n'avais eu ni ampoule (grâce à mes vieilles chaussures culottées par trois hivers en Bretagne) ni courage, mais c'était beaucoup plus difficile à expliquer que pour les ampoules. J'avais eu mal partout, et soudain je n'avais plus mal nulle part. Si la santé est la vie dans le silence des organes, selon une célèbre définition, j'étais en parfaite santé, dans une atonie corporelle générale. J'avais toujours les pieds gonflés, mais le médecin qui les examina les déclara normaux.

En réalité, j'étais épuisée et en colère. Je ne fumais plus, et n'éprouvais aucune envie de le faire, mais je buvais beaucoup. Comme un trou, parfois. Mes articulations ne grinçaient plus, mais quelque chose à vif grinçait en moi, et j'avais l'impression que le vin mettrait un onguent sur ces douleurs-là. Je n'en avais aucune conscience, mais ce brutal sevrage tabagique, joint à l'arrêt soudain de la marche — et des délicieuses endomorphines qu'elle produisait à ce rythme soutenu —, m'avait précipitée droit dans les bras de *l'autre* grand anxiolytique-antidépresseur délivré sans ordonnance... Bien plus pervers, car sous prétexte de les combattre, l'alcool alimentait, à son tour, ma fatigue et ma colère.

Arrêter de fumer m'avait rendu les vraies odeurs de la vie, et la vie puait: les dernières étapes en Galice, avec toutes ses vaches à la bouse bien odorante, et ses ensilages, où fermente le fourrage pour l'hiver, étaient irrespirables. La campagne puait. Les êtres humains puaient (je préfère à jamais l'odeur du tabac blond à celle de la sueur de pèlerin), et la ville était pire encore ! Paris, pétaradant de pots d'échappement, tapait franchement de l'aileron.

Quant au chemin... Obsédée par l'idée d'arriver, j'avais raté quelque chose. Raquel m'avait pardonné mais je m'en voulais toujours. Arriver n'était pas le but; c'était une illusion. Je n'en avais tiré aucune leçon de sagesse: de vifs souvenirs, et des pans entiers d'oubli. Quand j'essayais de me rappeler les refuges un par un, dès la fin de la première semaine je mélangeais tout, et je ne savais même plus où j'avais dormi... À d'autres moments, le chemin entier m'apparaissait comme un rêve, une parenthèse dans ma vie qui avait repris son cours comme si de rien n'était, assez agitée toutefois par la sortie de mon dernier livre et l'irruption, dès le lendemain de mon arrivée à Paris, d'un drame familial où ne manquaient ni la mort ni la folie. Après le décès d'Isabelle et le suicide de Nita, ça faisait beaucoup. « Saint Jacques ne t'a pas épargnée », me dit ma tante Françoise, achevant de m'énerver.

☆

Trois mois après mon retour de Compostelle, j'étais dans un tel état de nervosité incandescente que je m'en fus consulter une tabacologue, charmante jeune femme toute menue, qui n'avait jamais fumé de sa vie. « C'est normal, me dit-elle, vous êtes encore intoxiquée, en manque... Il faut vous mettre des patchs de nicotine, et en diminuer la taille petit à petit. » Ce que je fis.

Deux mois plus tard, débarrassée des patchs, j'étais en guerre contre la terre entière. « C'est normal, me dit-elle à nouveau, les cigarettes contiennent un anxiolytique, je vais vous donner des pilules pour calmer votre angoisse. » Je les pris.

Trois mois plus tard, presque sereine, j'avais des crises de larmes : « C'est normal, me répétait-elle, le tabac contient un antidépresseur ! » Et elle me donna de nouvelles pilules...

Trois mois plus tard, d'excellente humeur, ou presque, je n'arrivais plus à fermer mes jeans...

Elle me pesa : j'avais pris un kilo par mois, depuis l'arrêt du tabac, comme les femmes enceintes, mais pendant onze mois : une grossesse d'éléphante ! Pourtant j'avais fait attention à ne pas grignoter : « C'est normal ! me dit-elle comme toujours, le tabac brouille les repères de la satiété, c'est comme si vous faisiez un repas de plus par jour, mais sans le consommer. Mangez de la salade et faites du sport ! »

Au régime, et courant tous les matins trois quarts d'heure, je mincissais en me demandant quelle serait la prochaine étape de ce calvaire. Arrêter de fumer était facile, mais ne plus fumer avait des conséquences cauchemardesques. Je ne m'autorisais que le pinard, mais le jour où la tabacologue, qui n'avait jamais bu non plus un verre de sa vie, me dit encore : « C'est normal ! Il faut arrêter de boire, même du vin ! », je sombrai dans le désespoir. J'avais l'impression de sentir mon âme prête à exploser sous une peau trop fine, comme mes doigts de pieds, le premier soir, sur les graviers de Roncevaux. Et sans le docteur Sami, qui m'expédia en thalassothérapie à Saint-Malo, et les pintades aux patates douces d'Hélène, le dimanche soir à Trouville, je ne sais pas ce que je serais devenue.

☆

L'idée d'écrire se mit à mûrir. Évidemment. C'était la seule chose que je savais faire — et la seule chose à faire. Seulement, j'avais pris très peu de notes, voire pas du tout à certaines périodes, et j'avais du mal à reconstituer visuellement mon itinéraire. Les sceaux tamponnés sur ma crédentiale indiquaient les dates et les lieux, mais certains ne m'évoquaient plus rien. San Juan de Ortega, pas de problème! Mais à quoi pouvait bien ressembler Mansilla de las Mulas? Et Carrión de los Condes? Pourtant j'y étais allée! Sans les rails d'une base chronologique et topographique claire et évocatrice, je ne m'en sortirais jamais.

Pour retrouver mes sources, je débarquai fin janvier 2004 à Madrid, où vivaient Raquel, Sonia aux longues jambes et «la merveilleuse famille de La Cruz». Raquel m'accueillit à bras ouverts, à sa façon moqueuse: «Alors, tu nous avais dit que tu n'écrirais pas sur le chemin, et voilà que tu écris!» Elle me couvrit de cadeaux et m'entraîna visiter sa ville, loin des circuits tracés par les guides touristiques. Après avoir vu la poste, pour laquelle elle éprouvait une véritable passion, nous hantâmes les monuments hantés: les joyeux fantômes de la mairie (dont un sergent français transformé en souris!) et l'ombre de Remunda, assassinée par sa mère à la suite d'une sombre histoire d'inceste dans un palais art déco. Enfin, après quelques détours dans le parc du Retiro, elle me montra un élégant jeune homme de marbre au centre d'une fontaine: l'ange déchu. «Madrid, me déclara-t-elle fièrement, est la seule capitale au monde où il y ait une statue du diable!»

Ça commençait bien. Pour aller chez la « merveilleuse famille de La Cruz », en banlieue, nous avons pris le train à la gare d'Atocha, éblouissante serre tropicale pleine d'arbres exotiques. Les garçons, qui avaient eu tant de peine à nous quitter six mois plus tôt, nous ont à peine reconnues. La petite sœur se tenait tranquille. On a chanté avec leurs parents, qui avaient une guitare. Ils nous ont dit : « Les choses les plus importantes dans la vie sont celles qu'on ne vous enseigne pas : vivre à deux, et élever ses enfants. » Je l'ai noté. J'ai dû trouver ça bien. Pourtant ces leçons, frappées au coin du bon sens, semblent un peu courtes, comme celles de Crispín ou de Peter l'Australien. Mais aussi comment le chemin tiendrait-il en deux phrases ? Et ces questions-là ne me passionnaient pas. Il faudrait d'abord savoir vivre avant d'avoir des enfants. Mais si on plaçait les choses dans cet ordre-là, on n'en avait jamais...

Le soir, entre nullipares, nous hantions les tavernes de la Plaza Mayor, où de vieux Gitans jouaient du flamenco, et les bars périphériques où de jeunes acteurs interprétaient d'intrigants contes modernes. Le samedi, nous avions rendez-vous devant le musée du Prado avec Sonia. Raquel remarqua que c'était la première fois que nous nous voyions « dans le civil », sans nos défroques de pèlerines... Dans le civil, Sonia est flic ; elle ne l'avait pas dit sur le chemin pour ne pas se heurter avec les Basques, qui l'en auraient haïe. Elles m'emmenèrent visiter l'exposition

Manet, en passant par le jardin botanique, pour éviter la queue. L'immense Prado était aussi familier à Raquel que le Retiro, et elle connaissait tous les raccourcis pour arriver devant ses œuvres préférées. Dont «son» *Christ* de Vélasquez, le visage à demi caché sous une longue mèche de chevelure pendante.

Ensuite dîner dans le restaurant Ultreia, un restaurant jacquaire, que j'avais découvert par hasard, près de mon hôtel. Plein de souvenirs de Compostelle, de cartes, de coquilles et de pèlerins. Évidemment pas bon, comme je l'avais déjà expérimenté. Chorizo nageant dans le gras, jambon rose, vin mauve. Pas grave. Je leur ai dit mes impressions de décalage au retour, combien il était difficile d'en parler, ce qu'elles n'avaient aucun mal à imaginer. Dans un autre genre, Raquel était passée par ce qu'elle appelait une «phase de toute-puissance»: après avoir accompli un tel exploit, elle s'était crue capable de tout — et s'était ramassé un méchant gadin à un concours administratif... Elles n'avaient pas besoin non plus que je leur décrive ma colère; elles l'avaient vue. Je venais de lui trouver une origine scripturaire, en rapport avec saint Jacques lui-même. Dans l'Évangile selon saint Marc, sur la montagne, Jésus appelle Jacques et Jean, son frère, les fils de Zébédée, «du nom de Boanergès, c'est-à-dire fils du tonnerre». Pèlerine de saint Jacques, j'étais donc devenue aussi fille du tonnerre! Elles ne m'ont pas paru très convaincues, mais soutinrent gentiment que l'apôtre avait le dos assez large pour supporter toute sorte d'interprétations...

Raquel appartenait désormais à une association de pèlerins («hédoniste, tu t'imagines!») et passait beaucoup de son temps libre sur le «chemin portugais», pour arriver, tronçon par tronçon, jusqu'à Santiago avant la fin de cette nouvelle année, qui était une année jubilaire. De celles où la saint Jacques tombe un dimanche, et où l'on ouvre la Porte du Pardon. Où l'on obtient une indulgence plénière. Et une *Compostela* de luxe. «On te pardonne tous tes péchés, faut te dépêcher d'en faire»... Le projet de Sonia était de faire un jour le «vrai chemin», c'est à dire de rattraper celui que nous avions déjà pris, le «chemin français», mais en partant de chez elle, à Madrid. Pas de Roncevaux. D'une seule traite, comme au Moyen Âge, où les gens quittaient leur maison pour rejoindre Compostelle. Cela demandait de plus longues vacances que celles que lui octroyait la police municipale.

Le chemin leur était devenu comme une sorte de résidence secondaire mobile, inépuisable réserve d'amitié, de paysages, de fatigue partagée et de découvertes... Un lieu d'éternel retour.

Le dernier soir, Raquel vint avec son journal de bord à l'hôtel pour combler les trous de mon itinéraire. «C'est toi l'écrivain, hum?» Elle regarda mes notes dans l'ordinateur: «C'est plein d'erreurs, je m'inscris en faux contre ce livre!» Enfin, grâce à ses souvenirs, je pus, en grande partie, ordonner les miens...

Je partis écrire à Tolède, où Raquel vint me retrouver un week-end, puis à Séville où je restai trois semaines, sous des trombes d'eau, pendant le carême, en pleins préparatifs de la Semaine sainte. Les boutiques proposaient chapeaux pointus, sandales et cordelettes pour les pénitents, et des espadrilles pour les *costaleros*, ces costauds qui s'entraînaient le soir dans les ruelles à marcher à petits pas, en portant sur la tête de larges estrades alourdies de parpaings, futurs chars de procession où l'on installerait des scènes de la Passion.

Au hasard des rues, je tombais sur de petites églises aux portes tendues de lourds rideaux de funérailles que des familles endimanchées écartaient pour aller embrasser les pieds d'un Christ gisant entre six candélabres sur des coussins d'œillets rouges. Après chaque baiser, un bedeau lui essuyait les pieds avec un mouchoir en dentelle. Au-dessus de la tête du Christ, toujours sa mère en larmes les paumes ouvertes, quelquefois à droite le jeune saint Jean, à gauche Marie-Madeleine avec ses parfums. L'illusion tenait du musée Grévin : tous ces saints avaient taille humaine, ma taille, et portaient des vêtements en tissu, voire parfois des perruques en vrais cheveux ; c'était l'uniforme du bedeau qui paraissait presque faux... Dans les sacristies, on recueillait les dons qui paieraient les cierges, et les femmes cousaient des habits pour la Vierge dont elles prenaient les mesures comme sur un manne-quin. C'était Notre-Dame-des-Sept-Douleurs, tou-jours, *La Dolorosa*, dont on distribuait l'image ; elle pleurait, une petite épée dorée plantée dans le cœur.

Toutes les Vierges de toutes les églises étaient déjà en larmes, et on leur brodait de nouvelles robes pour un nouveau deuil, car cette année encore Jésus allait mourir dans les rues de Séville. Pendant trois jours et trois nuits, la ville entière se transformerait en calvaire. Chaque Vierge de chaque église, derrière sa confrérie et ses pénitents masqués, s'apprêtait à se rendre sous escorte jusqu'à la cathédrale. La plus célèbre, la Macarena, sortait le Jeudi saint sur une mon-tagne de lumière. On l'installerait, cette année encore, au plus haut de la douleur et au sommet d'une pyramide de cierges, et la rue lui hurlerait qu'elle était belle, et les balcons essaieraient de la consoler en lui inventant des chansons nou-velles, et les costauds *costaleros*, cachés sous ses pieds, leurs tortillons sur le crâne, la berceraient doucement au rythme de la musique... Jésus allait mourir, et toute une population se préparait à tenir la main de sa mère pendant son agonie.

☆

Deux mois plus tard, j'étais rentrée et j'étais loin d'avoir fini, quand Raquel m'annonça qu'elle passerait quelque temps en France pendant l'été. En travaillant, je m'étais rendu compte que mon chemin avec elle n'était pas terminé, et que je n'arriverais à rien, même pas à écrire la fin, si je ne l'avais pas vécue d'abord — si je ne la transformais pas en *happy end*; si je ne réparais pas l'histoire dans la vie. Je pourrais écrire autour, mais pas au fond, ou plutôt: en face. Une autre idée m'était venue, ravivée par Séville : que si Jésus avait semé de façon aussi ostentatoire autant de ses propres cadavres tout au long du chemin, c'était pour mieux s'incarner dans nos vivants compagnons de route, les pèlerins, et en l'occurrence Raquel, mon prochain, que j'avais laissée tomber pour être sûre d'arriver, alors que c'était le contraire qu'il aurait fallu faire: Jésus était vivant, et il s'appelait Raquel. Un chemin avec Raquel s'imposait. Au rythme de Raquel. À la façon de Raquel, que je n'appelais pas Jésus (d'ailleurs je ne lui fis pas part de ma brillante déduction), mais «grand gourou international», ce qui était à la fois moins lourd et plus amusant.

Ainsi donc, après lui avoir fait visiter l'Anjou et quelques châteaux de la Loire, le 3 septembre 2004, contrairement à ma deuxième résolution (la première étant de ne pas écrire), je repartis pour Compostelle avec Raquel, dans l'espoir que nous parvenions enfin à arriver ensemble à Santiago.

Comme il était hors de question de recommencer le même itinéraire classique fort encombré en cette année jubilaire — en plus d'être long et pénible —, nous avions choisi un chemin différent, beaucoup plus court, qui part d'El Ferrol, en Corogne, et fait juste la centaine de kilomètres nécessaires à l'obtention de la *Compostela*. On l'appelle « chemin anglais » parce que les Anglais débarquaient dans ce port quand ils allaient à Santiago.

Grâce à son association madrilène des Amis de Saint Jacques, Raquel nous avait piqué deux crédentiales dont l'avertissement se terminait ainsi : « Nous faisons savoir au pèlerin qu'il rencontrera au long du chemin des saints et des canailles, mais qu'il ne désespère pas, car il devra aider les autres et parfois se faire aider lui-même, qu'il trouvera de nouvelles valeurs et découvrira la transcendance. »

☆

Raquel n'avait plus la foi depuis la terrible déconvenue suivant son enfance de bébé terroriste chez les témoins de Jéhovah (elle avouait regretter parfois le lion et le mouton qu'on lui avait promis au Paradis), mais elle était devenue une vraie pèlerine (je l'appelais aussi pèlerine professionnelle ou maximale) et tenait que le chemin devait être lié à un vœu. Il y avait un vœu officiel et un vœu secret. Elle dédia son pèlerinage à une amie à moi, mais inconnue d'elle, très croyante au contraire, et qui avait un cancer. Elles se parlèrent au téléphone, et nous partîmes depuis le bord de mer.

Sur ce chemin très peu fréquenté et beaucoup

moins bien fléché que l'autre, les refuges étaient rares. À déjeuner, une femme nous offrit du poisson, et le premier soir, nous nous fîmes ouvrir pour dormir l'immense salle omnisports d'un village minuscule, où nous étions seules sur nos matelas de gym au milieu du terrain de basket. Raquel me fit remarquer qu'aucune suite de l'hôtel des Rois catholiques où je l'avais entraînée n'offrait un tel volume ni une telle quantité de douches par personne... Puis, nous traversâmes des forêts d'eucalyptus, et je faillis me faire adopter par un chaton siamois à la voix très grave qui m'escorta bruyamment à travers son patelin.

Nous nous perdîmes plusieurs fois, ayant aussi peu l'une que l'autre le sens de l'orientation — et je me souvins alors d'une leçon de Peter l'Australien, qu'il fallait revenir sur ses pas pour repartir de la racine de l'erreur, et ne jamais continuer à l'aveuglette. Nous n'en tînmes aucun compte sur le moment, mais c'était néanmoins ce que j'étais en train de faire, en général...

Nous marchâmes sous la pluie, cauchemar du pèlerin qui finit toujours trempé, ayant le choix entre être glacé par l'eau du ciel ou bouilli dans sa sueur, selon qu'il se recouvre ou non d'un poncho en plastique, vite transformé en sauna portatif... Et aussi sous le soleil, en chantant *La Marseillaise* et *Le Chant du départ* qui enthousiasmaient Raquel, et que j'essayais de lui apprendre.

Nous arrivâmes à Santiago, des lampes sur la tête, dans le brouillard, en longeant une autoroute pleine de camions pour éviter le chemin tracé qui serpentait autour et nous obligeait à la traverser régulièrement...

Nous nous fîmes photographier sous la Porte du Pardon ; nous nous cognâmes la tête contre celle de l'ange de pierre, nous embrassâmes le large dos de saint Jacques, nous reçûmes nos *Compostelas* jubilaires avec l'indulgence plénière dont Raquel, selon son vœu, fit cadeau à l'amie malade inconnue.

J'offris la mienne pour Nita, car les mérites qu'obtiennent les vivants peuvent être portés au crédit des morts ; cette économie spirituelle catholique s'appelle la communion des saints. Nita m'avait souvent demandé de l'aide, et je ne pouvais lui en fournir de meilleure, à ce stade, que de graisser pour elle les gonds de la Porte du Pardon céleste. Cette idée, en tout cas, m'aidait à lui pardonner de nous avoir tous plantés là, et me consolait de n'avoir rien pu faire pour l'empêcher de tomber sur la terre. Nous allions pouvoir, enfin, redevenir amies.

Le lendemain, 8 septembre, en la fête de la Nativité de la Vierge, Raquel et moi, parmi des centaines de pèlerins, plaquées le long des colonnes comme les élus d'un Jugement dernier médiéval, nous applaudissions en riant aux larmes le *botafumeiro*, l'encensoir géant, qui volait à travers la cathédrale comme une libération.

☆

Ensuite, nous sommes allées en autocar à Finisterre, au bout de la terre, brûler, selon la tradition, les vêtements usés et mes vieilles chaussures au bord de l'océan, sur les falaises dans le soleil couchant, avec des pèlerins barbus hollandais, avant de manger du poulpe à la galicienne.

Quand nous nous quittâmes à Madrid, Raquel me dévoila son vœu secret: que l'apôtre me débarrasse de ma colère.

Ce qui fut fait.

☆

Raquel Fernández Pérez obtint sa troisième *Compostela* le mardi 12 octobre 2004, en terminant le chemin portugais avec son association de pèlerins hédonistes. L'année suivante, en juillet, elle s'engagea comme hospitalière à Castrojeriz, et son premier client fut super Crispín, les meilleures jambes de Mondragón! Ensuite elle commença le chemin du Nord, qui longe la côte depuis Saint-Sébastien. De bar en bar, m'écrivit-elle...

En janvier 2007, j'ai fini par lui avouer, avec un peu de retard, que j'avais recommencé à fumer. Toujours également magnanime et ironique, elle me répondit que le tabac inspirait les génies, comme Sherlock Holmes ou Baudelaire avec son haschich. Et qu'il serait donc grand temps que je me mette à écrire...

Raquel envahit Paris le vendredi 30 novembre 2007, où elle vint dîner chez moi à la tête d'un groupe de sept pèlerines madrilènes «folles du chemin» en représailles, m'avait-elle annoncé, à l'invasion napoléonienne de 1808... et pour leur montrer la tour Saint-Jacques, là où les pèlerins français faisaient le vœu de ne pas se quitter avant la fin, ajouta-t-elle en arrivant, avec son habituel regard en coin.

Elle m'avait apporté du vin, des livres, et un article découpé dans un magazine qu'elle me tendit avec un fin sourire :

«À qui se fier, de nos jours, hum?»

Je lus le titre : «Mère Teresa n'avait plus la foi»...

Raquel non plus, mais elle croyait à la magie du chemin et à la force des liens qui se tissent entre les pèlerins. Son seul vice demeurait le Coca light, qu'elle ne voulait pas abandonner, de peur, disait-elle, de ne rien avoir à confesser au jour du Jugement dernier. Cependant j'eus recours, ce soir-là, à l'arme la plus sournoise des Français : le champagne ! Et depuis, son idéal en matière de boissons gazeuses a beaucoup évolué...

La dernière fois où nous nous sommes vues, à Madrid, fin janvier 2010, elle m'a avoué qu'elle aussi avait souvent eu envie de me tuer et m'a proposé, en cette nouvelle année jubilaire, de faire ensemble le «chemin portugais», depuis Porto. Elle prétend que nous en sortirons vivantes.

Qui sait?

COMPOSTELLE III

Un léger coup de sabre séparera ma tête, comme une fleur printanière que le Maître du jardin cueille pour son plaisir. Nous sommes tous des fleurs plantées sur cette terre que Dieu cueille en son temps, un peu plus tôt, un peu plus tard. Autre est la rose empourprée, autre le lys virginal, autre l'humble violette. Tâchons tous de plaire, selon le parfum et l'éclat qui nous sont donnés, au Souverain Seigneur et Maître. Moi, petit éphémère, je m'en vais le premier.

SAINT THÉOPHANE VÉNARD

Le Retour

Entre-temps, le 6 septembre 2007, j'étais repartie pour Compostelle...

J'avais laissé ce livre en plan, arrêté à mi-chemin du premier chemin, en plein milieu, pour en écrire un autre, et il me sembla que, pour reprendre celui-ci, je devais d'abord reprendre la route. Ou peut-être est-ce que reprendre la route était une façon de ne pas me mettre à travailler? Écrire me demande un bien plus grand courage que marcher. Je le constate encore en ce moment où, ayant pu enfin achever ces premiers récits, je dois me mettre en marche dans l'écriture : j'aurais plutôt envie de refaire mon sac...

Mais c'est aussi une caractéristique profonde du chemin de Compostelle que tout le monde y retourne. On ne retourne pas à Santiago, on retourne sur le chemin. Les Espagnols disent *el camino* tout court. L'accent est sur le i, le o ouvert, ça trompette un peu comme ces petits klaxons à poire qu'on voyait parfois sur les vélos. Les pèlerins français le disent aussi, dès qu'ils ont franchi les Pyrénées, en signe d'acclimatation, mais en mettant l'accent sur la dernière syllabe, selon notre vieille habitude, et en fermant le o, ce qui donne à l'oreille un son moins gai et plus boulevardier, quelque chose comme : «le camineau»...

Nous sommes tous des pèlerins redoublants. L'essence du pèlerin est de redoubler. On a laissé quelque chose en chemin, on veut aller le rechercher. Quoi? Ce n'est pas très clair, mais c'est impérieux. Une sorte de vérité entrevue et qui s'est effacée avec le retour. Une façon de vivre aussi. Les deux sont liés. Quand on arrive, on n'en a pas terminé avec cette histoire. Et, pour moi, et pour écrire (mais écrire et moi c'est tout comme), j'ai eu envie de faire, comme disait Sonia aux longues jambes, le «vrai chemin», d'un bout à l'autre, depuis la maison, en Anjou, jusqu'à Santiago et même Finisterre d'une seule traite, à la médiévale. Un chemin qui soit vraiment le mien, suivant le tracé de mon existence. Seule. Je voulais comprendre. J'aurais eu du mal à dire quoi. Mais je m'aperçois, en me relisant, que c'était déjà mon idée depuis le début. Ce rêve de solitude et de méditation jamais réalisé. Cette recherche d'une vérité qui n'ose pas dire son nom.

Certes, je n'avais pas oublié combien j'en avais bavé la première fois, mais j'étais en bien meilleure forme physique. Comme j'avais recommencé à fumer, je picolais moins, et comme je courais tous les matins le long de la Loire, de la

Seine ou de la mer (restes hygiéniques de mes deux atroces années sans tabac), selon l'endroit où j'habitais, je pouvais marcher sans redouter de trop grandes douleurs. J'étais débarrassée de la peur de ne pas y arriver. Et de l'obsession d'arriver.

Le suspense était ailleurs.

PRÉPARATIFS

Par où passer? En Espagne, le chemin est abondamment fléché, et ne pose guère de problèmes. Mais depuis Saint-Hilaire-Saint-Florent (Maine-et-Loire) jusqu'à Saint-Jean-Pied-de-Port (Pyrénées-Atlantiques), c'était une autre paire de manches...

J'avais déplié, perplexe, une carte de France sur la moquette de la chambre de ma mère, à Midouin.

«Tu n'as qu'à tirer un trait au crayon entre ton point de départ et ton point d'arrivée, ça te donnera ta route!»

Suivant les conseils de cette fervente admiratrice de Napoléon et du général de Gaulle, je m'exécutai à l'aide d'un mètre de couturière. À son étonnement, car elle connaît bien aussi la géographie, la ligne passait par Bordeaux.

Le nez dans les deux seuls guides pour les pèlerins disponibles en librairie, je constatai que je devrais d'abord atteindre Thouars, pour rejoindre une voie secondaire du «chemin de Tours», un classique (beaucoup moins fréquenté toutefois que les chemins partant du Puy, de Vézelay ou d'Arles) dont je retrouverais la branche principale un peu avant Aulnay. En gros, il s'agissait de suivre un sentier de grande randonnée : le GR 36, balisé en rouge et blanc, qui tournicote autour du Thouet, plein sud. Puis, on descend toujours un peu en biais : Saint-Jean-d'Angély, Saintes, Bordeaux, Dax, Saint-Jean-Pied-de-Port, Roncevaux... Et ensuite, on tourne (à gauche sur la carte et à droite en réalité) plein ouest, tout droit jusqu'à la mer.

Toujours à quatre pattes, je fis des encoches le long de mon trait, avec une règle et un crayon, pour découper la route en étapes d'environ vingt-cinq kilomètres par jour. Plus, c'est la tendinite assurée. Moins, j'aurais l'impression de ne pas avancer... Le pèlerin fait du quatre kilomètres à l'heure en moyenne : ça faisait donc un peu plus de six heures de marche par jour. Et au final, ça me prendrait à peu près deux mois en tout : un pour aller jusqu'à la frontière, et un autre jusqu'à Santiago, comme la première fois, sur le même vieux «chemin français» (dit aussi «chemin royal»), plus trois jours pour atteindre Finisterre, à pied cette fois-ci...

«Tu ne veux pas t'arrêter une journée de temps en temps?»

Non, pas question : ça coupe l'élan sans reposer vraiment ; le corps n'y comprend rien. Les pèlerins marchent sans trêve et sans repos, comme «Tous ces fiers enfants de la Gaule» du *Régiment de Sambre et Meuse*... En fait, le repos doit être quotidien, l'après-midi, comme la marche, le matin, l'un nourrissant l'autre. Alterner les étapes courtes avec les longues ; c'était ça le principe pour tenir jusqu'au bout. De toute façon, il était interdit de passer plus d'une nuit dans un refuge, à moins d'être malade. Quand il y avait des refuges, ce qui n'était pas évident en début de parcours, où il faudrait que j'alterne entre chambres d'hôtes et gîtes ruraux.

Le plus compliqué, pour moi, c'était le début : comment aller à Thouars ? C'était à cinquante kilomètres de la maison, même pas une heure en voiture, mais à deux jours de marche, en passant par Montreuil-Bellay... Je voyais bien les routes et les agglomérations, mais où trouver des chemins ? Je n'allais pas me mettre à marcher entre la nationale et le fossé. Ni me perdre si près de chez moi, et accumuler les demi-tours humiliants dans les prairies avoisinantes... J'avais acheté des grandes cartes d'état-major locales, énormes gros plans, mais je ne savais pas les interpréter.

« Appelle donc ton psychiatre ! » me dit alors ma mère.

Ce n'était pas une vacherie : l'association de pèlerins jacquaires locale, dont j'avais récemment appris l'existence, était animée par un pédopsychiatre... J'hésitais à embêter un médecin avec mes questions, mais il me rassura au téléphone et me donna tout de suite rendez-vous chez lui : j'avais oublié la fraternité entre pèlerins, pour qui il était juste Paul de Saumur. Je transportai donc mes cartes sur la table basse de son salon, où sa femme finissait de ranger les jouets, non de ses jeunes patients, me précisa-t-il, mais de leurs petits-enfants repartis après les vacances... Le docteur n'exerçait pas à domicile. Bref, il me montra par où passer jusqu'à Thouars en m'indiquant les endroits problématiques. Il me détailla aussi le passage de Bordeaux, qui paraissait ardu. Mais il insista surtout pour me recommander des semelles anti-choc suisses très fines, contre les tendinites, et une crème spéciale pour les pieds... Il restait encore très impressionné par les horribles infections qu'il avait vues sur le chemin : des pèlerins n'ayant pas bien entendu ou compris ce que signifiait «pédopsychiatre» l'avaient pris pour un podologue! Le bruit s'en était vite répandu, et, renonçant à lutter contre sa réputation, ce spécialiste de la tête des enfants avait passé son temps à soigner les pieds des grandes personnes... Du coup, il était devenu assez obsessionnel.

Grâce à mes vieilles chaussures que j'avais brûlées la dernière fois à Finisterre, je n'avais jamais eu d'ampoules. Elles avaient déjà quatre ans de Bretagne avant de partir. Que donneraient les nouvelles? Je les avais un peu entraînées dans les collines du Midi, et portées pendant deux mois tous les jours, mais elles étaient encore bien jeunes... C'étaient des Salomon, trouvées dans un supermarché de la zone industrielle. Montantes, légères et imperméables, en matière synthétique. Je comptais beaucoup sur le grand roi plein de sagesse dont elles portaient le nom pour veiller sur mes pieds. Mon grand-père disait que la sagesse entrait par les fesses, mais sur le chemin, elle entre surtout par les pieds.

L'autre emplette que j'avais faite, à Paris, cette fois, c'était un grand poncho imperméable à capuche, pour recouvrir l'ensemble du sac et de moi sans se transformer en sauna portatif, comme celui que j'avais la dernière fois. Pour ne pas être mouillé par la pluie, on se retrouve trempé de sueur... J'avais donc trouvé un poncho de luxe rouge dans une matière respirable, avec une fermeture éclair courant tout du long, sous un rabat, et qui permettait l'ouverture pour aération. Selon les bons conseils de la vendeuse du Vieux Campeur, il n'était pas trop long (pour ne pas me prendre les pieds dedans en montagne) et rouge vif dans la mesure où quand il pleuvait, ce n'était déjà pas gai, donc pas la peine d'en rajouter avec des couleurs sombres.

Un jour, un poète randonneur écrira une ode aux tissus synthétiques : légers dans le sac, infroissables et séchant vite... Vive la laine polaire et les chaussettes de randonnée à bouclettes anti-ampoules ! Seule exception : la petite culotte en coton. Quand on marche, rien ne remplace le confort d'une petite culotte en coton. Grande, la petite culotte : une taille au-dessus, comme pour les chaussures. Car, comme le savent les pédopsychiatres, quand on marche, les pieds gonflent, et les élastiques frottent.

☆

Selon le principe d'avoir une tenue pour marcher, qu'on lave à l'étape, et une autre à mettre pendant que la première sèche, prévoyant un léger retard au séchage dû à la saison que le génie des matières synthétiques n'arriverait pas à éliminer en totalité, me souvenant que le poids et l'humidité sont les deux ennemis du pèlerin, j'en arrivais à cette liste de mes affaires :

Sous-vêtements : trois paires de chaussettes basses de randonnée, trois culottes, deux soutiens-gorge et un sous-pull à col montant pour grand froid.

Vêtements : trois tee-shirts, deux pantalons, deux polaires, un bonnet et des gants. Le poncho rouge. Un blouson coupe-vent imperméable. Et mon gilet beige multi-poches, pour mettre carte de crédit, crédentiale, carte d'identité, porte-monnaie, chapelet, bic, petit carnet, téléphone portable et un couteau suisse multifonctions (tire-bouchon, ciseaux, ouvre-boîte, pince à épiler).

Chaussures de marche et sandales en plastique style babouches, permettant de mettre des chaussettes à l'intérieur le soir s'il faisait froid, contrairement aux tongs.

Sac de couchage bien compact et pour températures allant jusqu'à moins dix degrés. Sac à viande (drap très léger en forme de poche pour mettre à l'intérieur du sac de couchage). Petite serviette de toilette hyper-absorbante. Couverture de survie, en papier métallisé, isolante. Une petite lampe de poche et une frontale. Une boussole avec le fond transparent pour orienter la carte dans le bon sens. Une montre étanche (pour la douche) et qui s'allume dans le fond (pour lire l'heure au dortoir). En promo à six euros, chez Decathlon : une affaire ! Sauf qu'à ce prix-là elle était signalée comme « sans aucune garantie », étrange précision que je n'avais encore jamais trouvée sur aucun article...

Une trousse de toilette étanche comprenant : brosse à dents, dentifrice, savon de Marseille (pour le linge et le corps) dans une boîte en plastique, crème de huit heures d'Elizabeth Arden, petit shampoing d'hôtel, peigne, tampons hygiéniques. Plus cinq bons mètres de fil à linge rigide (avec du métal au milieu) facile à accrocher partout, et sept pinces à linge. Comme on lave ses vêtements juste après sa personne, et généralement au même endroit, mieux vaut tout regrouper dans la trousse de toilette...

En revanche, je me souvenais qu'il fallait mettre le matériel de couture (fil et aiguilles) dans la trousse de pharmacie, car il sert surtout à percer et drainer les ampoules... Plus : pansements autocollants, Compeed, petite bombe de désinfectant (évite le coton). Une bande cohésive en latex. Qui se découpe à la main, se replace, ne colle pas à la peau, et adhère sans épingle. Idéale en cas de foulure comme d'hémorragie, d'après Mme Laferrière, la podologue (véritable !) de ma mère. Vitamine C. Aspirine et anti-inflammatoires. Grâce aux conseils de Caroline (autre pédopsychiatre !), j'avais pris des comprimés de

Voltarène à effet retard : un seul comprimé agit toute la journée, ce qui évite de se faire des trous dans l'estomac en en prenant six par jour selon l'ancien système. Néanmoins : Maalox pour l'estomac, vu ce qu'on avale, en aliments liquides et solides, sur la route... La pharmacie doit se ranger dans une poche extérieure, pour être facilement accessible. Comme la gourde. La mienne faisait un litre ; c'était trop : l'eau pèse lourd, et on en trouve partout. Il faudrait résister à la tentation de la remplir en entier, ce qui conduit à trimballer inutilement en permanence cinq cents grammes superflus d'eau tiède...

Des guides dépouillés de leur couverture et de chapitres entiers : j'avais juste découpé les pages dont j'avais besoin, de Midouin à Compostelle. Le papier est encore plus lourd que l'eau. Étant donné mes excellentes facultés à me perdre, j'avais trouvé une pochette en plastique transparent pour y ranger la feuille étape du jour, et pouvoir la consulter facilement, au bout de son fil élastique accroché en haut du sac...

Un grand chapeau à larges bords, des lunettes de soleil à ma vue, un petit foulard — mouchoir en coton très fin, à mettre autour du cou, qui préserve du froid et du chaud (trempé dans de l'eau fraîche) mais aussi de l'intrusion de sales bestioles, genre tiques, qui tombent des arbres pour se nicher entre les vêtements et la peau.

Mon bourdon ferré pyrogravé Pays basque, venant de Saint-Jean-Pied-de-Port, et orné de sa petite calebasse offerte par les enfants de La Cruz.

La coquille avec la croix-épée de saint Jacques, toujours accrochée avec une ficelle au dos de mon sac depuis ma rencontre avec Tatiana la Brésilienne le premier soir à Roncevaux. Les chocs avaient un peu écaillé la peinture rouge, mais ça me faisait une sorte de feu arrière, de plaque minéralogique.

Après pesage, avec sac et sans sac, sur la bascule de la salle de bains, j'avais éliminé : un appareil photo, une polaire marron et bleu à capuche, et toutes les boîtes des médicaments avec leurs modes d'emploi ; je remplaçai la trousse à pharmacie, que je venais juste d'acheter, par une simple pochette zippée transparente (l'emballage originel des culottes) ! Quant au caillou à déposer au pied de La Croix de Fer, c'était un gravillon du jardin si minuscule que je le rangeai dans la trousse de toilette pour ne pas le perdre. Il était censé symboliser le poids de nos péchés, mais dans ce domaine, il pourrait sembler vaniteux d'en faire trop étalage... L'orgueil n'était-il pas le premier de tous les péchés ?

Selon la règle, mon sac faisait exactement dix pour cent de mon poids, il est vrai un peu alourdi récemment par les amies attentionnées qui m'avaient gavée de bons repas en prévision : à peu près six kilos...

Je tassai le tout en plaçant les objets les plus lourds au fond, et le long du dos. Les plus légers à l'extérieur et au-dessus. Le but étant que le sac, bien compact, colle le plus possible au dos. Comme une bosse. Et rien qui pendouille et risque de se balancer perpétuellement : ça rend fou.

☆

Autre préparatif, et non le moindre : un premier coup de tampon sur ma crédentiale toute neuve. Je l'avais trouvée dans une association de pèlerins à Paris. Elle devait porter le sceau de mon lieu de départ. On peut mettre celui de la mairie, mais ils sont plus jolis et plus jacquaires dans les paroisses...

Le dimanche avant de partir, je poursuivis donc le père Antoine, jeune et joufflu petit abbé tout brun, dans la sacristie à la fin de la messe pour qu'il me donne un coup de tampon.

« Il faut que je vous bénisse ! » me dit-il en appliquant avec de l'encre violette un vieux Saint-Nicolas qui ne lui donnait pas vraiment satisfaction...

« On nous bénit à Roncevaux, ne vous inquiétez pas ! répondis-je en soufflant sur le résultat.

— Mais vous partez d'ici, non ? Pas de Roncevaux ! Quand ?

— Jeudi matin.

— Ça tombe bien : il y a une messe à Saint-Hilaire-des-Grottes, mercredi soir ! Je vous bénirai à la fin ; j'apporterai la formule... Vous savez où c'est ? En face du Centre nautique...

— Oh, je connais ! Mais elle n'était pas fermée, cette église ?

— On l'ouvre l'été une fois par semaine... À mercredi ! »

146

Je trouvais curieux que le père Antoine utilise le moderne Centre nautique comme point de repère pour situer l'emplacement d'une chapelle romane antérieure à sa construction d'une petite douzaine de siècles... J'ignorais qu'on appelait «des Grottes» l'église de Saint-Hilaire, mais je savais très bien où elle était : on passait tous les jours devant pour aller en ville. Et à chaque fois, quand nous étions petites, ma sœur Laurence et moi, et que notre père était au volant, il ne manquait jamais de commenter, sur le ton d'un speaker sur les champs de courses : «Mes enfants, il y a peu de temps, dans cette église se pratiquaient encore des sacrifices humains : c'est là que j'ai épousé votre mère ! Et depuis, elle est fermée. »

Je ne risquais pas de l'oublier...

Dans le fond, j'étais enchantée : une bénédiction, ça ne peut pas faire de mal. Ça ne coûte rien et ça ne pèse pas dans le sac. Jamais un pèlerin, même aussi mécréant que Raquel, ne refuse une bénédiction offerte de bon cœur. Ça n'engage à rien, et ça protège. Ça ne mange pas de pain, comme dirait Hélène. Et j'aimais bien ce jeune père Antoine. Comme mon ami le frère Matthieu, il avait vraiment la foi, et c'était un réel réconfort. Brun et souriant, il était toujours vêtu de très jolies tenues de célébrant à broderies, de chasubles si exotiques d'élégance sous nos climats d'aubes avachies que je l'avais cru un temps libanais. Je ne manquais jamais de le féliciter pour ses « belles robes » à la sortie de la messe ; ça le faisait rire... En fait, il était de Cholet, juste de l'autre côté de la Loire. Ses sermons étaient classiques — et en cela aussi très originaux pour l'époque. Une fois, il avait parlé de l'enfer. Plus personne n'y croit ; pourtant, il soutenait que c'était dans les textes, « les pleurs et les grincements de dents »... Et que nous ne serions pas vraiment libres, s'il n'y avait pas d'enfer. J'avais répété ça à ma mère, qui était souvent encline à le fermer pour en libérer les deux seuls habitants qu'elle y avait installés d'office, Judas et Hitler, qu'elle laissait régulièrement s'échapper au gré fluctuant de ses évaluations sur l'étendue de la miséricorde divine...

Dans une autre homélie, le père Antoine avait dit que s'il y avait beaucoup de croyants qui n'étaient pas pratiquants, il y avait aussi beaucoup de pratiquants qui n'étaient pas croyants. Ça m'avait frappée ; j'ai souvent l'impression d'être comme cela... À la question : « Croyez-vous en Dieu ? » autrefois, on répondait par oui ou non. Et c'était définitif. Tranché. Aujourd'hui, la réponse me semblait plutôt : oui et non. On y croit, et on n'y croit pas en même temps. (Comme dans la physique quantique où le chat de Schrödinger est à la fois mort et vivant.) Les deux propositions ne s'excluent pas. Pour moi, en tout cas. J'avais la foi et je n'avais pas la foi. J'avais eu la foi enfant, je l'avais perdue à l'adolescence, mais en la retrouvant plus tard, vers vingt-cinq ou vingt-six ans, je n'avais perdu ni la pensée ni l'habitude de me débrouiller sans. Le «Dieu sensible au cœur» de Pascal n'était pas revenu dans le mien. Ce n'était pas si simple. «Vous n'avez pas confiance en Dieu», m'avait dit le vieux chanoine qui m'avait confessée à Séville. Il n'avait pas tort. J'avais la foi plutôt méfiante. Pour cela aussi, je me sentais bien plus à l'aise pour jouer les cathos parmi les athées qu'au milieu des cathos, où je me sentais souvent comme une espèce d'agent double.

Là, de toute façon, je n'avais pas le choix, et j'étais très contente. Le chemin de Saint-Jacques n'était pas une simple randonnée, et je ne l'avais jamais considéré comme telle. C'était une épreuve de réalité en trois dimensions, où l'on apprenait d'abord à ne pas faire le malin : Dieu, qu'il existe (ou) et pas, restait la question centrale de mon existence. La seule qui m'intéresse vraiment, et le personnage principal qui m'attendait sur la route, si j'acceptais trois minutes d'être honnête avec moi-même.

☆

Le mercredi soir, veille de mon départ, à six heures et demie, j'étais au premier rang à l'église de Saint-Hilaire, romane, fraîche et tendre, où subsistent au creux des voûtes quelques vestiges grisonnants de fresques décolorées. L'assemblée était hétéroclite et fervente, du volume d'une classe d'école, car c'était un jour ordinaire d'une semaine ordinaire. En dehors des Garelly, qui faisaient aussi le chemin par tronçons d'une semaine chaque année, je ne connaissais personne.

À la fin de la messe, le père Antoine m'a fait venir près de lui, devant l'autel, pour que je m'explique. J'ai raconté que je partais pour Compostelle, que j'y étais déjà allée mais jamais d'ici, et que la spiritualité commençait par les pieds ; ça les a fait sourire. Aussi que j'étais émue parce que mes parents s'étaient mariés dans cette église, et que je me trouvais là comme à la racine de ma vie...

« C'est providentiel », commenta le père Antoine.

Dans sa bouche, c'était le mot juste. Il ajouta qu'on prierait pour moi, mais qu'il fallait aussi que j'emporte à Saint-Jacques les intentions du pays, c'est-à-dire celles qu'il avait dégagées de l'Évangile du jour, racontant Jésus à la synagogue de Capharnaüm : que chacun de ses paroissiens, dont moi, soit un apôtre de la foi autour de lui... Ce nouveau poids imprévu me sembla un peu lourd pour mes épaules.

Le père Antoine m'a demandé alors si je voulais rester debout ou me mettre à genoux pour la bénédiction. Je me suis mise à genoux, comme autrefois, dans l'église médiévale. Derrière, les gens se sont levés ; cette bénédiction les bénissait aussi. Toute vie humaine est un pèlerinage, expliqua-t-il avant d'étendre les mains au-dessus de ma tête, en lisant dans le livre que lui tendait un assistant :

« Dieu tout-puissant,
Tu ne cesses de montrer ta bonté à ceux qui t'aiment
Et tu te laisses trouver par ceux qui te cherchent,
Sois favorable à tes serviteurs qui partent en pèlerinage,
*   et à Alix qui part pour Compostelle.*
Dirige leur chemin selon ta volonté :
Sois pour eux un ombrage dans la chaleur du jour,
Une lumière dans l'obscurité de la nuit,
Un soulagement dans la fatigue,
Afin qu'ils parviennent heureusement sous ta garde
*   au terme de leur route.*
Par Jésus le Christ, Notre Seigneur.
— Amen ! »

En me relevant, je pensais que cette bénédiction était aussi précise et terre à terre que l'élaboration de mon sac à dos. Comme s'il déclinait le contenu de ses poches: Dieu ma boussole, Dieu mon chapeau, Dieu ma lampe, Dieu mon duvet...

Le père Antoine m'a demandé alors si j'avais un cantique préféré qu'on pourrait chanter ensemble. Je lui ai répondu que le *Salve Regina* avait été inventé sur le chemin, que c'était la prière des pèlerins, leur «Allô Maman bobo»... À mon étonnement, car c'est un chant en latin déjà pas du tout de ma génération — et encore moins de la sienne! —, il l'aimait beaucoup et entonna la première phrase en se retournant face à la statue de la Vierge, à droite de la nef, comme on le fait à Roncevaux: *Salve Regina,*

Mater misericordiae... À ma surprise aussi, l'assistance enchaîna en chœur : *Vita, dulcedo et spes nostra, salve*, notre vie, notre douceur et notre espoir, salut... Je n'aurais pas dû être étonnée : les personnes qui vont à la messe en semaine sont des catholiques professionnels, des enfants d'Ève en exil, *exsules filii Evae*, et la Sainte Vierge demeure leur secret d'amour le mieux partagé.

À la sortie, une femme des îles et sa fille sont venues me dire qu'elles réciteraient chaque jour le chapelet pour moi. « Tu dis le chapelet ? » ai-je demandé à la petite fille. « Mais oui ! » m'a répondu sa mère, comme si c'était une évidence. Je n'ai jamais vu ma propre mère dire le chapelet : elle est trop moderne !

Le père Antoine signa ma crédentiale, en mettant la date. Je lui dis que je n'étais pas très sûre de faire un apôtre de la foi très fiable, et à la hauteur de ses vœux... « Qui en est sûr ? me répondit-il. Tout commence par une conversion, même pour les prêtres. »

Il faisait beau. Mon sac était prêt. Après tant de spiritualité, nous avons passé la soirée à regarder *Les Experts : Manhattan* à la télévision avec Valérie, mon ange gardien, qui est animiste et que mon côté apostolique ferait plutôt rigoler.

Sacrée veillée d'armes après une bénédiction médiévale !

ADIEUX

Partir de chez soi à pied n'a rien d'un exploit. On le fait tous les jours.

Pas de quoi se mettre à agiter des mouchoirs quand on va s'arrêter pour dormir à vingt-cinq kilomètres! Aucune effusion ni grandiloquence possible. Même se retourner pour regarder avec nostalgie le lieu de son enfance disparaître dans le lointain, façon Chateaubriand sur son rocher, est fortement déconseillé: «Celui qui met la main à la charrue et regarde en arrière n'est pas fait pour le royaume de Dieu», dit l'Évangile. De toute façon, il est impossible de marcher en regardant derrière soi sans se casser la figure. Et quand j'y ai pensé, la maison était déjà masquée par les arbres. Trop tard. Ça m'apprendra.

Avec le costume de pèlerine, les réflexes reviennent : sangler mon sac à fond pour qu'il adhère au dos et que son poids repose sur les hanches, pas sur les épaules. Laisser glisser mon bâton dans la main sans le serrer, au rythme de la marche. Réciter des prières... Un peu distraites, les prières... Le chemin au départ de la maison, tout plat, n'a pas la violence de l'ascension des Pyrénées qui m'avait précipitée, épuisée, la première fois, sous le manteau de la Sainte Vierge dès le troisième tournant du premier col dans une aube tropicale, humide et chaude. Là, aucune montagne en vue jusqu'au Pays basque ! Il fait beau, pas trop chaud, et je m'éloigne en longeant la Loire sur un chemin goudronné que je connais par cœur : c'est là que je cours chaque matin.

Évidemment, dès que je dois quitter la Loire pour suivre le Thouet, je commence à vasouiller... Après quelques hésitations, je débouche juste en contrebas de l'église de Saint-Hilaire ! L'église de ma bénédiction de la veille et du mariage de mes parents... Je ne l'avais jamais vue sous cet angle : de mon ornière, j'aperçois une inscription que j'ignorais, car elle était trop haute pour mes yeux de piétonne ou d'automobiliste. Je m'approche ; je comprends : elle était destinée au regard d'un homme à cheval ! En pensant à mon père, je l'ai copiée dans mon carnet :

« Arrête-toi, cavalier, et regarde cette petite église fondée en 840 par Gaubert, chef de cavalerie du roi Charles surnommé le Chauve et son vieux compagnon d'armes. Souviens-toi de lui. »

Avait-il lu cette plaque, le colonel mon papa, écuyer en chef du Cadre Noir ? Sûrement. L'histoire le passionnait, et il lui est arrivé maintes fois de se balader à cheval dans le coin. Ce fidèle Gaubert surgi du Moyen Âge avait tout pour lui plaire.

«Tu quitteras ton père et ta mère», disent les Écritures aux futurs mariés. Je ne me suis jamais mariée ; je n'ai pas d'enfant. Je n'ai jamais quitté mon père et ma mère. Enfin, jamais officiellement. Aujourd'hui, je quitte la maison de ma mère — et mon père nous a quittés depuis un bon moment déjà.

Je l'ai écrit pour la symétrie, mais j'ai horreur de cet euphémisme hôtelier : «mon père nous a quittés». Comme s'il risquait de revenir, et avait réservé pour la nouvelle saison dans un autre établissement où l'on pourrait lui faire suivre ses valises et son courrier.

Mon père est mort. Je ne m'imaginais pas que je pourrais un jour écrire une phrase aussi simple et aussi terrible que : «Mon père est mort.»

☆

Enfant, j'avais tout le temps peur qu'il ne meure : il passait sa vie à cheval, et beaucoup de gens mouraient en tombant de cheval. Peut-être pas tant que cela, à l'échelle de l'humanité, mais à Saumur, la «ville du cheval», où arrivaient des cavaliers de partout, civils et militaires, nous étions bien placés pour en connaître plein. Dans le monde entier. Des morts et des blessés : aux courses, aux concours hippiques ou complets, et même en promenade... À chaque reprise du Cadre Noir, j'avais peur que mon père ne tombe. Et dès qu'il était en retard à la maison le soir, pour dîner, j'avais peur qu'il ne soit tombé. Cela ne me quittait jamais. Même quand on l'a vu à la télévision arriver à la tête des écuyers devant la reine d'Angleterre, son cheval allongeant la jambe au rythme lent du «pas d'école», je n'étais pas rassurée: son alter ego, le colonel Handler, directeur de la Haute École espagnole de Vienne, juste après avoir salué en tête d'une reprise, était tombé raide mort dans son manège... Comme Molière en scène, mais sans le fauteuil.

Je n'ai jamais vu mon père tomber de cheval. Et quand il est tombé, les chevaux n'y étaient pour rien. Je ne guettais pas le danger là où il était. Chez les humains. Pour défendre l'avenir de sa fonction, à six mois de son départ en retraite, il s'est opposé aux projets d'un obscur gratte-papier de ministère, fort d'avoir posé trois fois ses fesses sur un cheval. On l'a viré en trois semaines. Après plus de trente-sept ans de service... Quand on le lui annonça, on lui expliqua dans la foulée que s'il était sage, il pourrait faire une dernière reprise de gala devant le ministre de la Défense, qui se déplacerait en personne avec son hélicoptère pour lui donner une nouvelle Légion d'honneur, plus grosse que celle qu'il avait déjà. Comme il avait le sens de l'honneur (il savait *Le Cid* et *Cyrano de Bergerac* par cœur) et ce fameux esprit cavalier, il précisa, en termes choisis, l'endroit de son anatomie où le ministre pouvait s'accrocher sa Légion, et partit dès la semaine suivante, après une dernière reprise, intime et bouleversante, sans le ministre, qui n'avait plus osé poser son volatile dans le secteur.

Mon père a eu l'âme cassée. Les valeurs auxquelles il avait cru et pour lesquelles il avait ferraillé ferme toute sa vie furent prises dans un tourbillon qui emportait, avec les rubans rouges qu'il fit découdre de toutes ses boutonnières, les instituteurs barbus de la IIIe République, le rôle social des officiers, le nombre d'or, Kipling, Pagnol et Anna de Noailles, les montagnes Pyrénées, la justice immanente, l'art équestre, «sa boutique», le Cadre Noir... Pour achever le tableau, certains, parmi ses plus vieux amis de Saint-Cyr, et sans doute pas les plus malins, lui tournèrent le dos sous prétexte qu'un ordre était un ordre; cela ne se discutait pas. Même s'il n'était plus militaire à ce moment-là. On rapatria le vieux Radis Rose, son unique cheval personnel, à la maison, et il lui apprit le pas espagnol, c'est-à-dire à marcher en levant les antérieurs à angle droit, une figure de cirque baroque, vulgaire et tape-à-l'œil — tout à fait déplacée à Saumur, patrie de l'élégant classicisme français.

Ce fut son unique et subtile vengeance.

Il a traversé une période noire avant de se remettre à l'escrime, passer son brevet de pilotage, écrire des nouvelles absurdes, raconter *L'Île au trésor* à ses petits-enfants dans les pubs des îles anglo-normandes, faire de gros albums de photos avec ses chevaux et les capitales européennes où il avait emmené le Cadre, bien loin de Saumur... Il voyagea d'Égypte aux Amériques, et continua, jusqu'à la fin, à monter le cheval Napoléon, après la mort de Radis Rose, terrassé par une crise cardiaque le jour de notre départ familial pour Paris, au cours d'un déménagement qui tenait de l'exil.

Mais même vingt ans plus tard, alors qu'il passait au-dessus de la maison en battant de l'aile pour dire bonjour à bord de *Juliette Québec*, l'avion de l'aéroclub, et qu'un nouvel écuyer en chef lui avait largement ouvert le manège de la nouvelle École nationale d'équitation où il montait à cheval chaque matin d'été, quelque chose en lui restait brisé, que j'entendais dans sa voix, comme un grelot au fond de la gorge.

☆

Je ne l'ai jamais vu tomber ; je l'ai vu vieillir ; il avait horreur de ça : «Comment ai-je pu être assez bête pour vivre aussi vieux !» râlait-il. À chaque anniversaire, il allait sauter du plongeoir le plus haut de l'Automobile club, pour prouver qu'il ne faisait pas son âge, véritable secret de famille... et qui le reste : sur sa tombe, Laurence et moi n'avons pas fait graver son année de naissance, et nous ne le ferons pas avant que toutes les femmes de sa génération aient aussi plié bagage !

Je ne sais pas ce qu'il aurait pensé de me voir déguisée en pèlerine de Compostelle... et dans l'infanterie, en plus ! («La poussière de la cavalerie est haute et légère, la poussière de l'infanterie est basse et lourde. ») Il n'avait guère apprécié ma période scoute... Pour lui, homme du Sud-Ouest, la religion était du genre féminin. Les hommes au bistrot, les femmes à l'église ! Bien qu'il ait souvent émis cette idée, il allait chaque dimanche à la messe, en grande partie pour faire plaisir à ma mère, catholique militante et souffrante, imperméable au doute. De toute façon, « les hommes au bistrot » valait jusqu'à un certain âge où ils retournaient à l'église, sentant leur fin venir...

À la fin de sa vie, il était très préoccupé par la question de l'existence de Dieu. J'ai toujours fui lâchement avec lui cette conversation d'une intimité gênante. Il aimait bien l'idée de métempsycose, la réincarnation lui semblait comporter une sorte de justice ; évidemment il serait réincarné en cheval... Sa charité faisait enrager Nanie quand il annonçait : « C'est peut-être le Christ qui frappe à la porte ! », à chaque chemineau qui sonnait à Midouin, et ajoutait, au casse-croûte qu'elle lui donnait, et à sa grande fureur, une pièce et un litron de rouge ; il achetait aussi aux Gitans des quantités de paniers « faits à la main », même après avoir découvert sur l'un d'eux l'étiquette d'un Prisunic voisin. Le bourgeois, disait-il, est fait pour être volé, et l'élégance consiste à se laisser voler avec grâce.

« Dieu est moins con que les curés », proclamait-il aussi : là-dessus il n'avait aucun doute. J'ai cité cette phrase à sa veillée funèbre, et les prêtres présents ont approuvé. Nous avons aussi chanté avec ses petits-enfants sa chanson préférée, *Le Général à vendre,* de Francis Blanche, qui n'avait rien d'un cantique. Et aussi «Un petit poisson, un petit oiseau s'aimaient d'amour tendre...»

Sa mort m'avait électrocutée.

Plus tard, dans la nuit, je suis revenue avec un verre de Johnnie Walker et des glaçons, pour lui parler dans la bibliothèque où était son cercueil. Cette nuit-là, je lui ai vraiment parlé. Il n'était pas trop tard; il était juste temps; il est beaucoup plus facile de parler aux morts qu'aux vivants.

☆

Est-il plus facile aussi de parler des morts que des vivants? Au moment où j'écris ces lignes, le jeune père Antoine est mort lui aussi. À trente-quatre ans, d'un cancer foudroyant, une semaine après Pâques, l'année dernière. Aux Rameaux, il avait mal au ventre, on l'a hospitalisé à Saumur puis à Angers, et un mois plus tard, malgré les nombreuses et intenses prières de toute la communauté paroissiale, il était mort.

À son enterrement, il y avait tellement de monde dans l'église Saint-Pierre que j'ai assisté à la messe, comme beaucoup, sur la place. Mille quatre cents personnes, d'après M. Aupif, l'épicier de la rue de La Tonnelle.

J'ai pu entrer à la fin, pour bénir le corps. Il m'avait bénie pour Compostelle à l'église de Saint-Hilaire, et je le bénissais, à mon tour, pour un plus long voyage... Aurait-il trouvé cette étrange symétrie «providentielle»?

Le dimanche suivant, j'ai protesté auprès du curé de la paroisse, le père Bruneau, devant une telle absence de miracle, après tant de prières; il m'a répondu en souriant, avec cet humour en demi-teinte des bords de Loire: «Qu'est-ce qu'on penserait du Bon Dieu s'il commençait d'abord par guérir ses prêtres?»

Il est vrai que ce n'aurait peut-être pas été très bon pour son image de marque... Le jeune père Antoine n'a pas été épargné. Ses parents ont donné au père Bruneau (qui a fait le chemin de Saint-Jacques à vélo) ses jolies chasubles pour dire la messe, et notre curé semble tout fier de sa nouvelle élégance, qu'il n'a pas manqué de me faire remarquer — et dont je n'ai pas manqué de le féliciter...

☆

«Laisse les morts enterrer leurs morts, et suis-moi!» répond brutalement Jésus à un disciple qui veut aller enterrer son père.

Si j'étais une bonne chrétienne, j'effacerais sans doute ces pages... Cependant, pour la défense du métier d'écrivain, je dirais que nous n'essayons pas d'enterrer les morts, mais de les ressusciter.

Et qu'il n'avait qu'à pas commencer...

Cela n'en demeure pas moins un excellent conseil, en avant!

PAUMÉE

Au début, je me suis perdue au moins une fois par jour.

Mon record, c'était à Parthenay, d'où je suis repartie, au petit matin, carrément dans le mauvais sens... Il m'a fallu deux bons kilomètres, où je me doutais quand même un peu que je n'étais pas du bon côté de la rivière, avant de reconnaître le panneau d'un village que j'avais traversé la veille...

Mes sempiternels rêves de méditation achoppaient (comme toujours!) sur la réalité du chemin et la vigilance nécessaire à la marche, accrue par mon absence du sens de l'orientation, ma myopie et ma solitude. Je devais toujours avoir l'œil sur une borne, une carte ou un plan. Voire les trois à la fois. Vérifier l'itinéraire, et scruter le paysage à la recherche de petits signaux blanc et rouge qui balisent le chemin de grande randonnée jusqu'à Thouars. Et ensuite, les peintures jaunes ou vertes, selon les coins, le long des arbres, des murs ou des poteaux, qui signalent le chemin de Saint-Jacques... Parfois il y en a beaucoup, et certains arbres ont le tronc hirsute d'affichages contradictoires, et d'autres pas du tout. Trop d'infos ou pas d'infos. À chaque carrefour son inquiétude, à chaque embranchement son doute... J'étais toujours en train de faire le point. Mobilisée par l'extérieur.

Et même sur les lignes droites! Il semble normal qu'il n'y ait pas trop d'indications en dehors des fourches, et les mauvaises directions sont censées être barrées par un signe en forme de x, mais quand ça dure un peu trop longtemps et qu'on débouche sur une prairie étale, la seule solution est de revenir sur ses pas pour retrouver l'origine de l'erreur, l'indice qu'on n'a pas vu ou qui n'était pas là... Tiens donc : le petit chemin pierreux décrit par le guide a été macadamisé le mois dernier, et j'ai traversé toute une forêt pour des prunes! Seuls les cloîtres, fabuleuse invention monastique, permettent de marcher en lisant ou en priant, sans risquer la chute ou l'errance. De se perdre dans ses pensées. Le chemin n'est pas un cloître, et si l'on se perd dans ses pensées, on se perd tout court.

☆

Je redécouvrais le rythme du travail de pèlerin: le lever avec l'aube, l'enchantement des paysages noyés dans une lumière versée à profusion entre les arbres et la rivière où tournicote un chemin qui me la fait souvent traverser, sautant de pierre en pierre ou agrippée à des ponts suspendus qui atterrissent dans les jardins de modestes maisons multicolores; de ces premières heures pleines d'énergie, aux quatre derniers kilomètres, toujours épuisants, énervants, brûlants, interminables et qu'une bonne douche aura tôt fait disparaître... Peu d'intériorité mais des moments de jubilation et d'épuisement intenses, couchée dans l'herbe à regarder le ciel, après un sandwich aux rillettes. De douceur, le soir, une fois la lessive pendue entre une chaise et une armoire, à fumer une cigarette avant le dîner, quand on a le temps, enfin, de contempler le paysage. Regarder mon ami Daniel ou le rugby à la télé en m'endormant dans un hôtel zéro étoile, ou me réveiller baignée de soleil dans le lit d'une chambre d'hôte, au hasard du jour....

On part à la recherche de son âme, et on découvre qu'on a un corps, les pieds qui chauffent, comme rongés, mal aux genoux et dans les hanches, bientôt assommé par le Voltarène. Ma première ampoule dès le premier soir, que je recouvris d'un moderne Compeed, ce qui me donna la joie, le lendemain à la même heure, de m'apercevoir qu'elle avait fait des petits et s'était multipliée avec la naissance de charmantes petites ampoulettes en corolle autour du pansement; je les drainai, selon la vieille méthode, avec du fil et une aiguille passée sous la flamme de mon briquet... Des soucis de buanderie: les tee-shirts et les culottes sèchent bien, mais les chaussettes sont plus lentes, et je les accroche au matin sur mon sac à dos avec des épingles à nourrice... sans grand succès. Septembre est beau, mais humide le long du Thouet, heureusement que j'en ai pris trois paires !

Telles étaient mes préoccupations... Ça ne volait pas bien haut, mais je n'étais guère capable d'autre chose ; l'esprit n'est pas rangé sous le chapeau dans un tiroir supérieur de la tête qu'on pourrait ouvrir à la demande. Il fallait d'abord s'incarner, et ça ne se faisait pas sans douleur.

Je n'y échappais pas, même si je n'avais pas de montagnes à escalader dans l'immédiat. On ne peut pas y échapper. Il faut que le corps se rompe à la routine de la route, ce long effort régulier de la marche, que les jambes se musclent, que le ventre se creuse et que les pieds s'endurcissent avant de voir si l'esprit s'élève. Au bout de la fatigue et de la joie. À travers la fatigue et la joie. Car c'était mon âme, sans doute, que je sentais clignoter dans ces rares moments d'épuisement et de jubilation intenses, quand je m'écroulais dans l'herbe au bord d'un fossé. En attendant, je me contentais de chapelets mécaniques, en me disant que l'essentiel était de marcher et de me laisser faire. De m'égarer pour mieux me retrouver avec cette rivière qui tournicotait, et le chemin qui tournicotait autour. Après tout, se perdre conduit naturellement à cet état de détresse qu'on trouve à l'origine d'un bon tiers des psaumes bibliques comme du chant des pèlerins à la Sainte Vierge, la devise de Louise de Vilmorin, ce cri universel : «Au secours!»

☆

Les Espagnols disent que quand on est perdu, Santiago nous envoie toujours quelqu'un. C'est vrai. Un agriculteur sur son tracteur, des pêcheurs, des chasseurs : des gens qui connaissent les lieux et savent se servir de leurs pieds. L'erreur que j'ai commise parfois fut de vouloir interroger des automobilistes. Ce n'était pas l'apôtre qui les envoyait : malgré mes signaux aimables, ils accéléraient sous mon nez et détalaient comme des lapins à la vue de mon sac à dos, me prenant pour une auto-stoppeuse! Pour les arrêter, je devais donc me mettre au milieu de la chaussée, mon bâton en travers, en priant qu'ils aient de bons freins...

C'était dangereux et stupide, car les automobilistes disent n'importe quoi. Leur éternel et rassurant : «C'est tout droit, vous ne pouvez pas vous tromper!» est un pur mensonge : ce n'est *jamais* tout droit, et on peut *toujours* se tromper! (Moi, en tout cas!) Leurs prédictions fantaisistes : «C'est à cinq minutes!» tout comme «C'est à trois minutes!» ou même «C'est à dix minutes» ne signifient rien dans un univers où l'on fait du quatre kilomètres à l'heure, et où un quart d'heure vaut un kilomètre — et pèse un quart d'heure dans le corps entier... Difficiles à traduire et à adapter, ces indications ne sont pas d'une grande utilité. Quant à : «C'est à trois cents mètres» (ou deux cents ou cinq cents) : impossible à évaluer... Le mieux est de les laisser rouler.

Exception à un carrefour dans le Marais poitevin, où j'ai rencontré deux automobilistes sympathiques, coup sur coup : la première, une charmante dame au volant d'une petite voiture, aussi paumée que moi, et qui m'a lancé un «Surtout ne vous fiez pas à moi!» très honnête, avant de disparaître en pétaradant. Et le second, dix minutes plus tard, un moustachu... S'arrêtant doucement à ma hauteur, il baissa sa vitre pour me montrer un chaton noir et blanc assis à côté de lui. Le même âge que Sarkozy, le chat de l'auberge où j'avais dormi la veille. («Il est petit, il est teigneux, il est né entre les deux tours des élections!») C'est à vous le chat? me demanda-t-il. Il venait de le ramasser, perdu, lui aussi, au même embranchement. Décidément, c'était le triangle des Bermudes! Hélas non, et je ne pourrai pas le prendre avec moi. «Je n'aime pas voir peiner les bêtes, dit-il. Vous allez à Compostelle? Vous êtes sur la bonne route, faites une prière pour moi!» Il s'appelait Auguste, le sauveur de chats.

☆

On peut se croiser, mais on n'habite plus dans le même monde que les automobilistes. Pendant qu'on tournicote sans fin sur nos sentiers, de village en village, ils foncent tout droit d'une ville à l'autre. Si j'avais voulu ne pas me perdre et gagner du temps, j'aurais pu aussi longer les routes nationales. Il y en a toujours une pas loin, les panneaux sont sans mystère, cela va plus vite et c'est plus court. Mais le raccourci se paye cher : on s'explose les articulations et les pieds à marcher sur la chaussée, on respire le parfum des pots d'échappement, et l'on passe à côté de l'essentiel. Des lieux et des gens. Le chemin n'est pas fait pour aller vite d'un point A à un point B, il est fait pour se perdre, et perdre du temps. Ou prendre son temps, si l'on veut. Retrouver un monde à taille humaine et ses humains habitants. Ses animaux et ses végétaux. Chaque nouvelle erreur est une nouvelle rencontre, chaque pas sur un sentier en creuse davantage l'existence sur la croûte terrestre, et l'on zigzague autour de la modernité à quatre kilomètres à l'heure. À la vitesse (si l'on peut dire !) du pas humain. Dans un autre espace-temps.

Le chemin nous fait vivre dans un monde parallèle. À la fois tout près des villes, et au milieu de nulle part. Un monde de petits sentiers et de hameaux qui festonne les grandes routes. Un monde de maisons d'hôtes et de gîtes ruraux, où évolue aussi une population parallèle, qui a plaisir à être là où elle est. À vous montrer combien c'est beau chez elle. Et qu'il n'y a rien de meilleur que sa cuisine... Car si le chemin ne pousse pas au mysticisme, il ne passe pas davantage par l'ascèse, Dieu merci! Jésus a commencé sa carrière miraculeuse en changeant l'eau en vin aux noces de Cana. Et non seulement sa mère était là, mais c'est elle qui l'y a poussé... L'avantage parfois douloureux de redécouvrir la faim et la soif donne aussi l'occasion de se mettre à table chaque fois avec grand appétit, et sans aucun souci de régime : un vrai miracle !

À Saint-Généroux, j'étais au bout du monde. Pas de réseau pour le téléphone portable, un paysage herbeux, une ravissante église — fermée —, et un petit hôtel «Au bon accueil» avec deux chambres, le long d'une route en pente peu passagère. Après avoir soigné mes ampoules, et marché sur des œufs pour rejoindre la salle à manger, je dînais en prenant des notes, autre travail du pèlerin depuis les origines. La table à côté célébrait l'examen de conducteur de bus parisien que venait de réussir une jeune femme : elle devait avoir la «bus attitude», être aimable avec les passagers. Quand j'étais petite, il était, au contraire, interdit de «parler au mécanicien»... Elle dit que l'uniforme des femmes est moche, contrairement à celui des hommes. Des gens bien élevés, parlant doucement. Comment étaient-ils arrivés là ?

Le lendemain, le patron de l'hôtel s'est levé à six heures et demie pour faire mon petit déjeuner... Originaire d'Agen, où il avait un «gastro» (un restaurant gastronomique, pas une maladie !) étoilé, il a dû fermer, poursuivi par la jalousie d'un concurrent qui avait fait écrire toute sa famille au Guide Michelin, pour le faire «passer de l'honneur au déshonneur en trois ans»... Après avoir pleuré trois jours, il est venu ici, avec sa femme et ses enfants, reprendre l'affaire de sa belle-mère : un restaurant pour les ouvriers. «Quand ça ne va pas, il faut se remettre en cause. Pas se faire prendre la tête.» Grand succès. Bon rapport qualité/prix, bonne réputation. C'est plein tout le temps et au milieu de nulle part. Sa terrine, ses grillades, ses haricots verts. Les produits frais viennent de chez lui. Il restaure la ferme qu'il a pu s'acheter, gagne trois fois moins, organise une table d'hôtes pour les voyageurs solitaires... Est-il heureux ? Je ne lui ai pas demandé ; ça se voyait, et il devait réveiller les petits pour les emmener à l'école.

L'un des meilleurs repas que j'ai faits, c'était dans un ancien relais de poste, à Clairias. Un festin délicieux et copieux, aux plats innombrables achevés par de l'angélique, la douceur locale, et animé par l'hôte, originaire de Bordeaux mais acclimaté depuis trente ans aux histoires locales de pêche à l'ortolan et de chasse aux alouettes. Nous étions une bonne douzaine à table ; des gens de partout. Au matin, l'hôtesse, toute contente de tamponner ma crédentiale, m'offre le dîner. Je suis la seule à ne pas payer. Elle dit qu'elle ira un jour à Saint-Jacques, elle ne sait pas pourquoi, mais elle en est sûre, et réserve pour moi l'étape suivante. Comme si déjà, grâce à moi, elle marchait... «Priez pour nous à Compostelle !» C'est la deuxième fois que je l'entends. Elle dit qu'elle y tient, à ses pèlerins. Quelques jours avant, une autre hôtesse, néophyte, m'avait offert un tour de machine à laver, bienvenu au bout d'une semaine! Serait-ce un reste des temps révolus où l'on offrait l'hospitalité aux pèlerins, comme mon père le faisait avec les chemineaux? Parce qu'on voyait en eux l'image du Christ? Ce n'est pas si net; c'est le secret des gens. Faire le bien leur fait du bien.

Les pèlerins ne sont ni des randonneurs ni des touristes; ils n'achètent rien; ils n'emportent rien; ils passent en traçant un sillon éphémère dans l'imagination des sédentaires... Ils ne servent à rien sinon de relais mobiles à leurs messages pour le ciel. Les bons et les mauvais, car je me suis aussi fait engueuler en pleine cambrousse par une jeune femme déprimée qui voulait me détourner d'aller à Saint-Jacques: pour quoi faire, hein? Nous sommes le papier tue-mouches des prières comme des blasphèmes.

☆

Mon premier dimanche coïncidait avec l'ouverture de la chasse, et ça pétaradait de partout. De gras faisans d'élevage peinaient à s'envoler presque sous mes pieds, et les canards décollaient avec la lenteur de Boeing surchargés... Au moins, la campagne était-elle peuplée de chasseurs, et grâce à eux, je ne me perdis pas. Surprise: depuis qu'ils ont appris que leurs proies ne voient qu'en noir et blanc (ce qui jette un voile d'ironie sur leur ancienne garde-robe de Tartarin), les chasseurs ont abandonné leurs tenues de camouflage à la Rambo, et osent même les casquettes rouges...

J'avais déjeuné à l'hôtel du Cygne à Airvault, où une baleine avec des tas de dents mange Jonas dans une très jolie église. Pas de curé : il était à Saint-Jouin-de-Marnes pour la «fête des reliques», précédée d'un «loto des reliques», qui me faisait rêver. Coup de tampon au bureau de tabac. Soleil. À table, je remerciai silencieusement le Bon Dieu de s'être incarné dans du pain et du vin ! Le paysage était magnifique, mais je n'avais pas envie de traîner. La chasse, c'est dangereux l'après-midi, quand le taux d'alcoolémie a eu le loisir de s'élever plus vite que les faisans...

Arrivée à Saint-Loup-sur-Thouet, but de l'étape, j'avais du temps. Une dame m'acceptait dans sa maison d'hôtes, belle et ancienne, mais il fallait refaire le lit. Une bonne pèlerine, je suppose, aurait proposé de l'aider. L'ai-je fait ? Je n'en suis pas sûre du tout. Sans grande conviction, probablement, puisque, dans ce temps d'attente, elle me conseilla d'aller visiter la maison de saint Théophane Vénard. Je n'avais qu'à sonner à la porte à côté ; elle préviendrait la personne qui s'en occupait.

Je trouvais son nom rigolo, mais j'ignorais tout de ce saint. Je ne savais même pas qu'il y avait un saint ici ; il ne faisait pas partie du fameux *Guide du pèlerin de Saint-Jacques de Compostelle*, du XIIe siècle, pourtant si friand de reliques...

Normal, c'était un saint du XIXe siècle.

La femme un peu triste qui m'ouvrit sa porte me raconta que sa vocation était née quand il avait neuf ans. En gardant l'unique chèvre de son père, maître d'école, il lut dans une revue la vie du P. Jean Charles Cornay, qui venait d'être décapité et démembré, au Tonkin, en 1837. Théophane voulait faire pareil : aller au Tonkin, et devenir martyr. Après des études au collège à Doué-la-Fontaine et à Poitiers, il rejoignit le séminaire des Missions étrangères à Paris : « Adieu, nous nous reverrons au ciel ! » dit-il en guise d'adieu à sa famille. À l'époque, m'expliqua-t-elle, les missionnaires ne revenaient jamais plus chez eux. Et surtout pas du Tonkin, le pays d'Asie réputé parmi les plus dangereux pour les chrétiens. Mais le jeune homme regardait toujours ces persécutions avec envie... Enfin, selon ses rêves, Théophane fut décapité à Hanoi, le 2 février 1861, à l'âge de trente et un ans. Comme le bourreau avait bu pour se donner du courage, il dut s'y reprendre à cinq fois avant que sa tête se décrochât...

Sa maison est grise et humide. Sur les murs, des images : un abbé en soutane brun et pâle, le tableau de la béatification, le 2 mai 1909. La scène du martyre. Il reçoit ses coups de sabre, à genoux, à côté de deux éléphants... Dans une vitrine des vêtements et des ossements : ses reliques. Des photos : sa canonisation par Jean-

Paul II, 18 juin 1988, parmi les cent dix-sept martyrs du Vietnam. Et aussi des prêtres vietnamiens : « Là c'est le père Buo Dong, le petits-fils de l'empereur qui l'a fait condamner à mort. Il est devenu prêtre ; il est venu en visite ici »... C'est comme ça la vie des saints, il y a des rebondissements sur plusieurs générations. Comme l'écrit Tertullien : « Le sang des martyrs est semence de chrétiens. »

Et lui : « Le cœur de l'homme est trop grand pour que les joies factices et passagères d'ici-bas le satisfassent. » Ses lettres enchantèrent Thérèse de Lisieux, future sainte et docteur de l'Église, née juste deux mois après sa mort, qui lui consacra un long poème. Elle gardait toujours sa photo près de son lit. « C'est lui qui m'appelle », dit-elle, juste avant de mourir.

Après un voyage interminable en bateau, Théophane est resté au Tonkin un an, neuf mois et vingt-cinq jours. Il avait appris la langue annamite, et allait de village en village pour dire la messe chez des catéchumènes qui le cachaient dans des niches ménagées entre les doubles parois de leurs maisons. Quand on l'a attrapé, on lui a demandé de piétiner un crucifix. Comme il refusait, il fut enfermé dans une petite cage en bambou, où il passa deux mois et deux jours avant d'être exécuté. Sa tête coupée fut exposée trois jours avant d'être jetée au fleuve.

Derrière la maison de sa famille, une porte débouche sur un bout de jardin à l'abandon avec un lavoir et un pressoir. Dans un coin, une grande cage, fabriquée pour un spectacle de fin d'année dans l'idée des mystères médiévaux... D'après ma guide, s'il y a peu de touristes, il vient des pèlerins de partout, même du Pérou. Quant aux Vietnamiens, ils lui ont prédit qu'ils reviendraient désormais comme missionnaires en France... Au fond, une pièce désertée avec des tables et des chaises, la salle du catéchisme : « Il n'y a plus de travail ici, donc plus d'enfants. » Aucun petit gardien de chèvre pour rêver à son tour sur la vie et la mort des saints...

☆

Bien que le poids soit l'ennemi du pèlerin, je lui ai acheté un livre de lettres de Théophane Vénard, dont j'ai découpé la couverture pour l'alléger. Je m'étale sur le lit de ma chambre de luxe avec lit à baldaquin, ou presque, collée à la maison du saint, et surveillant d'un œil les vêtements que j'ai installés à sécher sur le radiateur à huile ; manquerait plus qu'ils crament... Très brun et les yeux un peu tirés, pâle, Théophane ressemblait un peu à un Chinois. Il voulait être martyr comme sainte Thérèse d'Ávila, enfant, entraînant son frère dans la plaine dans l'espoir de se faire capturer et exécuter par les Maures, avant que leur père les rattrape à cheval... Les cinq coups du bourreau ivre m'évoquent les innombrables coups de sabre reçus par sainte Catherine dans la berceuse qui endormait mon père dans le Sud-Ouest, et que Trenet chante aussi: «Au premier coup de sabre, la tête lui bougea, au deuxième coup de sabre, la tête lui trembla...» Je pense au jeune père Antoine de Saumur qui voudrait que ses paroissiens soient des évangélisateurs. Nous ne sommes même plus des évangélisateurs. Ni des martyrs, c'est jeune, les martyrs. Nous sommes vieux et pleins de doutes... Il y a une espèce d'évidence lumineuse chez les enfants entre Dieu, le sacrifice et le ciel, un lumineux désir d'éternité qui se brouille nettement avec l'âge. Sauf chez les saints prêtres: ils n'ont pas oublié quand ils étaient petits.

Quelque chose de l'enfance demeure aussi à travers le culte de la Sainte Vierge, mère à laquelle Théophane s'était dédié, en 1860, selon la formule de saint Louis-Marie Grignion de Montfort, *Totus tuus*, Tout à toi, devise du pape Jean-Paul II qui l'a canonisé... Je pense à ses reliques, une clavicule, je crois, abandonnées dans une vitrine, alors que celles de sainte Thérèse de Lisieux, sa disciple, géniale inventeur d'une voie d'enfance spirituelle dont elle écrivit que c'était lui qui l'avait le mieux vécue, provoquent encore une vénération intense. Au curé du village d'hier, qui était à la fête des reliques de Saint-Jouin... À tous ces saints, dont on se disputait les restes après les avoir découpés en rondelles. Quid des reliques? Les pèlerins de Saint-Jacques en étaient fous: le but du voyage n'est-il pas le tombeau en marbre de l'apôtre, miraculeusement retrouvé, grâce à une étoile dans un champ, en l'an de grâce 813 au bout de la Galice? Et le chemin dessiné pour se rendre exprès, à travers églises et abbayes, de « corps saint » en « corps saint », jusqu'au champ de l'étoile, en latin: Compostelle? Pourquoi vénérait-on les reliques, les « restes » des saints? Voulait-on les toucher et les embrasser? Parce qu'on était sûrs que ces hommes-là, surtout s'ils avaient été martyrisés, étaient sauvés, que leur âme était au Paradis, et qu'à la fin des temps ils ressusciteraient avec leur corps, y compris ce petit bout d'os qu'on avait devant les yeux ou sous les lèvres, et qui était déjà un morceau d'éternité. Un miraculeux concentré radioactif de sainteté. Puisque le Maître avait délégué aux saints la possibilité et même le devoir de faire des miracles...

Je m'endors en lisant : « La mission du Tonkin est maintenant la mission enviée vu qu'elle offre le moyen le plus court d'aller au ciel. » Mes chaussettes n'ont pas brûlé.

☆

« Vous n'êtes pas loin, il vous en reste beaucoup », m'avait dit, le deuxième jour, le curé de Saint-Martin. Tout vieux, tout poussiéreux, alors que son église était toute blanche et claire. Et souvent rançonnée: plein d'écriteaux signalaient que Dieu n'aimait pas les voleurs et qu'il fallait payer les cierges... Je mis cinq euros, mes cierges finirent la couronne devant la Vierge. Le petit curé me dit qu'il n'entendait rien et ne

voyait pas davantage son sceau tout flou et trem-
blotant en tamponnant ma crédentiale. C'était
encourageant.

J'ai trouvé un autre curé dans un presbytère à
Saint-Pardoux : quatre-vingt-six ans ; il allait faire
la sieste. « Il y a plus d'églises que de curés par
ici, vous êtes une espèce en voie de disparition »,
lui dis-je... « En France, oui, pas en Afrique ou
en Asie. » Merci Théophane ! Je lui demandai sa
bénédiction, bonne occasion, tant qu'à l'avoir
empêché de dormir... Il me la donna en demandant : « Priez pour moi » ; je lui ai répondu :
« Vous aussi ! »

Les églises sont toutes bichonnées, toutes
jolies, mais on n'y trouve personne. À la place :
beaucoup d'explications sur de nombreux panneaux. Rebelote à Saint-Hilaire-de-Gourgé. Très
émouvant mélange de roman et de peintures du
XIXe, tout plein de saints, dont Théophane
encore bienheureux, et saint Hilaire en train
d'écraser un serpent, symbole de l'hérésie
arienne. Comme le gros gars au café la veille,
qui chassait des couleuvres avec sa pelle...

La plupart du temps, je visite les églises vides,
et je fais tamponner ma crédentiale au bistrot
d'en face — mais les bistrots aussi sont en voie
de disparition, comme me l'avait expliqué l'écra-
seur de serpents. La plus jeune chrétienne que
j'ai rencontrée, c'était Arlette, soixante-quinze
ans. Elle m'a ouvert l'église de Champdeniers, et
montré sa crypte romane. Nous avions fait une
prière devant la statue d'une Vierge à l'Enfant

triste à qui je mis neuf cierges (totalité des ressources locales!) pour des amis, avant que, prise de pitié, elle me guide dans les circonvolutions du chemin, histoire que je quitte son village sans me tromper.

«Les sentiers ont été dessinés par un goret ivre», m'expliqua-t-elle. C'est son mari qui disait ça pour rire; il est mort... Arlette marchait bon train à mes côtés en me racontant sa vie. Qu'elle avait été orpheline à douze ans, que sa mère travaillait à la Belle Jardinière, qu'elle était grand-mère de huit enfants, dont l'aîné avait vingt ans. Du bonheur qu'ils avaient eu en famille à élever des vaches de Salers, les plus belles, et du mal qu'ils avaient à s'en séparer, surtout les enfants, quand il fallait les vendre... J'opinai sans mal: j'aime beaucoup les vaches, et le regard des Salers aux longs cils est le plus doux au monde; Homère déjà trouvait qu'il n'y avait rien de plus beau que les yeux d'une génisse... Arlette me raconta aussi le paysage, me désigna les arbres, les pierres, les routes, les champs; chacun avec son nom et son histoire. Elle dit: «Tout le monde *toupette* aujourd'hui.» C'est joli. Le chemin rabat le caquet. Quand on marche, on ne *toupette* pas... Elle me quitta au bout d'une heure pour retourner à Champdeniers; j'étais sur la bonne voie. J'ai noté encore que son mari aimait le miel. Et je le recopie aujourd'hui sans comprendre pourquoi ce détail me semble important.

En revanche, je crois comprendre pourquoi je n'arrive pas à décrire les paysages, platement et désespérément «beaux» ou «magnifiques» dans mes notes. Contrairement aux fois précédentes, pour alléger mon sac, je n'ai pas emporté d'appareil photo. J'en avais eu le regret plusieurs fois au bord du Thouet, regret vite effacé par l'idée que ces photos n'intéressent personne, ni les autres ni soi-même. On apprécie le paysage mais quel est l'intérêt de le revoir après? Que cherche-t-on à se rappeler? Ce qu'on n'a pas pris le temps de regarder vraiment, mais qui s'est inscrit en soi comme un éblouissement. Lors du premier chemin, Brigitte la Berlinoise photographiait l'aube de chaque jour. À ma demande, elle m'avait envoyé ses photos, mais je les avais jetées — ce n'étaient pas mes aubes... Et si j'avais fait des photos, et que je puisse aujourd'hui les regarder, je ne décrirais pas les paysages mais des clichés.

Le pèlerin n'habite pas les paysages, il les traverse, et à moins qu'ils ne soient insistants sur des dizaines de kilomètres, comme les plateaux de Castille, il n'a pas le temps de s'en imprégner. Les paysages se laissent photographier mais pas décrire. On les traverse sans se laisser traverser par eux. Il m'avait fallu passer dix ans au bord de la Seine pour pouvoir découvrir combien la Loire me manquait, et pouvoir la raconter. La Loire coule en moi; elle m'habite où que j'habite. Pas le fantasque Thouet aux humeurs changeantes. Pour apprécier vraiment un paysage, il faut la compagnie d'une Arlette, d'une personne pour qui chaque pierre et chaque arbre a une existence, un nom et une histoire. Les seules photos qu'on garde et qu'on regarde sont celles des gens. Et encore, souvent on s'aperçoit qu'on a oublié leurs prénoms... J'ai oublié le visage d'Arlette ; je me souviens du sentier qui quittait Champdeniers «dessiné par un goret ivre»...

☆

Au Cormenier, j'entrai dans l'église romane Saint-Eutrope par le côté, et me retrouvai seule face à la lampe rouge du saint sacrement. Quoi faire, saint Théophane Vénard ? J'ai dit mon petit chapelet d'Espagne sans penser à grand-chose entre une Vierge à l'Enfant et un sacré-cœur, un Jésus en «manteau rose» comme dans la chanson chouanne du «petit homme»... C'était un instant de paix, seule, dans cette minuscule église très belle et très fleurie du XIIᵉ siècle.

En sortant, j'ai trouvé mon gîte, et, dans le jardin, après la douche, j'étais franchement perplexe. D'abord, j'avais découpé de traviole les pages du guide, et il m'a fallu appeler Valérie l'animiste (qui avait dû en acheter un autre à sa Fnac voisine !) pour compléter ce qui manquait... Moralité : je devais faire un arc de cercle à travers la forêt de Chizé, qui me mettrait en deux jours à Aulnay, avant l'étape de Saint-Jean-d'Angély. Un sacré crochet. Certes, je viens de vanter les délices des chemins de traverse, mais là, ça faisait un énorme triangle dans la verdure ! Par ailleurs, le prochain arrêt était trop proche, mais il était le seul à offrir une solution de couchage et de ravitaillement... Tant pis !

Le lendemain matin, avant de partir, je repassai par l'église Saint-Eutrope : Comment éviter la forêt et ce long détour ? Tel était le niveau de mes prières... En remettant mon sac à dos, je m'aperçus que ma gourde était vide. On ne traverse pas une forêt sans eau. À la porte de l'église, mon hôtesse, tenant son vélo, me rapportait ma nuisette polaire, que j'avais aussi oubliée... Décidément, c'était le jour ! Sur la place, je vis un panneau indicateur : Saint-Jean-d'Angély 25 km. C'était donc à une journée de route, pas trois ! Dans le bistrot, en faisant remplir ma gourde, je regardai la carte affichée sur le mur, et j'interrogeai les gars accoudés au zinc. Tous me dirent : « Vous allez vous perdre en forêt, c'est très compliqué ! Il existe un petit chemin qui longe la départementale plein sud, vous ne pouvez pas vous tromper ! » Efficacité de la prière...

Évidemment, je me suis un peu perdue, et le chemin, pas fléché du tout, n'était pas plus droit que d'habitude. Très vite, il me devint impossible de me repérer avec la départementale qu'il était censé longer, et qui avait disparu... J'ai été réorientée plusieurs fois. Grâce à une coquille Saint-Jacques sur une église. Puis à une autre, sur la porte de la maison d'une pèlerine qui avait fait le chemin depuis Cantorbéry... Et encore, à un vieux paysan agressif avec des chiens qui gueulaient aussi fort que lui : « Vous ne pouvez donc pas suivre la route, non ! Vous n'avez pas chaud ? »

Mais si, j'avais chaud! Et plus la moindre idée d'où pouvait se nicher cette fichue route! Après ces engueulades, il me réorienta à droite vers un vieux chemin de pierre. Et, à la fourche suivante, alors que des machines épandaient des engrais poudreux et malodorants, à trois heures de l'après-midi, je sortis ma boussole, et vérifiai que le sud était bien à ma gauche... À la fin, la route réapparut, mais le chemin avait disparu: il était carrément labouré, et je n'en finissais pas d'escalader un interminable océan de mottes de terre, pédalant comme dans un cauchemar... Enfin, épuisée, je débouchai sur une station-service où je trouvai un Coca light... J'étais arrivée, mais au panneau: encore loin du centre-ville. Toujours ces fichus quatre kilomètres, qui ne sont jamais comptés! Les plus atroces; je fonçai, liquéfiée, à travers une longue banlieue d'immeubles banals. Soudain, un petit garçon métis vint se mettre en travers et se planta juste devant moi, pour me lancer, assuré : «Vous allez à Compostelle! Je connais: mon papa est de là-bas. De La Corogne.»

Plus loin, sur le trottoir, une dame noire, décolorée en blond, m'ouvrit grand les bras; je lui dis: «Votre mari est de La Corogne, je sais tout!

— Bon chemin! Je vous admire!

— Priez pour moi!

— C'est déjà fait, tenez bon, tenez bon!»

J'avais les larmes aux yeux. De fatigue. Je n'en pouvais plus. Je pensais à la petite fille des îles et à sa mère, à l'église de Saint-Hilaire, qui m'avaient promis qu'elles diraient chaque jour leur chapelet pour moi... L'apôtre continuait à m'envoyer de jolis anges couleur de chocolat... Enfin, je piquai sur les panneaux de l'office du tourisme de Saint-Jean-d'Angély, où une dame décrocha son téléphone, triomphale : « On a une autre pèlerine, on vous l'envoie ! »

Et me voilà logée dans la même chambre monacale que Fabienne, dont les chaussures sèchent déjà au soleil, semelles enlevées, contre le rebord de la fenêtre, dans l'ancienne abbaye royale transformée en Centre de culture européenne Saint-Jacques-de-Compostelle, dont nous sommes les seules occupantes. Fou rire : nous avons attrapé les mêmes trucs verts, espèces de chenilles végétales accrochées à nos chaussettes, en faisant pipi dans les sous-bois... Partie de Poitiers, Fabienne achève son pèlerinage demain, et me donne toutes ses cartes de la région charentaise, que je vais traverser, et où le Conseil général a eu le bon goût de planter d'énormes bornes à coquilles pour baliser le chemin... Désormais, j'aurai une feuille détaillée par jour ; c'est inespéré. J'ai rejoint l'itinéraire principal, plus de problèmes.

Et, après tous ces petits miracles, quand elle me demande, verre à la main, sur la place du Pilori, où nous dînons en terrasse, si j'ai la foi, je lui réponds : « Par intermittence, comme le courant alternatif. » Et voilà la martyre ! Ingrate humanité ; il suffit de la nourrir et de l'abreuver pour qu'elle trahisse, comme saint Pierre à l'auberge avant que le coq chante...

En plus, quand elle trahit, elle se cherche des références dans les Évangiles. C'est le bouquet!

☆

Le lendemain encore, avant d'arriver à Saintes, épuisée à nouveau, la gorge sèche comme du papier émeri, à sept heures du soir, Santiago m'envoya une nouvelle petite fille noire à un feu rouge, dans une voiture, pour me demander en baissant sa vitre: «Ça va?»

Reçue par Pierrette, l'hospitalière, à l'accueil des pèlerins, je dépliai pour la première fois mon sac de couchage sur la bannette inférieure de lits superposés.

Après avoir éteint le plafonnier, en lisant avec ma frontale, comme un mineur de fond, les lettres de saint Théophane Vénard, je me pris les cheveux aux ressorts du sommier d'en haut. Ce tiraillement familier fit remonter à ma mémoire le vieil adage des lits superposés: en haut tu tombes, en bas tu te cognes — et je souris aux anges...

L'apprentissage était terminé; j'étais sur le chemin.

POMPON

Quand je les ai vus, ils saucissonnaient au bord du chemin; l'âne attaché à un arbre, et le type, un barbu, genre catho traditionaliste ou écolo, couché dans l'herbe à côté. Je me suis dit: Ah non, je ne vais pas me trimballer avec un mec et un âne, plus l'histoire du mec et de son âne! Au secours! Je les ai salués, et je me suis mise à cavaler le plus vite possible pour éviter qu'ils ne me rattrapent.

C'était un jour de jubilations, ce 17 septembre. Après avoir quitté Saintes, et laissé un cierge aux antiques reliques de saint Eutrope dans la crypte décrite par le pèlerin Aymeri Picaud au XIIe siècle, j'avais téléphoné à ma mère pour son anniversaire, et à Valérie pour rien, assise sur une borne, juste parce que je me sentais bien et que j'avais envie de le dire à une amie. Grâce à ces grosses bornes, précisément, qui balisent les Charentes, je pouvais me passer de cartes et de guides, et entrer avec confiance dans un paysage qui virait doucement au Midi de mon enfance, celui qu'on appelait le Midi moins le quart pour le distinguer de l'autre, le Midi de Pagnol et des Parisiens. Du chemin, j'apercevais à l'horizon la nationale 137 qui nous conduisait autrefois chez notre grand-mère paternelle à Lavaur, dans le Tarn. Ça sentait déjà le Sud-Ouest, ses poules, ses oies et bientôt ses pintades dans une campagne de maisons blanches à toits de tuiles. Les gens n'avaient pas encore l'accent, mais déjà le texte. Je l'avais vérifié auprès d'un homme en short assez ventru à qui j'avais demandé de l'eau. Comme je le félicitais pour les glaïeuls de son jardin, il me dit qu'il en avait eu un de plus d'un mètre quatre-vingts, à trois têtes, saumon orangé, le mois précédent... Je m'ébahis poliment.

Ensuite, j'avais fumé une cigarette de délices dans une sorte d'Olympie miniature : les ruines de Thénac. Trois bouts de colonnes cassées, trois petits cyprès, un pin. Pierres grises sur fond vert profond. Manquaient les cigales. Pauvreté de la pensée, pauvreté de l'écriture, pauvreté du pèlerin, ai-je noté, heureuse dans ma bulle de solitude.

À la fin, le paysage était nul et plat; l'arrivée à Pons interminable, comme à Saintes la veille. L'accueil des pèlerins en haut de la ville, et l'hébergement en bas, à l'autre bout — évidemment. Sous une voûte antique tout ce qu'il y a de chic, classée par l'UNESCO et bien fermée. On m'avait donné un numéro de digicode, mais impossible de trouver la porte qui allait avec. Au moment où je téléphonais pour me renseigner, un énorme orage éclata. Des trombes d'eau. Et le barbu est arrivé. Avec l'âne. Sous des plastiques dégoulinants. Sûrement le Bon Dieu qui me les envoyait ; je n'allais pas leur faire le coup de Raquel... D'ailleurs le barbu trouva la porte sans s'énerver.

Or donc, ainsi qu'il devait être écrit depuis le commencement des siècles, en mangeant une pizza sur la place, j'eus droit à l'histoire du mec avec l'âne. Le barbu s'appelait Pascal, et quand il déclara que la bière que nous buvions en apéritif était la preuve de l'existence de Dieu, je fus rassurée : pas le genre d'argument théologique d'un abonné à *Famille chrétienne*... Et comme il travaillait dans « la grande distrib' » peu de risques non plus qu'il fût écologiste ; sa barbe n'était pas un uniforme. Quant à l'âne, il s'appelait Pompon, ce qui est le sort de tous les ânes, quand ils ont échappé au patronyme de Cadichon, glorifié par la comtesse de Ségur.

Ingénieur agronome, Pascal s'était retrouvé en coopération à Haïti, où il avait essayé de restaurer l'élevage porcin sinistré après le tragique abattage de ses cochons noirs (effet pervers de l'impérialisme américain sur lequel j'appris tout), quand un terrible accident de moto, qui aurait pu lui coûter la vie, se contenta de lui exploser un pied. « Si je remarche un jour, s'était-il dit alors, je marcherai. » Après quantité d'opérations, son pied restauré, il se souvint de son vœu et décida d'aller à Compostelle. Il se fit faire des chaussures sur mesure et s'entraîna. Peu avant le départ, il se rendit compte que, si la marche ne lui posait pas de problème, il ne pouvait pas en même temps porter du poids sur le dos sans souffrir atrocement. Comment trimballerait-il ses affaires? «Prends un âne», lui conseilla un ami. Beaucoup de pèlerins étaient allés à Santiago avec des ânes. Pascal le Nantais, garçon plutôt citadin, se mit à la recherche d'un âne sur le net. Aucune location ne semblait envisageable sur une telle distance, et la vente pas donnée: six cents, huit cents, parfois plus de mille euros!

Le seul âne qui ne grèverait pas son budget et n'habitait pas trop loin était en Vendée. Pompon. Pascal alla lui rendre visite, le trouva maigre et poussiéreux mais constata, en le faisant évoluer parmi des tracteurs, qu'il n'avait pas peur; il topa là. «Je l'ai trouvé moche, mais sympathique», dit-il. Un pèlerin, grand ami des ânes, lui fournit un bât, quelques conseils, et son numéro de téléphone en cas de problèmes. Sur ses papiers, obligatoires pour circuler à travers la France, le vétérinaire avait écrit: «âne d'origine incontrôlée»... Pompon n'avait «aucun signe particulier», et même son âge, «environ trois ans», était flou.

Le lendemain, avant notre départ pour Nieul-le-Virouil, je donnai un coup de brosse à Pompon et montrai à Pascal comment lui curer les sabots en lui agrippant la queue, pour éviter les ruades. Réflexes de Saumuroise: je ne suis pas une brillante cavalière, mais un excellent palefrenier. Avant de le bâter, il me fit remarquer la croix que Pompon, comme tous les ânes, portait sur les épaules ; elle était si discrète que je ne l'avais pas vue... Et nous voilà partis. Pascal était un grand costaud fort sympathique, mais il n'avait aucune autorité sur son âne. Ni même l'idée qu'il dût en exercer une. Nous marchions au rythme de Pompon, qui n'arrêtait pas de bouffer. Trois pas rapides et hop ! un arrêt brusque pour arracher de l'herbe ou siffler une goulée de glands au passage. On aurait dit une sorte d'aspirateur fou. Pour lui, le paysage, entièrement comestible, devait ressembler à une énorme pâtisserie ; il vivait à chaque instant les émois de Charlie dans la chocolaterie... Et nous le suivions, d'accélérations en ralentissements.

En fin de matinée, Pascal m'a laissée le conduire ; je crois que ça le soulageait un peu. Je dis à Pompon : « Pompon, on ne va pas s'en sortir comme ça. Tu n'es pas un âne américain. Tu ne dois pas marcher et manger à la fois. Ou tu marches ou tu manges ! Maintenant tu marches, et on s'arrêtera toutes les heures cinq minutes pour te laisser manger. En avant ! » Je tirai sur sa corde et dressai mon bourdon en l'air. Pompon fit un pas de travers et essaya d'attraper un épi de maïs en douce. Même pas peur. Alors qu'il suffit d'agiter l'ombre d'une chambrière devant les yeux d'un cheval pour l'affoler, mon bâton levé ne suscitait aucun émoi chez l'âne... Il ne semblait pas davantage sensible au son de ma voix. Pascal suivait la scène avec intérêt. Comme je suis aussi têtue qu'une bourrique, je réussis, après quelques rebuffades, en lui tirant le nez avec sa longe, et en appliquant le plat de mon bourdon derrière ses fesses, à le maintenir à notre allure et à le faire trotter droit. Mais c'était un effort de tous les instants ; Pompon m'avait à l'œil. Dix minutes plus tard, il se mit à boiter ostensiblement : pure comédie ! Et qui aurait pu réussir, si je n'avais pas lu quelque part que c'était une ruse commune chez ses congénères... Pascal éclata de rire : Quel talent, ce Pompon !

La fille de l'écuyer en chef était donc devenue dresseuse d'âne : quel destin ! Mais qui avait ses limites : si Pompon se mit à trottiner avec régularité, s'arrêtant net à chaque heure pour sa collation comme s'il avait une horloge dans l'estomac, il continua cependant à nous imposer son train pour le cours de la journée : lent au départ, et de plus en plus rapide jusqu'au soir, quand il sentait l'étape arriver. Je le traînais le matin et il me traînait l'après-midi. Il hérita donc de mon sac. Ça le lestait dans ses désirs de foncer, et moi, ça me délestait. Le rythme s'installa, alternant marche et alimentation, plus une bonne heure de pause pour le déjeuner, où il était débâté. Car une de ses spécialités, m'apprit Pascal, qui appelait ça des « pomponeries », était de se rouler par terre sans égard pour son éventuel chargement, et de préférence avec. Signe avant-coureur : il grattait le sol du sabot pour trouver du sable... Autre facétie, un soir, sur une place de village : il s'écroula par terre, et resta couché, immobile, pattes en rond, son barda sur le dos. Impossible de le faire relever. Une vraie bûche. Après un coup de fil à son pèlerin conseiller en ânes, Pascal, tout sourire, trouva la solution... Il s'en fut remplir ma gourde à la fontaine et, sans dire un mot, la vida sur le crâne buté du bourricot, de toute sa hauteur, juste entre les deux oreilles. Pompon bondit illico sur ses pieds, comme s'il était monté sur des ressorts!

En réalité, je n'étais pas son maître. Car, comme les chiens, les ânes ont un maître, et Pascal était le maître de Pompon. Impossible de l'ignorer: dès qu'il le voyait arriver à l'aube ou s'éloigner dans la journée, Pompon poussait des braiements à fendre l'âme, que seule l'ingestion de pain ou de carottes pouvait contenir. C'était très commode pour faire les courses. Et surtout très discret, quand Pascal essayait d'aller acheter des cartes postales en me laissant boire un verre en terrasse, où je donnais l'effet d'être une tortionnaire à côté de mon inconsolable en larmes... Pompon n'obéissait pas davantage à Pascal qu'à moi, mais il l'aimait — et il me supportait. Il n'est pas dans la nature des ânes de se laisser dresser; ils sont beaucoup trop malins pour ça. Mon père m'a toujours dit que si les chevaux étaient intelligents, ils n'auraient jamais accepté que des hommes leur montent sur le dos. Le gabarit des ânes ne leur laisse pas un tel choix, mais ils ont développé des siècles de bruyant libre arbitre, et leur dos reste marqué d'une croix en souvenir, dit-on, de l'ânesse que réclama Jésus pour le porter en triomphe dans Jérusalem. Si le cheval est la plus noble conquête de l'homme, l'âne est l'humble choix de Dieu. Il ne marche qu'à l'amour.

Même silencieuse, la présence de Pompon suffisait à déclencher des attroupements dès que nous traversions une agglomération. Notre trio avait des allures de cirque ambulant. Dès le premier jour, de grosses Anglaises nous photographièrent en nous parlant du livre de Stevenson sur sa traversée des Cévennes avec un âne, et un couple de Gitans me proposa de l'argent en échange de prières à Compostelle... Pompon attirait en priorité les vieilles dames et les enfants; j'en vis une se priver pour lui du pain brioché qu'elle destinait à sa sœur, exactement comme les petits lui offraient spontanément leurs goûters. Le mieux fut un dimanche de pluie où nous étions réfugiés sous un abribus pour casser la croûte. Une voiture passa dans un sens, puis repassa dans l'autre, et finit par s'arrêter. « Est-ce que ma fille peut caresser l'âne? » demanda la conductrice, un peu méfiante, en ajoutant: « Vous êtes des vrais? Des gens comme vous, on n'en voit qu'à la télévision! » Je montrai à sa fille comment donner du pain à l'âne, en mettant la main bien à plat, pour ne pas se faire mordre. Elle me demanda si Pompon parlait, comme Shrek, dans le dessin animé. Pas encore, mais ça ne manquerait pas, si on l'embêtait trop. Car dans la Bible aussi, l'ânesse du devin Balaam se mettait à parler. Pour engueuler son maître, et lui reprocher de l'avoir frappée alors qu'elle essayait simplement d'éviter l'ange qui leur barrait la route avec son épée — et qu'il était trop nul pour avoir vu, ce prétendu voyant...

Sans l'ombre de la moindre maltraitance, mais tout au contraire brossé, caressé et gavé, Pompon devenait de plus en plus beau et prospère. Resplendissant. Il finit même par développer une sorte de coquetterie qui le faisait piler net quand son bât n'était pas arrimé de façon assez équilibrée sur ses flancs, ou que son imperméable de plastique bleu pendouillait, et redresser la tête dès que nous croisions des juments. Curieusement, car il était castré, les juments (et pas seulement les ânesses!) se précipitaient sur son passage, et il s'arrêtait alors de longues minutes pour leur renifler les naseaux, de l'autre côté de la clôture, en une espèce de flirt charmant que nous n'osions trop interrompre. Ensuite, elles escortaient ses pas, tendres et tremblantes, jusqu'aux limites de leurs tristes barbelés. Décidément, en amour, la taille ne compte pas, nous disions-nous, en regardant notre Don Juan avec une fierté imbécile de parents méditerranéens. Inutile de rêver: nous n'aurions jamais toute une marmaille de petits mulets...

Le seul élément dont l'intrépide Pompon avait peur, c'était l'eau. Pascal et lui avaient déjà eu l'occasion de terminer ensemble, les quatre fers en l'air, le passage d'un ruisseau dans la flotte. Lui faire traverser un pont était toute une affaire; il fallait le mettre au beau milieu de la chaussée, le plus loin possible des bords, en lui bouchant toute vue sur les côtés. Cette phobie tombait particulièrement bien car nous avions au programme le franchissement du plus grand estuaire de l'Europe! Rien de moins. Depuis le Moyen Âge, les pèlerins de Compostelle traversent la Gironde à Blaye sur des embarcations instables où la tradition rapporte qu'ils se faisaient rançonner quand ils avaient eu la chance d'échapper à la noyade. De nos jours, il y a un bac, mais le fleuve est toujours aussi large... Nous avions bu pour nous donner du courage et, habilement glissé entre deux véhicules, Pompon se retrouva à fond de cale, rangé parmi les voitures, les camping-cars et les vélos, sans aucune vue sur une eau plutôt marronnasse. D'autorité, un employé tendit à Pascal une pelle et un seau, qui se révélèrent utiles pour recueillir l'expression concrète, mais finalement modeste, de sa frayeur...

Grand cœur, Pompon était taillé pour l'exploit; il supportait mieux les grandes rivières que les petits ruisseaux.

☆

De l'autre côté de l'estuaire, une dame de la mairie acceptait de loger Pompon dans son jardin, où Pascal camperait. J'espérais qu'elle m'offrirait un lit ou un canapé, mais elle n'était pas là quand nous sommes arrivés, et Pascal me proposa de partager sa tente igloo format SDF de l'association Don Quichotte dans le terrain qu'elle nous allouait. Même si nous n'avions jamais fait chambre à part depuis notre rencontre, de dortoirs en salle de réunion, nous n'avions jamais couché aussi près! Néanmoins sa proposition semblait sans arrière-pensées, et je n'avais pas le choix. Les nuits ne sont pas aussi chaudes que les jours, fin septembre.

Je n'avais pas dormi sous la tente depuis les scouts... Pascal n'avait jamais campé de sa vie avant le pèlerinage, et les quelques nuits qu'il avait déjà passées sous la toile l'avaient frigorifié. Normal, pensais-je: il ignorait le principe selon lequel il faut se préserver autant de l'humidité qui monte la nuit que de celle qui descend le matin, et s'isoler du sol comme du ciel, en étalant la couverture de survie par terre. Ce que je fis. Nous achetâmes une bouteille de bordeaux, une voisine nous offrit des tomates, et, après quelques agapes, nous dormîmes dans une commune chasteté monacale, habillés de pied en cap dans nos sacs de couchage, chaussettes et polaires comprises. J'avais juste oublié de mettre un bonnet, et mes cheveux étaient transformés en serpillière quand je me réveillai, vers trois heures du matin, au son étrange et familier des mâchoires de Pompon: il bouffait, l'animal, même au milieu de la nuit! Le sol bien dur me remontait dans la peau de toutes ses aspérités; j'entendais le bruit de l'autoroute au loin; nous étions dans une espèce d'ancienne campagne en construction, cernée par des maisons inachevées, mais déjà habitées. Pompon mangeait parce qu'il ne faisait pas vraiment noir : la pollution lumineuse orangée de l'éclairage routier grignotait le champ des étoiles comme ces maisons la nature.

Au matin, nous étions tout poisseux, et Pascal aussi frigorifié que d'habitude... Mme Sanchez, de retour, nous offrit une douche et un petit déjeuner ; elle ne voulait pas d'argent, juste une carte de Compostelle. Son mari nous montra la route sur une carte d'état-major.

Car en prenant le bac, nous avions quitté les Charentes et leurs grosses bornes pour retrouver guides, plans et énigmes : le chemin n'était plus tout tracé...

Le Bordelais était en pleines vendanges, mais nous ne fîmes pas goûter de raisin à Pompon, de peur qu'il apprécie trop. Quant à nous, fort instruits, grâce à Pascal, des traitements pesticides, nous ne cueillions des grappes que si elles nous tombaient du ciel, leurs vrilles enroulées aux buissons ou aux branches des arbres, par une bizarrerie de la nature qui les avait fait essaimer dans les bois, et rendues à l'état sauvage. Sur les collines, les vendangeuses mécaniques taillaient la vigne comme un buis versaillais, donnant aux collines l'aspect géométrique et rayé d'un crâne natté d'écolière africaine. Entre deux châteaux, la campagne continuait à se construire, et, parmi les terrains vagues, futurs jardins, se dressaient déjà, solitaires et biscornus, des portails tarabiscotés où s'affichait la prétention des propriétaires à rivaliser de laideur ostentatoire avant même l'existence d'une clôture à fermer. Le portail, ultime refuge de la vanité humaine... La région semblait prise d'une telle frénésie de maçonnerie que nous avions lu dans un village, à l'entrée du cimetière, une pancarte interdisant de prendre l'eau des morts pour la mettre dans sa bétonnière.

Toujours hantée par mes rêves de solitude inspirée, que nourrissaient aussi les désirs plus matériels d'un nouveau pantalon et d'une épilation en institut, je pensais laisser Pascal pour traverser Bordeaux, où je trouverais ces indispensables, et que Pompon l'obligeait à contourner. Mais nous avions encore deux étapes en commun et son guidage m'enlevait bien du tracas.

Nous formions un drôle de couple... Pascal était sympathique, intelligent et, comme souvent les gens qui ont été longtemps malades, patient. Il passait des heures au téléphone pour organiser des étapes que la compagnie de Pompon compliquait. Tous les propriétaires des gîtes ruraux n'étaient pas prêts à accepter qu'on boulottât leur potager, et toutes les mairies n'avaient pas d'enclos... Père de trois garçons, et séparé de leur mère qui élevait du jurançon près de Pau, alors qu'il gérait des histoires très complexes de transports de poulets pour les hypermarchés bretons, Pascal était habitué, par les nombreux week-ends qu'il passait seul avec ses enfants, aux locations. Les balais, les serpillières et les produits ménagers n'avaient aucun secret pour lui. En revanche, quoique très gourmand, il mangeait n'importe comment. Sa seule idée en la matière était qu'il fallait faire un repas chaud par jour.

Comme le bât de Pompon nous autorisait à transporter plus de courses que ne le font d'habitude les pèlerins, je me mis à gérer les provisions et organiser les repas en bonne ménagère, talent dont je suis généralement dépourvue. À ma grande surprise, je me retrouvais en train de creuser des tomates pour les remplir de macédoine de légumes, et à mettre la table avec les moyens du bord, tandis que l'homme allait nourrir la bête et brancher l'électricité. J'avais l'impression de jouer dans *La Petite Maison dans la prairie*. Pascal était très bon public pour ma cuisine, et touché aussi que je m'occupe de ses ampoules, alors que j'ai toujours aimé soigner les bobos, depuis mes quatorze ans, l'époque des scouts, où j'ai passé mon brevet de secouriste à la Croix-Rouge. Nous formions un drôle de couple, mais je n'ai pas l'habitude de former un couple, et cette espèce de féminité retrouvée, d'infirmière cuisinière, pour inattendue qu'elle soit, était assez plaisante à vivre. C'était une autre surprise du chemin, et je compris qu'il fallait que je la vive comme telle au lieu de vouloir toujours me carapater. Après moult hésitations, je finissais, chaque soir, par repousser notre séparation.

☆

Deux nuits de suite, nous fûmes hébergés par un clergé hors d'âge. D'abord par des religieuses à la retraite, au Plan-Médoc, puis par un vieux curé méfiant qui ressemblait au rat musqué de Kipling. Chez les bonnes sœurs, nous fîmes chambre à part pour la première fois dans de vrais lits aux vrais draps, tandis que Pompon grignotait leurs acacias. Les vieilles bonnes sœurs réparèrent mon fond de pantalon troué avec un autocollant rustique, et nous nourrirent d'omelette aux pommes de terre sous le portrait du pape, au cours de leur dîner dans des odeurs de soupe et de cire. Elles étaient huit, et j'avais l'impression d'être chez Blanche-Neige. Enfin, à l'envers... L'une d'elles, Espagnole, fit remarquer que l'omelette n'était pas très bonne, et que ce n'était guère étonnant vu l'antiquité qui l'avait fait cuire et venait de s'éclipser... La supérieure, un peu plus jeune que les autres, lui répondit gentiment : « Il ne faut pas enlever aux vieux ce qu'ils font moins bien, ça les humilie davantage. » Pas mal. Elle nous avait déjà annoncé, enchantée, la victoire au rugby de la France contre l'Écosse : « C'est bon pour le moral : le jeu et la météo ! » Pour nos deux chambres, les repas et la grande prairie de Pompon, les religieuses ne nous demandèrent pas d'argent, mais acceptèrent sans problème celui qu'on leur donnait. C'est le système catholique : tout est gratuit, mais on fait la quête à la fin...

L'autre curé, guère plus jeune, le lendemain, grinçait à nous accueillir : les pèlerins de Compostelle étaient une habitude de son prédécesseur ! Un peu trop folklorique pour lui plaire, et avec un âne, en plus ! Il n'exprima pas la cause de ses nombreuses réticences, mais finit, à reculons, par nous prêter une salle de catéchisme pour y dormir en repoussant les tables, avant de partir célébrer sa messe du samedi soir en mobylette, sans nous proposer de l'accompagner. Au cours du dîner au restaurant chinois (au milieu de nulle part, dans la banlieue de Bordeaux !) où le vin de table s'appelait subtilement *Shin Hoa* mais où les gens avaient enfin l'accent du Midi, j'expliquai à Pascal que c'était un curé moderne, et lui prédit qu'il nous vanterait l'action des laïcs dans l'Église en réponse au manque de prêtres et son inquiétude face aux intégristes. Ça n'a pas manqué le lendemain au petit déjeuner, et j'ai gagné facilement une réputation d'extralucide. Pourtant ce n'était pas difficile à deviner. Avec notre âne et notre pèlerinage, il nous avait pris pour des traditionalistes... Après tout, n'avais-je pas moi-même soupçonné Pascal, à première vue, d'en être un ? Et qu'est-ce que ça aurait eu de si terrible ? Autrefois, quand les catholiques étaient nombreux, ils cherchaient à convertir la terre entière. Aujourd'hui, quand il n'y a plus que 4,5 % de Français qui vont à la messe chaque dimanche, les catholiques pratiquants sont devenus un groupuscule si groupusculaire qu'il développe cette suicidaire logique commune aux groupuscules : l'exclusion de ses propres membres... C'est malin ! Et cela fait un moment que ça dure.

D'ailleurs, Pascal aussi en a été victime. Petit, quand il a voulu apprendre l'harmonium pour jouer à l'église, la titulaire lui a dit : « Montre tes mains ! » et puis : « Ce n'est pas la peine, elles sont trop petites ! » m'a-t-il confié en étalant ses longs doigts sous mes yeux. Et quand plus tard, il a proposé son aide au prêtre pour servir la messe du matin à sept heures, le curé lui a répondu : « Non, ça me compliquerait la vie. » Voilà comment on encourage les vocations ! Cette génération de modernes en voulant ouvrir l'Église aux autres l'a fermée aux siens, et s'étonne de ne plus trouver comme jeunes prêtres que les fils de ceux dont elle ne voulait plus, trop typés, et qui ont attendu que ça passe dans leur coin, agrippés à leurs chapelets en famille, les fesses bien serrées. Ou les Africains et les Asiatiques, petits-enfants des missionnaires, qui n'ont guère l'esprit plus large, malgré leurs belles couleurs. Les prêtres modernes n'ont encouragé personne à devenir prêtre, comme s'ils voulaient être les derniers des Mohicans. Pascal dit : L'Église devrait avoir autre chose à proposer... Certes ! Déjà une veine qu'il ne soit pas devenu bouddhiste ! Nous en avons tous eu la tentation, un jour ou l'autre, et nous cherchons sur le chemin à la fois une forme de spiritualité agreste inventée là par les pèlerins de jadis, loin de leurs querelles de clochers, et les traces d'une enfance où nous avions la foi.

J'aime les prêtres qui croient en Dieu, comme le père Antoine ou le frère Matthieu. Et je commençais à aimer saint Théophane, dont je continuais à lire les lettres : il était en train d'apprendre à fumer le cigare avec les autres missionnaires sur le bateau pour l'Indochine... À l'époque, c'était obligatoire : la fumée servait à chasser les moustiques ! J'y vis une caution à mes propres clopes, bien entendu...

☆

Il pleuvait parfois quelques heures. Sous nos grandes capes, la pluie n'était pas désespérante, comme je l'avais craint, et mon poncho rouge me donnait toute satisfaction. Simplement, il ne fallait pas marcher trop près de la grand-route, si l'on ne voulait pas se faire happer par des camions ; ils avaient déjà emporté mon chapeau et chaque année, surtout en Espagne, des pèlerins périssaient ainsi... Pascal aussi avait un poncho rouge, mais dans une matière moins perfectionnée, et nous avions les mêmes chaussettes synthétiques, orange et gris, les mêmes tee-shirts « à fond la forme » à six euros, qui cousinaient le soir sur mon indispensable fil à linge, façon Laurel et Hardy, entre deux arbres. Dans un surplus américain, je nous avais trouvé des chaussettes noires qui séchaient vite pour la nuit. J'ai regretté de n'avoir pas pris pour Pascal un sac de couchage – 10° puisque le sien ne lui tenait pas chaud. Je ne l'avais pas acheté parce qu'il était gros : réflexe de pèlerine sans âne... C'était idiot.

Au Barp, nous avons retrouvé la pèlerine coincée. Nous l'avions déjà croisée, peu causante et fermée, à la sortie de quelque monument historique ; elle nous lançait toujours des regards furieux. Partie de Paris, elle suivait la voie de Tours, et visitait tout ce qu'il fallait visiter selon le guide. Je pensais qu'elle nous prenait pour des ilotes incultes (le mot ilote montre une boursouflure d'ostentation culturelle digne d'un portail bordelais !) mais elle finit par m'avouer la cause de son ire : Pompon. Nous étions des pèlerins hédonistes qui avions loué un âne pour nous la couler douce en nous débarrassant de nos sacs à dos... J'ai eu beau lui expliquer l'accident de Pascal, elle campa sur ses positions. Au refuge, elle se fit cuire des pâtes sans assaisonnement (ah, le mythe des sucres lents !) en refusant de partager avec nous melon, poulet, camembert à la louche et pêches arrosés d'un excellent bordeaux, menu qui ne fit rien pour améliorer notre réputation. Le chemin est assez dur pour qu'on n'ait pas besoin d'en rajouter ! Et le maniement de Pompon largement aussi usant que le port d'un sac à dos...

Le plus joli endroit où nous logeâmes fut le refuge de Saint-Pierre-de-Mons, près de Belin-Beluet, un gîte médiéval avec le confort moderne, pour nous tout seuls, sur une pelouse vert clair entourée de pins. Le sable des Landes était si doux sous la mousse, que je descendis pieds nus me baigner les yeux à une fontaine miraculeuse dans un décor de conte de fées. La vieille église était fermée ; entourée d'un cimetière plein de plaques de faïence aux dessins naïfs représentant les multiples chasseurs de palombes et autres pêcheurs qui reposaient ici, en pleine nature, elle comportait un côté séparé pour les lépreux et les excommuniés. « La sacristie du XVe est sans intérêt » prévenait un panneau signé par les historiens locaux — et sans doute destiné aux cambrioleurs... Pompon, débâté, se roulait de bonheur dans le sable. Mon ânier, ce soir-là, me tint des propos délicats mais un peu trop affectueux, et l'envie de reprendre mon indépendance, qui ne m'avait jamais quittée, y trouva un bon prétexte. Le chemin de Compostelle ne pouvait se transformer en voyage de noces avec un âne, d'autant que Pascal prévoyait pour le lendemain une étape de quarante kilomètres dont je me sentais incapable, avec tendinite assurée. Il devait s'arrêter à Saint-Jean-Pied-de-Port, à la frontière, mais je devais tenir jusqu'au bout. Sans moi, ils iraient beaucoup plus vite, avec leurs six pattes, et je pourrais loger à mi-chemin dans une maison d'hôtes qui n'accueillait pas les animaux.

Plus lente, je partis donc plus tôt le lendemain, et quand Pascal me rattrapa, à un café, il me dit que Pompon avait exécuté une série de ruades festives en constatant mon absence. Je lui avais laissé, en évidence au milieu du chemin, quelques carottes des sables tombées des camions et qui constituaient pour lui autant de cadeaux du ciel... Ensuite, ce fut lui qui laissa la marque de ses sabots dans le sable, ou parfois des traces plus odorantes, pour me guider.

☆

Recouvrant ma liberté sans esquisser de ruades, je retrouvais avec bonheur les deux mamelles de mon existence: les églises et les PMU. Je commençais toujours par l'église («Dieu premier servi», selon Jeanne d'Arc) où je mettais des cierges en présentant au ciel les prières nées de mon épuisement quotidien, et ensuite le PMU, où je les trouvais exaucées. La compagnie de Pompon, dont la sirène se déclenchait dès qu'on le laissait garé à l'extérieur, m'avait un temps éloignée de ces lieux fraternels qui conservaient des bulles de mon enfance dans la poussière muséale de leurs vieilles réclames. Souvent tenus par des femmes énergiques, capables de maîtriser une clientèle masculine possiblement imbibée, les PMU sont teintés du rêve obstiné qu'entretiennent les chevaux et l'alcool dans la cervelle des hommes. J'y trouvai à manger, à boire, quelquefois des journaux, et même un chapeau de pluie, à Pissos, pour remplacer le mien, envolé sur la route. Un vrai chapeau imperméable de Mémé...

Je retrouvai aussi la bonne cuisine des chambres d'hôtes (bien meilleure que la mienne!) et traversai la forêt des Landes. «C'est le pays le plus ennuyeux du monde», écrit un pèlerin du XVIIIᵉ siècle, Guillaume Manier, avant, il est vrai, que les pins fussent plantés. J'en avais conservé un souvenir tout aussi ennuyeux, en voiture, avec les pins, au siècle dernier, déjà... Mais à pied, sur de souples chemins de sable, c'était somptueux. L'automne semait à profusion ses ors et ses pourpres sur des mers de fougères mauves, laissant apparaître, sur des plages de prairies, de charmantes maisons de poupée en bois, à peine posées sur l'herbe. Bien sûr, il y avait toujours une route pour me ramener vers l'autoroute, une route brutale, efficace, dure, et qui n'était pas la bonne. Au café, la veille, on m'avait dit: C'est inutile de faire le détour par Pissos. Sauf que c'était par là, les belles Landes désertes, et qu'il fallait bien qu'un pèlerin y passe pour contempler le monde et en avoir le cœur ébloui. À quoi ça sert, sinon, que le Bon Dieu se décarcasse? Et où aurais-je trouvé ailleurs un chapeau imperméable?

Pascal fit de trop longues étapes «au compas de ses longues jambes», comme un héros de Dumas, et attrapa vite une tendinite. (Je l'avais prévenu! maugrée la mégère en moi.) Il en avait même deux, le malheureux, quand je le retrouvai à Ostabat, au Pays basque, une semaine plus tard, à une étape de son but. Il avait laissé Pompon en pension dans une ferme de Saint-Palais, où il y avait déjà des ânes, ce qui était très important, car les ânes, me dit-il, ne supportent pas la solitude. Pompon devait rester là jusqu'à ce que Pascal trouve le temps de venir le rechercher en camionnette. Saint-Palais était décidément un pays plein de ressources... Je n'y avais pas dormi, mais trouvé une autre merveille : une esthéticienne ! Et qui m'avait prise tout de suite, sans rendez-vous ! Ça, c'était un vrai miracle ! Je m'étais contentée de demander à la marchande de légumes, à qui j'achetais mes bananes quotidiennes (faciles à trimballer dans leur emballage bio dégradable), où il y avait un salon de beauté. Mais juste dans la rue derrière ! Et, chose à peine croyable, la fille avait le temps de s'occuper sur-le-champ de mes mollets barbus... Ce n'est pas parce qu'on se transforme en épouvantail à ânes qu'on doit virer Madame Cro-Magnon ! Merci Seigneur ! Je ne racontai pas cet épisode mystique à Pascal, qui poursuivait le récit des aventures de Pompon : comme il ne pourrait pas le loger ensuite dans son appartement nantais, il lui cherchait un hébergement dans un établissement pour enfants handicapés de la région, qui avait déjà quelques animaux et pourrait bénéficier de sa bonne humeur. Ainsi, me dit-il, Pompon poursuivrait-il sa mission d'âne humanitaire...

☆

À Ostabat les trois chemins venant de Tours, du Puy et de Vézelay se rejoignent, et nous étions plus nombreux pour dîner à l'auberge. Le patron ressemblait à Jean Yanne. Un barbu, le béret vissé sur le crâne. Il nous raconta qu'à Lourdes, l'eau miraculeuse était approvisionnée par la Lyonnaise des Eaux qui la livrait avec des camions-citernes, et que c'était un gros business. Que les cierges étaient vendus et revendus plusieurs fois avant d'être allumés... Cela ne réussit pas à nous dégoûter de son fromage de brebis qu'il dut aller planquer à la cave, pour le soustraire à notre voracité. Sa mauvaise foi venait-elle d'une rivalité entre vallées pyrénéennes ? Tant qu'à apparaître dans la région, pourquoi la Sainte Vierge avait-elle choisi la Bigorre ? Plutôt vexant pour les voisins... À la fin du repas, il ajouta que les vrais pèlerins étaient ceux qui venaient de loin à pied, pas en autobus, et dont le regard était entré en eux-mêmes. Aucun doute, nous étions dans ce cas-là... D'ailleurs il apposa un mot gentil, en basque, comme un certificat d'authenticité, à côté du tampon, sur ma crédentiale.

Le lendemain, Pascal avait tellement mal qu'il en était devenu silencieux. C'était nouveau. Il lui en fallait beaucoup. Sa douleur ne le quittait que s'il s'asseyait, et nous marchions à petits pas de petits vieux pour rejoindre Saint-Jean-Pied-de-Port, en nous posant souvent sur des meules de foins enrubannées de film plastique destinées à devenir la nourriture des vaches en hiver, une sorte de choucroute assez malodorante, dont il m'avait appris l'existence. Je le gavai de Voltarène et de bananes, en lui racontant, pour le faire rire, mes aventures avec mon deuxième mari, que j'avais surnommé, dès le lendemain de notre rencontre, et de façon fort peu charitable, *Pénine zi Ass* (écriture phonétique de l'anglo-américain « pain in the ass », signifiant mal au cul)...

La nature ayant horreur du vide, disais-je donc à Pascal, il était sans doute écrit, depuis le commencement des siècles, qu'ayant abandonné mon premier mari, l'ânier, le ciel m'en fournirait un autre. À Labouheyre, où il y avait un vrai refuge, avec des cordes à linge, tenu par de vrais pèlerins, et où j'avais fait d'ailleurs d'abord une confusion étrange... Dans l'église, où j'étais allée mettre mes cierges, j'avais vu un sac à dos, sous le porche, et un pèlerin barbu qui remplissait le livre d'or. En voilà un vrai, m'étais-je dit, un qui va dans les églises. Son sac était très gros et il avait des baskets, ce qui n'est guère recommandé. Je lui dis bonjour, et lui indiquai le refuge. Mais il m'en recommanda chaudement un autre, au Barp, que lui avait signalé le curé. Pourtant Le Barp était dans le mauvais sens pour aller à Saint-Jacques ! Il sourit : il n'était pas pèlerin, mais SDF, et avait cru que je l'étais aussi... Qu'est-ce qui nous distinguait ? De moins gros sacs, de meilleures chaussures, et surtout un but... La liberté. La condition de pèlerin est luxueuse, quand on y songe.

Bref, les hospitaliers de Labouheyre m'offraient une sangria d'accueil quand déboula un nouveau pèlerin. Il portait un nom d'archange, une chemise de polo, et une sorte d'énorme bourdon malcommode et verni d'antiquaire, comme j'en avais vu au curé rougeaud de mon premier voyage. D'emblée, il raconta son départ de chez lui, et son arrivée aux urgences trois jours plus tard, tellement il avait d'ampoules : il avait marché sur la chaussée... On l'avait rapatrié, soigné, et raccompagné juste à l'endroit où il était déjà arrivé, une semaine après, pour un nouveau départ. Venant de prendre sa retraite, il vanta les nombreuses responsabilités qu'il avait exercées dans sa vie professionnelle, son affreux bourdon, un cadeau, et sa carte européenne d'assurance-maladie. Comment n'en avais-je pas une ? C'était indispensable ! Il nous expliqua ensuite la bonne manière d'aborder le chemin de Saint-Jacques, en mêlant marche et culture. Il avait tout calculé, tout prévu sur son itinéraire... Ni le couple d'hospitaliers ni moi ne disions rien ; nous avions tous les trois déjà fait le chemin, et nous nous tapions, dans un silence héroïque, les enseignements d'un néophyte dont le seul fait de gloire était d'avoir atterri à l'hôpital au bout de trois jours ! Décidément, il y a ceux qui font le chemin, et ceux que le chemin a faits, soupirais-je in petto...

Quand j'allai me coucher, le dortoir empestait le camphre : il s'était tartiné de Baume du tigre, profitant de l'absence de sa femme qui, me dit-il, avait horreur de ça. (Et moi ? Rien à cirer !) Après quoi il coupa l'électricité, et se mit vite à ronfler comme un sonneur. Je sifflais en vain... Comme ses ronflements m'empêchaient de fermer l'œil, j'entendis la pluie tomber et allai rentrer le linge. Au matin, après avoir fait sonner son réveil, il avait allumé la radio à pleins tuyaux et parlait toujours... Enchanté de lui-même, au milieu du vacarme, il se félicitait d'avoir la chance que ses sous-vêtements, en je ne sais quel poil de zébu femelle hors de prix, soient secs. Je lui répondis qu'ils auraient été trempés si une andouille de bonne femme, réveillée par sa nuisance sonore, n'avait eu la présence d'esprit de les mettre à l'abri. Il ne s'agissait pas de chance mais de logique. Son intarissable logorrhée ne comprenait pas, apparemment, l'usage du mot merci. Aucune excuse non plus pour les ronflements... Dieu soit loué, le maître du monde prenait un autre chemin que moi, en suivant la route, et devait passer la nuit suivante chez des personnes de sa famille. Je partis tandis qu'il écrivait des phrases immortelles dans le livre d'or, où j'avais lu le nom de la pèlerine coincée, passée la veille. Elle avait désormais un jour d'avance sur moi.

Je croyais en avoir fini avec les casse-pieds.

Et je m'occupais des miens, qui jouissaient désormais, telles des fesses de bébé, d'une fine couche de talc pour prévenir les ampoules ; ils s'en portaient fort bien. J'avais trouvé un nouveau carnet que je circoncis de sa couverture pour l'alléger. Je mangeais des bananes et traversais allègrement des océans de fougères. Le silence s'installait en moi. Plus on marche, plus on se tait en soi-même.

À Onesse, Pascal et Pompon avaient été accueillis par un couple de décorateurs homos dont il m'avait laissé le numéro sur mon portable, mais je doutais, femme sans âne, de présenter autant de charme à leurs yeux... Après quelques cierges, j'appris à la mairie que le camping réservait des bungalows pour les pèlerins. Le gardien, en vadrouille, devait revenir vers sept heures et demie. Je m'installai donc au bar d'une ancienne auberge pour l'attendre avec délices : un magazine, des cartes postales et une bière. Ce bistrot n'était pas un PMU, mais il y avait de l'ambiance ; la patronne m'annonça que de la neige tombait déjà sur les Pyrénées, et que je ne pourrais jamais traverser le col de Roncevaux. Il valait mieux, d'ailleurs, ajouta un client, car les femmes seules se faisaient violer dans les refuges espagnols, c'était connu. Étais-je bien raisonnable de me balader ainsi sans accompagnement ? Et alors que j'étais en train de vanter à l'assemblée les usages défensifs d'un bourdon ferré appliqué sur certain endroit de l'anatomie masculine et les immenses joies de la solitude, arriva...

« *Pénine zi Ass !* » répondit Pascal, qui suivait toujours.

Lui-même ! C'est à ce moment-là que mon for intérieur le baptisa ainsi. Spontanément. Les membres de sa famille, qui devaient le recevoir, n'étaient pas là, ou n'avaient pas voulu le loger...

Je ne pouvais pas les en blâmer. Il ne savait plus où trouver un toit. Son splendide sens de l'organisation n'était pas allé non plus jusqu'à prévoir d'acheter des provisions avant la fermeture imminente de l'unique épicerie... En l'entraînant faire des courses, je lui proposai de l'emmener avec moi au camping, à la condition que nous ne partagerions pas le même bungalow, car je tenais à fermer l'œil... Le gardien arriva à la nuit close. Ancien videur de boîte de nuit, anneau dans l'oreille et gueule d'ange, il tint à nous offrir un verre avant de nous installer dans nos mobile homes. Il ne connaissait rien au chemin de Saint-Jacques et voulait tout savoir... Heureusement, avec *Pénine zi Ass*, il tombait sur un vrai spécialiste ! Quelques tournées plus tard, j'héritais du mobile home avec douches, et PZA de celui avec la télé. Il débMotion se laver chez moi, avant moi, évidemment, vers dix heures du soir... Je dois reconnaître qu'il avait une grande qualité : il réussit à allumer le chauffe-eau ! Et partit ronfler loin de mes tympans. Ma caravane me faisait penser au décor de *Freaks*. En boule sur le canapé du salon, je dormis d'un sommeil entrecoupé, en faisant tourner mon linge autour de la broche de mon bourdon devant l'unique radiateur, chaque fois que je me réveillais...

Au matin, PZA repartit le long des routes droites attraper de nouvelles ampoules, tandis que je continuais à voguer à travers des mers de fougères dorées, où je voyais sur le sable des traces de Pompon, dans une solitude délicieuse...

Sur ces sentiers des Landes en sable, divins pour les pieds, la marche se transformait en sport de glisse ; je faisais du ski ! Après un déjeuner en terrasse avec vue sur une vieille église, je constatai, dans la douceur de l'automne roux, que la bière était la seule preuve de l'existence de Dieu qui obligeait à poser culottes dans les buissons...

Et qui m'attendait dans le refuge, une jolie maisonnette en bois posée au milieu de la forêt ?

« *Pénine zi Ass !* »

Soi-même ! Pitié Seigneur ! Que Vous ai-je fait ? Mais ce soir-là, il était en progrès. De bonne humeur, parce qu'il était arrivé le premier, il a même partagé ses boissons et sa bouffe avec moi. Il avait mal à un pied ; ça le rendait moins arrogant. Il n'a pas pu s'empêcher de faire une réflexion déplacée sur sa soupe à la vieille dame charmante du refuge, mais quand plus tard, sans public, il m'a raconté son enfance malheureuse, j'en étais presque attendrie... Le lendemain, il m'a annoncé qu'il marcherait en pensant à un ami très malade, à cause de sa douleur, et j'ai vraiment cru que ça commençait à venir, qu'il était sur la voie de la rédemption... Que la thérapie du chemin fonctionnait.

« Et alors ? » demanda Pascal.

Un festival, le lendemain, à Dax ! À croire qu'on y avait organisé secrètement le championnat du monde de la muflerie... Nous logions dans une espèce de grand bazar, mi-caserne mi-couvent, au bout de la ville, où l'on ne pouvait pas nous servir à dîner. Sous prétexte que c'était

216

sa fête, grande et généreuse, je l'invitai donc au restaurant. Pour couper court, et célébrer notre séparation, car son génial planning prévoyait un arrêt de vingt-quatre heures sur place pour assister à une grand-messe chantée en latin... La dame de l'accueil proposa de nous emmener en voiture. En route, j'avais repéré une laverie automatique, où nous fîmes une halte. Évidemment, nous n'avions pas les bonnes pièces. Moralité : il vida sans vergogne le porte-monnaie de notre conductrice, enfourna ses vêtements sans s'occuper des miens, et hop ! Pendant ce temps-là, j'essayai d'arrêter les voitures pour faire la quête, sans aucun succès... Sur le chemin du restaurant, il fit de la monnaie dans une boutique, et demi-tour pour sortir son linge et le mettre à sécher. Je l'attendis donc une bonne heure, sur les tapis d'Orient du « Marrakech », où il finit par arriver, furieux : la machine lui avait bouffé son fric sans sécher ses affaires ! Au moins les miennes n'étaient-elles pas trempées... Enfin, je lui avais commandé la même chose qu'à moi, brick et pastilla, vraiment délicieux, avec des confitures et du gris de Boulaouane... Tandis que je me régalais, il entreprit de faire mon éducation. Je me disais : C'est son dernier soir, il faut savoir prendre son macho en patience...

Et il causait, et il causait, il n'arrêtait pas, et saint Georges et saint Michel, et blabla, Simon le Magicien et blabla, le troisième ciel, les vertus cardinales, et blabla. Soudain il se redressa ; il tenait à me faire une révélation : il était franc-maçon! Il faisait le chemin à cause des trente-trois degrés (en Espagne, il y a trente-trois étapes, l'avais-je remarqué?). Je lui répondis que c'était l'âge du Christ à sa mort. Mais non, c'étaient les trente-trois grades de je ne sais trop quel escalier dans le temple de Salomon! Il était tout content de lui. Je comprenais mieux son mélange de bracelet bouddhiste et de messe chantée le lendemain, quand il y avait de la musique ethnique... D'ailleurs, d'après lui, l'Église catholique avait perdu son mystère depuis qu'elle avait abandonné le latin... Il disait que les francs-maçons avaient le droit de se dévoiler. Pas de dévoiler les autres. Ça m'épatait, hein? Et il commanda une deuxième pastilla, ce qui est très discret quand on est invité.

Cela ne m'épatait pas: j'ai connu une femme franc-maçon, au journal où je travaillais il y a vingt ans; elle voulait même m'enrôler. Elle était si bavarde, elle aussi, que sa loge l'avait condamnée à un an de silence pour paroles intempestives... Mais à l'époque déjà, son organisation me paraissait dépassée: elle n'était même pas mixte! Il me confirma qu'il était dans une loge pas mixte non plus. Sans doute pour ça qu'il prenait les femmes pour des bicyclettes. Et qu'il allait être bientôt grand chef de tous les francs-maçons du Sud-Ouest, de C... et de B... (les trois points sont de moi!). Que c'était lui qui dirigeait la «planche» des jeunes viticulteurs qui n'avaient pas fait d'études... Qu'un grand bâtonnier très célèbre dont il tairait le nom était plus impressionné quand il devait «plancher» que quand il plaidait... Et aussi que les francs-maçons étaient des gens qui écoutaient... Première nouvelle! Lui n'écoutait rien, et moi, je n'en pouvais plus de l'écouter.

Pourtant j'ai l'habitude de confesser les gens. Derrière l'étalage de ce bric-à-brac d'informations fantaisistes se cachaient sans doute la frustration d'un autodidacte privé de collège (le latin n'a rien de mystérieux quand on l'a étudié) et la panique d'un enfant abandonné qui s'était trouvé enfin une famille digne de confiance : sans la moindre femme! Pauvre gars... Est-ce que le chemin allait lui apprendre à pratiquer les vertus qu'il prônait? L'humilité? La patience? La foi? Il lui avait déjà distribué plein d'ampoules, et cassé tout le début de son beau programme. Mais il n'avait pas encore compris... Quant à moi, il me faisait perdre toute indulgence, sans parler de la plus élémentaire charité chrétienne... Je payai l'addition avec joie, comme la rançon de ma liberté. Adieu, *Pénine*, bonne route!

☆

Le lendemain, 30 septembre, le paysage avait changé; il était plus clair, plus gai et plus accidenté. Ce jour-là, j'ai inventé le sandwich blanc de poulet-banane avec ses deux variantes: poulet à l'extérieur et poulet à l'intérieur, un grand moment de la gastronomie internationale. Ces blancs de poulet, minces comme des tranches de jambon, ont un goût d'eau salée. J'étais traversée par des idées de confiance en Dieu, de la différence qu'il y avait entre connaître la religion de l'extérieur, comme PZA, et la pratiquer de l'intérieur... Et aussi de donner le prix Nobel à l'inventeur des tampons hygiéniques, ce libérateur de la femme en marche... Ça se mélangeait.

À deux heures de l'après-midi, j'aperçus pour la première fois les Pyrénées toutes bleues, à l'horizon, avec la joie des enfants qui voient enfin la mer. Et le soir, je dînai avec Jean-Jacques, descendu de Bielle tout exprès. Heureusement pour moi, né dans la patrie du rugby, c'était sans doute le seul Béarnais qui ne s'intéressait pas à la Coupe du Monde, quand le match contre la Géorgie avait scotché tout le pays l'après-midi devant sa télé... Nous n'en avons pas parlé. Quelle différence avec la veille ! Dieu merci, Jean-Jacques n'avait jamais pensé devenir maître du monde, ou ses tentatives avaient échoué, et je retrouvai un ami et un homme qui se posait des questions — sans avoir toutes les réponses... Vrai, intelligent et chaleureux. Il n'avait pas besoin de marcher pour être déjà sur le chemin, et nos doutes partagés nous tinrent éveillés tard.

À Garris, joli petit village, je fus la seule cliente d'un charmant hôtel qui n'avait pas d'étoile. Au bar, j'appris que le basque parlé à la télévision espagnole n'était pas compris par les Basques français ; ce n'était pas le même ! Comme le «breton chimique» de FR3, qui faisait rigoler mes vieilles voisines de Kerdreux... Il plut toute la nuit ; j'étais bien dans mes draps après plein de coups de fil des amis.

Ça commença à grimper vraiment, pour la première fois, à la sortie de Saint-Palais... Tout en haut d'une montée assez rude, devant un panorama grandiose où tournaient deux buses, était perchée une petite chapelle de la Vierge. Comme on m'avait demandé au téléphone de faire une prière « pour les pécheurs de La Garde-Freinet », j'ai ouvert le livre d'or, et, au moment de l'écrire, je tombai sur ce cri du cœur : « Priez pour la pauvre Marie ! » J'en fus bouleversée : c'était le prénom de la pèlerine grincheuse, qui avait escaladé le col la veille, quand il pleuvait. Elle avait dû en baver...

☆

Depuis Ostabat, de petit pas en petit pas, d'histoire de *Pénine zi Ass* en histoire de *Pénine zi Ass*, Pascal, n'étant ni un macho ni un puceau de la machine à laver, et encore moins un donneur de leçons, se tordait de rire malgré ses deux tendinites, et nous arrivâmes enfin à Saint-Jean-Pied-de-Port, ville rouge, coupe-gorge à touristes, luisante de pluie.

Les dames de l'Accueil du pèlerin, qui font tourner les lessives en tricotant, me donnèrent une nouvelle crédentiale, en mettant l'ultime sceau sur la première, et je filai au magasin de sport acheter un pantalon : la réparation des bonnes sœurs n'ayant pas tenu longtemps, une fenêtre s'était ouverte sur ma fesse droite, offrant une vue imprenable sur ma petite culotte... Le chemin m'avait dégraissée ; j'avais perdu une taille.

Les vacances de Pascal se terminaient ; il avait déjà accompli un exploit en venant de Nantes jusqu'ici, bien plus de mille kilomètres, et je le dissuadai, dans son état, et malgré son envie de franchir la frontière, de monter jusqu'à Ronce-vaux, la plus dure et la plus longue étape du che-min. Il reviendrait un jour avec Pompon. Nous célébrâmes nos adieux, et passâmes une der-nière nuit ensemble, chez Mme Camino, la bien nommée, dans des lits de style Galeries Barbès. Pour nous dire au revoir, nous nous fîmes la bise pour la première fois — mais quatre fois, à la bretonne, sous la pluie.

☆

Le projet de Pascal pour Pompon réussit. Accueilli dans la petite ménagerie d'un Institut médico-éducatif près de Nantes, son âne au grand cœur fait la joie des enfants handicapés, surtout à Noël quand il arrive, avec ses paniers pleins de cadeaux, sous leurs applaudissements, pour inaugurer le spectacle de fin d'année dont il est la vedette. Aux dernières nouvelles, on lui a offert une selle, et il s'est mis à l'équitation !

Mais plus encore que la joie des enfants, Pompon a fait le bonheur de son maître, en lui présentant son idéal féminin : sa vétérinaire...

Désormais, Pascal et Flo habitent une petite ferme au bord de la Sèvre, où ils accueillent souvent des pèlerins, demeurant ainsi, pour toujours, sur le chemin de Saint-Jacques.

CARLOS, L'APOSTAT

Il faisait un sale temps, ce 4 octobre, comme si le jour avait décidé de ne jamais se lever. Mme Camino, chez qui nous avions dormi, m'avait conseillé de longer la route de Valcarlos, au lieu de prendre le chemin par la montagne qui risquait d'être très mauvais. Il avait déjà neigé une semaine plus tôt, et j'hésitais, sous mon grand poncho rouge, en achetant un sandwich au bistrot... Il pleuvait; il pleuvait... À la radio du café, la météo ne laissait planer aucun doute sur l'état prochain des cols pyrénéens et recommandait aux automobilistes d'emporter des chaînes. D'atroces souvenirs de cette interminable étape de Roncevaux me remontaient dans les jambes tandis que d'énormes semi-remorques roulaient vers le rond-point en direction de la frontière, éclaboussant les trottoirs.

Et puis, non, je n'allais pas marcher le long des camions: j'étais bénie! Depuis l'église de Saint-Hilaire: «Dieu ma polaire; Dieu, mon poncho»... Je n'allais pas me laisser impressionner par les mauvais augures; j'étais une vraie pèlerine : « *Ultreia !* » comme crient les jacquets depuis toujours. Même si personne ne connaît vraiment l'origine de ce mot, tout le monde le comprend : En avant ! Quittant les flaques du centre-ville, je longeai Saint-Jean-Pied-de-Port jusqu'à l'amorce du chemin, à la porte d'Espagne...

La route Napoléon n'avait pas eu le temps de se dresser que déjà le temps se levait. Le ciel absorba les nuages comme un grand buvard, n'en laissant que de petites taches par endroits, et je quittai vite mon poncho. Un quart d'heure plus tard, j'avais si chaud que j'enlevai mon sac à dos pour me débarrasser de ma polaire, en face d'une petite maison. Sur le pas de sa porte, un paysan regardait en l'air, les poings sur les hanches. Il me prit à témoin de sa surprise : « C'est incroyable, ce soleil ! » Pourtant lui n'avait pas dû se fier aux informations de la météo... C'est idiot, mais c'est comme ça ; ce sont les petits miracles vrais du chemin.

La montée était rude, mais j'étais en forme, entraînée par la traversée de toute la France. Je pouvais dévorer le paysage en chantant : « Montagnes Pyréné-é-eu-es ! Vous ê-ê-êtes mes amours ! Montagnes fortuné-é-eu-es ! Je vous aimerai toujours », hymne que m'avait appris mon père, il y a bien longtemps. Ouvrir les bras dans le ciel bleu, marcher sur une herbe douce et profonde comme une moquette de salle de bains anglaise, et rêver d'être un oiseau. Traverser un océan ondulant de trois cents moutons blancs, comprendre enfin pourquoi on disait que la mer moutonne, et le signaler au berger, qui rigole... Une sorte d'ivresse des cimes m'habitait. Je n'en revenais pas que ce fût si facile. Et si beau, sans la brume de mes souvenirs. Je me régalais.

Bien sûr, je me faisais doubler par des jeunes et des cyclistes. Et je doublai aussi un type qui marchait à l'envers, pour cause de tendinite. Il souffrait moins de cette façon dans les montées, m'expliqua-t-il. Moralité (douteuse) : la tendinite, retournant le pèlerin vers la vallée, lui offre l'occasion unique de contempler la nature, ce qu'il fait peu d'habitude, en dehors des pauses, le bord de son chapeau lui cachant le ciel et le regard forcément fixé sur le sol, des flèches ou des plans...

À deux heures et demie, en compagnie de Néo-Zélandais, un homme jeune et une dame beaucoup plus âgée, je retombai, sans surprise cette fois, à la fontaine de Roland, sur l'indication : Santiago de Compostela 765 km... Nos antipodes étaient charmants, mais ils tinrent à me signaler, comme un détail en passant, que les All Blacks allaient écraser les Bleus à la Coupe du Monde. Je soutins, tout aussi aimablement, qu'ils allaient voir ce qu'ils allaient voir... Non mais ! En dehors des soirs où je dîne avec mon ami Jean-Jacques, j'aime le rugby. Et surtout les rugbymen.

Nous étions entrés en Espagne.

Au col Lopoeder, à quatre kilomètres de l'arrivée, je choisis de prendre l'ancienne voie romaine, qui descend tout schuss vers Roncevaux, signalée comme périlleuse avec force panneaux, plutôt que la route en lacets, interminablement jolie, que j'avais suivie la dernière fois. C'était vraiment raide, et je sautai de rocher en rocher en essayant de rester perpendiculaire à la pente pour freiner avec mon bourdon ; ça ressemblait au ski, et je réussis à me casser la figure une ou deux fois...

J'étais presque arrivée, quand je fus doublée par un pèlerin hurlant, les épaules en arrière, cavalant comme un ours dans un cerceau. Il n'essayait pas de battre des records, mais semblait plutôt avoir perdu le contrôle de sa vitesse. D'ailleurs sa course folle finit tout en bas contre un arbre qui le fit tomber à la renverse, selon la grande tradition burlesque. Le temps que j'arrive, il s'était relevé et contemplait à la fois les murailles de la forteresse qui se dressaient devant nous et un prospectus punaisé au tronc de l'arbre qui l'avait arrêté : de la publicité pour un hôtel. « Regarde, me dit-il, furieux, c'est une cochonnerie de *parador*, on n'est pas encore arrivés ! Putain de merde ! » Les *paradores* sont des hôtels de luxe installés dans des châteaux. Je le rassurai : nous étions bien arrivés, sa réclame n'avait rien à voir avec cette impressionnante collégiale où il pourrait loger pour cinq euros. On l'avait transformée en refuge de pèlerins. Il me remercia, les yeux ronds, et fila.

Après la douche, et avant le dîner des pèlerins à dix-neuf heures, précédant la messe des pèlerins à vingt heures, j'allai prendre une bière au bar. Je n'avais pas franchi la porte que j'entendis une voix : « Attention, femme ! » Je me retournai et reconnus les yeux ronds, la barbe et les cheveux hirsutes du roi de la piste noire ; il avait quelque chose d'un ourson. Assis en terrasse, fumant une courte pipe, il me fit signe d'approcher : « C'est des voleurs dans ce café, ils te font la bière à un euro dix, dans l'autre, là-haut, c'est un euro seulement... » Du coup, scandalisé, il n'en avait pas pris. Je le remerciai du tuyau, entrai dans le bar, achetai deux pressions, et ressortis lui en déposer une devant le nez, sur sa table. Ses yeux s'arrondirent encore plus : « Tu es grande ! » s'exclama-t-il. En m'asseyant, je lui dis qu'un de mes amis pèlerins prétendait que la bière était la preuve de l'existence de Dieu. Il me répondit qu'il n'avait pas besoin d'excuses pour aimer la bière, et nous trinquâmes. Il s'appelait Carlos, et venait de Barcelone. Son brûle-gueule contenait ce que les Espagnols appellent du « chocolat », dont il m'expliqua que c'était un souvenir des Maures, un legs culturel de l'occupation musulmane, à l'instar de la mosquée de Cordoue, ou presque... Lui aussi, apparemment, avait besoin d'excuses !

Nous ne dînions pas au même service, et je ne le revis qu'à la nuit noire, à la sortie de la messe, où je me cassai encore la figure, mais à cause cette fois de mes pantoufles du soir en plastique à fleurs : sur des chaussettes, elles étaient impraticables... Je me frottais la hanche quand il me héla à nouveau:

« C'était quoi ce truc qu'ils nous ont fait manger?

— Tu veux dire: l'hostie?

— C'était quoi?

— Du pain azyme, mais... Tu n'as pas entendu l'avertissement?

— J'étais à moitié mort! Je n'ai rien écouté; j'ai suivi le type à côté, et...

— Pourtant ils l'ont répété en quatre langues!

— Et alors?

— Tu ne l'avais jamais fait avant?

— Jamais!

— Alors, téléphone à ta mère, Carlos, qu'elle envoie des dragées à la famille: tu viens de faire ta première communion!

— Ah, merde! Mais elle va être furieuse, ma mère! Elle ne m'a pas élevé comme ça! Déjà qu'elle n'est pas contente que je sois sur le chemin...

— Tu n'es pas baptisé?

— Si! Mais je suis né en 1971, sous le national-catholicisme, on n'avait pas le choix... Et justement, je veux me faire débaptiser pour que l'Église m'enlève de ses registres et arrête de piquer l'argent de mes impôts!

— Alors là, tu viens de faire un pas dans la mauvaise direction, Carlos... »

Le refuge fermait à dix heures, et nous rejoignîmes nos lits superposés en bois dans ce fantastique décor médiéval avant l'extinction des feux.

Je pris le temps de ressortir fumer une cigarette de délices sous la pluie, qui était revenue avec la nuit.

☆

Le lendemain, on nous chassa à sept heures, selon la grande tradition. J'étais en forme, mais toujours aussi lente et maladroite dans le bouclage de mes affaires : enfouir mon sac de couchage dans la minuscule poche qui devait le contenir me plongeait toujours dans les mêmes abîmes de perplexité. Néanmoins un coup d'œil sur mes mollets glabres de cycliste suffit à me remonter le moral...

Je ne revis pas Carlos avant le soir, au bar de Zubiri. Après le dîner, je voulais essayer un alcool familial basque, dont j'avais appris l'existence par l'esthéticienne de Saint-Palais qui me l'avait chaudement recommandé. Je ne savais plus comment ça s'appelait, mais c'était à base de baies rouges marinées dans l'alcool d'anis... « Le *pacharán*! me répondit immédiatement Carlos. Tu ne connais pas? C'est délicieux! » Et il m'en offrit un, d'un rouge acidulé, servi dans un grand verre ballon. Nous trinquâmes à nouveau, j'appréciai beaucoup, et Carlos en profita pour me faire réviser mon espagnol de comptoir qui avait un peu rouillé : *una cerveza*: une bouteille de bière, mais *una caña*: un verre de pression ;

vino tinto: le vin rouge, et *rojo*: le rosé — parce que *rosado* (terrible faux ami!) signifie moitié glacé, et autres subtilités du vocabulaire «castillan», insista-t-il, étant catalan... L'espagnol n'était pas une langue, mais une nationalité, et le castillan la langue de la Castille qu'on parlait en Espagne, parmi d'autres, comme le basque, le galicien — ou le catalan à Barcelone! lui répondis-je... *¡Eso es!* approuva-t-il, «c'est ça!», expression qui m'amuse toujours parce qu'elle se prononce comme SOS et donne à vos interlocuteurs de faux airs de naufragés, particulièrement adaptés, en l'occurrence, aux yeux ronds de Carlos...

Je ne lui demandai pas avant le jour suivant, en marchant, s'il avait téléphoné à sa mère, et ce qu'elle avait pensé de sa première communion. Comme prévu, elle était furieuse... Ayant été au collège chez les bonnes sœurs, elle était très anticléricale, m'expliqua-t-il, et l'avait élevé hors de toute superstition. Je pouvais la comprendre; j'avais suivi le même parcours, dont je m'étais sortie en assassinant des religieuses dans un roman policier... À la génération du dessus, Carlos avait une grand-mère anarchiste à Barcelone, dont le mari avait été longtemps emprisonné, et l'autre, bigote à Séville, accrochée à son chapelet et au loto du curé. Et lui, bouillant fruit de ce mélange, voulait se faire débaptiser, car sur les feuilles d'impôts en Espagne, si l'on est catholique, une certaine somme est donnée à l'Église, qui, sinon, revient à des œuvres sociales laïques.

Il ne lui suffisait pas de cocher la bonne case, il voulait être rayé des statistiques. Sa détermination semblait farouche.

Sans transition, il me demanda ce qu'il fallait faire quand on arrivait à Saint-Jacques.

« S'agenouiller devant le tombeau de l'apôtre, embrasser sa statue, se cogner la tête contre le pilier de l'ange, se confesser, assister à la messe et communier...

— Et tu crois que je vais faire tout ça, moi?

— Tu as commencé par la communion et la messe, tu peux continuer en te confessant, puisque tu fais tout à l'envers! Normalement, pour communier, il faut avoir l'âme pure, et s'être confessé avant, si l'on a fait des péchés graves.

— C'est trop facile, ce système on efface tout, on recommence!

— Pas tant que ça... »

Je lui racontai l'histoire de mon amie Patricia, en week-end à Rome avec son mec. Voulant communier à la messe de Saint-Pierre, elle alla se confesser et déclara au prêtre qu'elle avait des relations sexuelles avec un homme en dehors des liens du mariage.

« Est-ce que vous le regrettez?

— Non!

— Est-ce que vous voulez arrêter?

— Pas question!

— Est-ce que vous avez l'intention de vous marier avec lui?

— Sûrement pas! »

Alors, le prêtre lui répondit qu'il ne pouvait pas lui donner l'absolution. Elle en fut outrée, et rentra persuadée que le Vatican était tombé aux mains des intégristes...

Au moins, n'était-elle pas hypocrite; ce n'est facile que pour les hypocrites, mais sans doute l'Espagne en avait-elle produit assez sous le franquisme pour que les yeux de l'enfant Carlos restent à jamais scandalisés.

☆

Quelques jours plus tard, sur le chemin de Santo Domingo de la Calzada, il vint me raconter qu'il était retourné à la messe à Logroño avec l'autre Carlos, un Sévillan, et qu'il avait compté quinze fois la même prière avant de partir: «De vrais mantras!», s'étouffait-il, indigné... Non: des Ave Maria! Il avait été témoin d'un rosaire espagnol, dont le crépitement sonore, quoique produit par les voix de dames un peu trop bien coiffées, a tout du tir en rafale d'une cinquantaine de talibans s'entraînant à la kalachnikov... L'expérience avait de quoi traumatiser son homme.

Des mantras, soit! Et alors? Pourquoi les bouddhistes récitaient-ils des mantras, selon lui? Sinon pour atteindre un état de concentration supérieure, au-delà des mots eux-mêmes? Les dames permanentées n'avaient pas besoin de se raser le crâne pour en faire autant, et, à travers la récitation collective de paroles identiques, cent cinquante Ave par rosaire, leur esprit se fixait sur les différents mystères de la vie du Christ. Le bruit n'empêchait pas la prière, au contraire, il la favorisait. Chez ceux qui y participaient... Pour les spectateurs, bien sûr, c'était un peu effrayant.

Croyais-je, moi-même, à mes explications ? Elles parurent convaincre Carlos. Le calmer un peu en tout cas. Car il tenait toujours autant à se faire débaptiser, comme il me le répéta, selon son mantra personnel. Je lui expliquais que c'était impossible : il pouvait faire rayer son nom des registres, bien sûr, mais pas être débaptisé ; ça n'existait pas comme opération. Il avait reçu le baptême, personne ne pouvait le lui enlever. Pas même le pape ! Ce qu'il pouvait faire, c'était apostasier. Renier publiquement la foi catholique, ça, c'était du sérieux. Et cela comptait. Mais pour pouvoir renier la foi, il fallait d'abord la connaître... Comment renierait-il une religion dont il ignorait tout ? Ça ne rimait à rien. Pour être un bon apostat, il fallait d'abord être un bon catholique. CQFD.

Ma démonstration fit rire à pleine gorge ce bon nounours qui décida sur-le-champ, puisque le chemin était long, que je serais son professeur de catéchisme. Et qu'il continuerait à nuancer mon usage du castillan, qui n'était pas mauvais, mais quelquefois grossier. Car s'il jurait parfois comme un charretier, Carlos avait une sensibilité très délicate. Par exemple, je l'avais choqué en désignant Paco et Rodrigo sous le nom d'*an-*

ciens; le mot était juste, mais il manquait de tendresse; le mot *aînés*, impliquant une fraternité entre leur âge et le nôtre, était bien préférable... Comme j'acquiesçai, il enchérit: le mieux serait de dire des *personnes aînées*, ce qui ajoutait à une expression amicale la légère touche de respect que nous leur devions...

☆

Les mêmes, dix jours plus tard, en pleine Castille:

« C'est quoi cette connerie de Trinité?

— Dieu n'est pas un vieux barbu sur son nuage, Carlos, il est partout, en trois dimensions. Regarde autour de nous, l'horizon immense, la nature, c'est Dieu le Père. Toi, moi, les pèlerins, c'est Dieu le Fils, frère de tous les hommes, habitant dans tous les hommes. Et la voix de ta conscience, le Dieu intérieur, c'est le Saint-Esprit.

— On ne m'avait jamais dit ça. »

À moi non plus. En enseignant Carlos, je redécouvrais la foi.

RODRIGO, LE JUBILANT

Un sac à dos rouge enfilé sur une monture en aluminium terminée par deux tubes bouchés de plastique en haut, et se recourbant en bas pour former une sorte d'étagère posée au ras du sol. Cet étrange et antique objet n'était pas abandonné, car j'apercevais, entre les deux tubes du haut, le petit chapeau blanc de son propriétaire... Accroupi au beau milieu du chemin, il était absorbé dans l'observation de ce qui se révéla être, quand je fus assez proche de lui pour me pencher au-dessus de son épaule, un ondulant et très long ver de terre...

« C'est un lombric ! me dit-il extasié, je n'en avais jamais vu d'une telle ampleur ! Et ces limaces toutes noires, ne sont-elles pas aussi gigantesques ? Nos sœurs, les limaces... Serions-nous dans un pays enchanté ? »

Il tourna vers moi un regard taquin, brillant derrière ses lunettes. Je devais avoir l'air assez dégoûté, car, sans me laisser le temps de répondre, il objecta, un doigt levé :

« Un poète a dit, madame, que l'enchantement n'était pas dans la nature, mais dans le regard émerveillé de celui qui la contemple...»

En l'occurrence, cela ne faisait aucun doute. Ces bestioles étaient dégueulasses, et pour considérer leur taille monstrueuse, qui n'ajoutait rien à leur charme, comme l'effet d'un enchantement, il fallait une imagination fertile ou un certain sens de l'humour...

«La magie du chemin réside dans le regard émerveillé des pèlerins», conclut-il en se relevant. Souriant de toute sa petite moustache grise, il me tendit une noix, sortie de sa poche: «Un cadeau de mère nature!

— Merci! Il y en a d'autres, lui dis-je, en lui désignant les mûres sauvages sur les ronciers.

— Ce n'est pas du poison? Des boules rouges!

— Non! Je ne sais pas leur nom en espagnol, mais c'est la même famille que les framboises. Il faut juste faire attention aux épines, et choisir les plus sombres, les mauves...»

Tant qu'à m'extasier sur les merveilles de la création, ça m'était plus facile avec des mûres qu'avec de grosses limaces noires, même s'il les appelait «nos sœurs, les limaces»... En son langage fleuri, l'homme se déclara ravi de cette collation impromptue. Nous étions en train de nous régaler quand un grand type arriva face à nous. Chose plutôt rare sur le chemin, où tout le monde va dans le même sens. Comme lui, il n'avait pas une allure de pèlerin, mais semblait avoir ajouté un sac à dos et de grosses chaussures à sa tenue de ville. Vêtu d'un costume de toile, appuyé sur une simple canne, il devait avoir aussi une bonne soixantaine d'années. Il l'apostropha :

« Rodrigo, qu'est-ce que tu fabriques ? On t'attend !

— Laisse-moi, je jubile ! Madame est française, explique-lui...

— Tu lui expliqueras toi-même ! Rendez-vous au prochain café ! »

Et il tourna les talons. Rodrigo se défit de son étrange attirail pour en extraire un grand mouchoir blanc avec lequel il s'essuya les mains, et m'expliqua qu'il était « *jubilado* » et que depuis, donc, il jubilait... Le mot « retraité » n'était pas aussi gai en français, n'est-ce pas ? Il avait abandonné le travail dès qu'il en avait eu le droit car un de ses confrères, qui nourrissait de grands projets pour l'avenir, était mort avant de les entreprendre, pour rembourser des emprunts. Soixante ans, c'était encore assez jeune, mais déjà un âge où l'on pouvait mourir de mort naturelle... Rodrigo parlait français « un petit peu », et était parti le matin même de Roncevaux, en compagnie de son beau-frère Raphaël, que je venais de voir, et de son ami Paco, avec la ferme intention de profiter du chemin. De jubiler. Ces trois joyeux retraités étaient de Cordoue.

Après avoir suspendu son léger blouson de coton au sommet des tubulures de son sac comme à un valet d'intérieur, il le remit sur son dos, et continua, intarissable et cocasse, à me parler du

« chemin de l'argent », dans le sud de l'Espagne, qu'ils avaient déjà parcouru ensemble. Puis il me demanda, puisque je le connaissais déjà, quel était mon paysage préféré au cours de ce long chemin royal que nous avions entrepris :

« La Castille immense...

— Comme c'est étrange ! Sans doute est-ce le goût d'une personne qui vient d'un pays tempéré ? Pour nous autres, Andalous écrasés de soleil, c'est affreux cette Castille toute sèche, toute plate, toute désolée... Nous aimons les jardins, la verdure, les fontaines, la végétation, les fleurs...

— Pourtant Machado a célébré les champs de Castille, et il était sévillan...

— C'était un poète ! L'œil du poète est magicien et alchimiste...

— Il aurait sûrement pu écrire une ode à nos sœurs, les limaces...

— Certainement, s'il n'était pas si difficile de faire rimer limace avec lombric ! »

La conversation avec Rodrigo était gaie et décousue ; il était étrange et cultivé. Original, comme son sac. Ses amis l'attendaient devant le café du village suivant, où ils avaient déjà poireauté un bon moment... Pas question de l'y laisser entrer ! Malgré ses protestations, ils l'encadrèrent comme deux policiers, et l'entraînèrent dans leur sillage, les manches de son blouson se balançant entre leurs silhouettes droites.

☆

Quant à moi, j'allai prendre un petit déjeuner au bar. Il n'y a pas que les limaces qui deviennent énormes après la frontière ; les croissants aussi. Un croissant espagnol atteint facilement la taille d'une assiette à dessert ; luisant de sirop, il est servi avec une petite fourchette. Un chef-d'œuvre ! Comme Rodrigo, je jubilais. La traversée de la France m'avait mise assez en forme pour pouvoir m'arrêter cueillir des fruits, bavarder, ou jouer les bons Samaritains avec Jacqueline, une femme qui avait tant de mal à marcher qu'en l'apercevant de dos, j'eus l'impression de voir la douleur irradier de ses jambes en petits éclairs, comme sur les bandes dessinées. La malheureuse pensait qu'on évitait les tendinites en buvant beaucoup d'eau... Elle en avait avalé des litres sans autre effet que de devoir s'accroupir dans les buissons plus souvent qu'à son tour, dans des douleurs surmultipliées. Rien n'est plus faux, m'expliqua plus tard l'autre Carlos, de Séville, un médecin, que ce fameux « buvez éliminez » inventé par les minéraliers français, dont la seule excuse était de devoir fourguer un produit aussi invendable que l'eau ; mais le mensonge était à la hauteur de l'arnaque... Sa prétendue tendinite se révéla, en réalité, une sorte de fracture, et Jacqueline souffrait le martyre ; puisqu'elle était seule, abandonnée par une copine peu pèlerine, je l'entretins avec mon joyeux babil jusqu'à la chambre d'hôtel qu'elle avait retenue à Zubiri. Et lui passai ma fameuse

bande cohésive en latex orange pour lui maintenir le genou. Une merveille !

Pour la rapatrier, je téléphonai à « l'express
bourricot », une entreprise qui transporte les
sacs des pèlerins entre Saint-Jean-Pied-de-Port
et Logroño, de refuge en refuge, et dont j'avais
appris l'existence par un couple de Canadiens
très chic. Grâce à elle, moyennant finances, ils
pouvaient gambader le dos libre de poids. Elle
pouvait sans doute aussi transporter les malades
pour moins cher qu'un taxi... Je l'appelai du
bar, où je retrouvai Rodrigo occupé à essayer
de faire fondre deux cachets d'aspirine, qui
n'avaient jamais été effervescents, en les écra-
sant dans un verre d'eau, sans grand succès.

À cause de ses chaussures neuves, il avait des
ampoules, et ses copains l'avaient lâché pour
atteindre Larrasoaña, à 5 km, où ils avaient
prévu de dormir — et où ils l'attendaient,
comme ce matin... Je lui proposai de jeter un
coup d'œil sur ses pieds, mais il me répondit
qu'il n'en était pas question, d'abord parce qu'il
avait des pieds très vilains, et ensuite parce que
la douleur, comme la pluie, faisait partie du chemin... Après avoir constaté que les distingués
Canadiens n'articulaient pas un mot d'espagnol,
il me demanda si je savais comment on appelait
ces gens-là, qui ne daignaient pas faire l'effort
de porter leur sac... Mi-touristes (*turistas*) mi-
pèlerins (*peregrinos*) :

« ¡ *Turigrinos !* » leur cracha-t-il, la moustache
hérissée comme un chat, mais en levant aimable-

ment son verre — ce qui leur fit hausser des sourcils interrogatifs dans ma direction... Le cafetier rigolait derrière son comptoir. «Et, à mon grand regret, ils sont français!» ajouta-t-il. J'eus beau protester que ceux-ci étaient canadiens, il ne voulut jamais me croire — puisqu'ils parlaient français. Il est vrai que ceux que je rencontrai plus tard, bande de retraités versés dans la culture ou la religion, l'étaient, en général...

Pour tenir compagnie à Jacqueline, je restai la nuit à Zubiri, et héritai le lendemain d'un nouveau client, Miguel, phénomène local à la denture digne de Pompon. Il était parti tout seul sur le chemin en baskets avec un petit sac contenant une boîte de thon et des fruits. Marchant bras et jambes écartés, il n'avait pas l'air de savoir très bien où aller, et suivait avec une approximation slalomeuse les flèches que je lui indiquais. En arrivant à Pampelune, retrouvant sans doute ses repères citadins, il se montra soudain très respectueux des feux rouges. Inquiet de ma façon désinvolte de traverser les rues, il me prit le bras plusieurs fois, pour que je ne me fasse pas écraser... À l'arrivée, quand nous avons vu le panneau de l'auberge des pèlerins, il m'a annoncé qu'il y allait. «Il faut se loger d'abord, sinon après tu n'auras pas de place, et tu te retrouveras à l'hôtel», me prévint-il; il avait donc ses propres réflexes de survie... et j'avais les miens: je lui dis que j'allais d'abord à la cathédrale, et il me quitta en m'offrant une petite boîte de jus d'orange.

Bien m'en prit. La cathédrale était fermée jusqu'à cinq heures, mais Maria JP II, pèlerine portugaise portant un grand tee-shirt à l'effigie du pape, m'apprit qu'on avait installé un refuge tout neuf dans le très ancien couvent d'une rue voisine. Une somptuosité. Pour quatre euros, j'héritai du n° 17, un lit du haut, où était même prévue une prise pour recharger son téléphone... Des douches immenses, des machines à laver et à sécher : le paradis. Dans le patio médiéval, où j'attendais que ma lessive ait fini ses tours en me faisant dorer les pieds au soleil, je vis arriver Rodrigo, Raphaël et Paco, le trio fatal enfin réuni. Et le jeune Carlos, mon catéchumène apostat, devenu le chevalier servant de deux Thelma et Louise de Majorque, bavardes, sympathiques et décolorées, qui faisaient le chemin en sandales de ville, avec des sacs en plastique pour tout bagage, et réussissaient à « sortir » plus d'ampoules, comme disent les Espagnols, que tous les autres. Comme si les ampoules étaient des éruptions. Pourtant je les soupçonnais d'avoir pris un peu l'autobus à l'arrivée en ville, mais c'est une pensée trop infâmante pour être exprimée... Ma voisine de lit, norvégienne, brossait les chaussures de toute sa famille, en m'expliquant que pèlerin, c'était vraiment un boulot à plein temps...

Après quelques coups de fil sur la place, en buvant une bière hors de prix, à trois euros, je vis une dizaine de types cagoulés se regrouper dans un coin et préparer des cocktails Molotov. Suivirent une vingtaine de flics casqués, genre

CRS, et des cameramen. Quelques fumigènes volèrent. Retrouvant des réflexes professionnels, j'allai discuter avec une consœur en finissant ma mousse : c'était une queue de manif de l'ETA plutôt modeste. Trois poubelles brûlaient dans la ruelle que je devais prendre pour aller à la cathédrale. Comme ça n'avait pas l'air de s'étendre, je me faufilai dans le sillage des pompiers...

La cathédrale à la tombée de la nuit était comme dans une forêt familière, tendre et profonde. Sous les vitraux transformés en gigantesques toiles d'araignées, la flamme tremblotante des cierges donnait aux piliers la sève de grands arbres protecteurs et aux statues une carnation presque humaine. Maïté, qui donna un coup de tampon sur ma crédentiale, me conseilla de rester pour le chapelet chanté, et je me retrouvai à déambuler derrière de solides garçons portant des lanternes, parmi les fidèles, prise dans une étrange chorégraphie, tournant autour du chœur en fredonnant, dans un moment enchanteur de douce rêverie.

Dehors, les poubelles étaient éteintes, et je dînai en vitesse avant l'extinction des feux au refuge, à dix heures. Inutile d'espérer y entrer après ; les hospitaliers ne sont pas des rigolos.

Ce sont les Néo-Zélandais qui m'annoncèrent le lendemain leur défaite contre les Bleus au rugby... Je n'avais même pas vu qu'ils étaient là, et j'ai presque dû les consoler... Ils avaient l'air choqué, mais je trouvais leur surprise un peu choquante a posteriori ! Notre glorieuse victoire ne faisait même pas un entrefilet dans le journal local. Fans de foot et de corridas, les Espagnols considèrent le rugby comme un jeu de brutes. Personne n'est parfait.

☆

L'allégresse de tenir la forme m'amenait chaque jour de nouveaux pèlerins à secourir, un peu comme, au début, chaque jour m'apportait son erreur. Quelquefois, les solutions étaient si simples qu'elles en devenaient presque comiques. Un jeune homme au bandana rouge, assis sur le bord du chemin, m'arrêta avec Mikaël, le grand Belge qui marchait même la nuit, pour nous demander si nous n'aurions pas vu son GPS. On n'avait rien vu. Mikaël eut beau lui faire remarquer que le balisage permanent de flèches jaunes sur le chemin en Espagne rendait cet objet inutile, il semblait désespéré. Il était italien, de Padoue, précisa-t-il. C'était bien la peine d'être de Padoue, lui dis-je, pour ignorer que saint Antoine (de Padoue) était spécialisé dans la recherche des objets perdus! Il ne laisserait pas tomber un compatriote! Il suffisait de lui demander: «Saint Antoine de Padoue, vous qui ne perdez rien, vous qui retrouvez tout, retrouvez mon GPS!» Tout le monde savait cela. Mikaël, qui s'était à demi retourné pour pisser avec cette simplicité digne du Mannekenpis ou des marins de Brel qui lui était coutumière, approuva bruyamment. Le jeune homme me lança un regard incrédule, et nous le laissâmes. Il trouvait sûrement cela ridicule, mais il tenait à son miracle technologique...

Au refuge de Puente de la Reina, le même soir, j'allais étendre mon linge dans le jardin quand le garçon au bandana m'appela depuis son siège : il avait retrouvé son GPS ! Merci saint Antoine ! Un début de tendinite le clouait sur sa chaise en plastique, et, la pharmacie étant fermée, je lui donnai des cachets et un tube de Voltarène. Le lendemain, nous cassions la graine, quand il claudiqua vers moi avec un tube tout neuf, qu'il m'avait acheté exprès. Je lui expliquai que je n'étais pas la bonne personne : il fallait l'offrir à quelqu'un qui en avait besoin. Dans le secteur, ça ne manquait pas ! Ainsi fonctionnait l'économie du chemin ; on ne rendait pas les choses à la personne qui vous les avait données, ça l'encombrerait ; on les faisait circuler, c'était le jeu... Il s'assit pour déjeuner avec nous, en sortant de son sac un salami phosphorescent et des chips jaune citron.

De fait, il n'eut aucun mal à trouver une cliente, et revint me le dire, triomphalement, quelque temps plus tard. La dernière fois où je le vis, devant la porte du dernier refuge avant Logroño, il s'était tellement empèlerinifié qu'il s'apprêtait à aller chercher des tomates au marché et à cuisiner des pâtes pour tout le monde, en célébration de ses adieux. Il devait rentrer le lendemain. Comme je refusais son invitation pour continuer la route, il m'embrassa, la larme à l'œil. Et promit de porter mes salutations à saint Antoine...

☆

Au départ de Puente de la Reina, devant le joli pont de pierre qu'une bonne reine des temps jadis a fait construire exprès pour les pèlerins, alors que je remplissais ma gourde à une fontaine, je retrouvai le trio fatal en train de s'engueuler. À cause de Rodrigo : il n'en finissait pas de prendre son café le matin en discutaillant au lieu de se mettre en marche, et en plus, il avait ronflé toute la nuit ! Bras écartés, roulant des yeux et moulinant de la canne, celui-ci me prit à témoin que le ronflement était le propre du sommeil humain, un son viril, naturel, sain et harmonieux... et que les personnes délicates qu'une telle musique réveillait au lieu de les charmer n'avaient qu'à se prendre des chambres à l'hôtel, où elles seraient sûres, au moins, de ne pas avoir de voisins !

Je me gardai bien de prendre part au débat. Sur ce point, ma pensée n'était plus loin de rejoindre la sienne... Mais j'y avais mis le temps ! Les hospitaliers de Labouheyre, quand je m'étais plainte des ronflements de *Pénine zi Ass*, loin d'entrer dans mes lamentations, m'avaient aussitôt conseillé d'acheter des bouchons d'oreilles, comme on dit en Espagne... D'ailleurs, ils figurent dans toutes les listes d'objets à emporter. Cette réaction m'avait choquée : quand on ronflait, on n'imposait pas sa présence sonore dans des dortoirs publics! Arc-boutée sur mon bon droit, en Française typique, j'avais, depuis Ostabat où les refuges s'étaient peuplés, passé quelques nuits à mal dormir à cause des ronfleurs. Car penser qu'ils devraient loger ailleurs tout en sifflant dans son lit pour essayer de les arrêter ne favorisait guère le sommeil! Au pire, les sifflements réveillaient ceux que les ronflements avaient épargnés... Et étais-je si sûre de ne pas ronfler moi-même? J'avais fini par capituler, et venais juste d'acheter des petits cylindres multicolores en mousse que j'enfonçais le soir dans mes oreilles. Le problème était de ne pas en perdre un au beau milieu de la nuit, ce qui contraignait à dormir sur le côté de l'oreille débouchée...

Petit chapeau en haut du crâne et paletot suspendu au sommet de son sac, Rodrigo poursuivait son discours en s'étonnant que «Notre Mère la Sainte Église», ainsi qu'il disait (comme «nos sœurs, les limaces»!), n'ait pas institué un saint patron des ronfleurs, saint Roch, par exemple. Ronfler en espagnol: *Roncar*, *Roque*, ça se ressemblait; l'assonance était indubitable... Je souriais, Raphaël se taisait et Paco bouillonnait.

Le lendemain, après la fontaine de vin d'Irache, où nous avions tous rempli — et vidé — nos quarts d'un excellent rouge avant neuf heures du matin, il fut le seul à m'accompagner visiter l'église et l'admirable cloître de San Verremundo, patron du chemin en Navarre et moine bénédictin du XIe siècle. «Il ne croit pas en Dieu, et il visite toutes les églises: cet homme est fou!» commenta Paco, qui ajouta, farouche: «Moi je crois en Dieu, et je n'en visite aucune!»

PACO, LE PARIGOT

«Est-ce que Paco parle bien français?» me demandait souvent Rodrigo avec un brin de perfidie. Mais la réponse était: «Oui», encore et toujours.

Oui, Paco parlait très bien français, beaucoup mieux que lui, une sorte de français des années cinquante un peu rugueux qu'on retrouve dans les films avec Gabin, qu'à l'époque on appelait d'ailleurs les films «de» Gabin... Paco connaissait les films de Gabin, les sketches de Fernandel ou de Fernand Raynaud, les chansons de Piaf ou d'Aznavour, le Jeu des mille francs, la famille Duraton et les bals ouvriers avenue de La Motte-Picquet, tout un Paris que je ne connaissais que par le cinéma, et qui avait été le sien. Quand il pensait à quelque chose, il accélérait le pas, ou le ralentissait, jusqu'à ma hauteur:

«Est-ce que tu connais: "Dis, tonton, pourquoi tu tousses?"» et il se lançait dans l'interprétation du sketch, plié de rire, en continuant à avancer.

«Est-ce que tu connais: "Buvons, buvons,

buvons le sirop Typhon, Typhon, Typhon"»... Et l'on chantait...

Heureusement, j'avais entendu tout ou partie de ce répertoire, enfant, à la radio chez mes grands-parents, en disque et plus tard à la télé ou au théâtre en regardant Sami Frey égrainer les souvenirs de Perec — dont ma mère prétendait que c'étaient les siens! — sur son vélo; je n'étais pas trop dépaysée. Sinon de les entendre entre Los Arcos et Logroño...

Mais quelquefois, je ne savais pas; certains noms de rues ou de changements de métro entre telle ou telle station m'échappaient, et Paco me les expliquait. Sans rouler les r et en traînant un peu sur les a et les o, à la Maurice Chevalier: le vrai accent parigot!

Ses souvenirs lui illuminaient le visage, alors qu'il était plutôt d'un naturel renfrogné et râleur. D'une nature aussi réservée que celle de Rodrigo était expansive, et tout au long du chemin, plus Rodrigo allait s'épandre et se répandre, se laisser pousser la barbe et dormir des siestes sur les bancs, discourir à la terre entière, plus Paco allait entrer en lui-même, jusqu'à ce que sa vie ne soit plus qu'un éclat de feu dans ses yeux charbonneux devant la cathédrale. Celui avec lequel il me dirait que son vœu était accompli, et qu'il n'irait pas plus loin. Qu'il ne m'accompagnerait pas à Finisterre. Qu'il était las, enfin.

☆

Car il avait soixante-douze ans, quand même, dix de plus que Rodrigo! Mais ça ne se voyait pas. Mince, noueux et souple, il cavalait comme une chèvre, et dans les montagnes, il m'attendit souvent. Les cheveux courts sous un bonnet bleu de marin qui plaquait ses oreilles décollées, les mains croisées sur son bâton, souriant à quelque souvenir de Paris, et fumant une «petite» cigarette. Il m'emmenait souvent boire un «petit» café ou un «petit» rouge, de «petites» herbes aussi, ces liqueurs vertes ou jaunes qui succédèrent au rouge *pacharán*, quand nous eûmes quitté la Navarre. Son bonheur de vivre était là, dans le partage de ces plaisirs quotidiens qu'il saluait avec d'affectueux diminutifs.

«Si un jour je ne peux plus prendre soin de moi, j'achèterai un petit pistolet et je me tirerai un petit coup dans la tête», avait-il répondu à Rodrigo, qui lui vantait sans aucun succès le charme des maisons de retraite — et me l'avait rapporté : «Est-ce qu'il croit vraiment qu'une petite balle fait moins mal ? Ou qu'un petit pistolet est un jouet ? Et qu'ils rendront sa mort plus plaisante ?» Rodrigo s'inquiétait de l'avenir solitaire désargenté de Paco, et Paco du présent hédonisme décadent de Rodrigo : «Il ne lui manquera bientôt plus qu'un camembert pour ressembler tout à fait à un clochard !» Le départ de Raphaël, le troisième homme, au bout d'une semaine, transforma leurs joutes permanentes en une sorte de duo comique où alternaient les rodomontades de l'un, et les soupirs exaspérés de l'autre, pour la plus grande joie des pèlerins. C'étaient les grands moments de Radio Camino.

☆

En français, Paco me racontait sa jeunesse parisienne, mais quand il me parlait des choses qui lui tenaient vraiment à cœur, il le faisait en espagnol. Il avait une langue pour l'ombre et l'autre pour la lumière. L'espagnol pour l'intimité, le français pour s'amuser. Pour «rigoler», aurait-il dit. Au fil de ces conversations se déroulant sur des jours et des kilomètres, sans logique ni chronologie, je découvrais un homme droit et digne, qui me faisait souvent penser à mon père.

Le sien était républicain. Réfugié en France à la fin de la guerre civile espagnole, il avait été arrêté par les Allemands et envoyé en déportation dans un train d'où il s'était évadé en se cachant dans la réserve de charbon. Ensuite, il avait été ouvrier à Boulogne-Billancourt jusqu'à sa retraite, quand il était rentré à Cadix pour construire sa maison. À son arrivée, le commissaire de police l'avait convoqué pour lui demander de quel côté il avait été: «Rouge!» répliqua le père de Paco. «Moi aussi, répondit le commissaire, tu vois où ça m'a conduit...» Paco conclut, avec un clin d'œil, en excellent français: «Et il lui a foutu la paix!»

☆

Paco avait commencé à travailler en France à quatorze ans. Plus tard, l'usine lui avait bouffé deux phalanges de l'index droit, écrasées sous une presse. Comme il était pompier et secouriste, il était allé lui-même jusqu'à l'infirmerie, en se tenant la main dans un mouchoir. Bilan 15 % d'invalidité, après négociations, car le médecin ne voulait lui en donner que 10. Mais Paco était rusé, et le sang ne l'impressionnait pas : il avait mesuré son doigt avec un double décimètre, pour appuyer ses dires... Encore plus tard, en Mai 1968, il avait occupé son usine, et même dormi dedans. Il en demeurait très fier, même si, par la suite, on l'avait rétrogradé à l'entretien. Il avait connu de bons chefs et de mauvais, mais le meilleur restait celui qui avait fait défoncer un mur tout à fait sain à coups de bulldozer dans le seul but de donner du travail à l'équipe d'entretien, menacée de chômage... «Un bon mec !» souriait-il aux anges. Mais désormais il n'y avait plus de travail en usine ; elle avait fermé.

Les dimanches de sa jeunesse, Paco allait danser au bal breton de La Motte-Picquet. C'était l'époque où les bonnes étaient bretonnes. La sienne, sa chère et tendre, s'appelait Lucie ; il ne lui a jamais manqué de respect, car, m'expliqua-t-il en rougissant, c'était une époque où l'on ne manquait pas de respect aux jeunes filles. Quand il est parti faire son service militaire en Espagne, il lui a dit de se trouver un autre gentil garçon : il n'avait pas de diplômes et aucun avenir à lui offrir. En pleurant, elle lui a répété qu'elle l'aimait, mais il devait aller à l'armée. Pas pour Franco (quelle horreur!), mais pour la nation; Paco était patriote; sa classe avait été appelée, et il était déjà considéré comme déserteur. Son honneur le réclamait. Ses dix-huit mois de service accomplis, la loi exigeait qu'il reste deux ans de plus en Espagne. Mais il voulait rentrer en France, où il y avait du travail et la liberté. Démobilisé, il était venu chaque jour en civil pour déjeuner à la caserne et plaider sa cause. De guerre lasse, au bout de quelques mois, on avait fini par le laisser partir... Il avait la tête plus dure que les militaires.

☆

Paco n'aimait ni les curés ni la religion, mais dès qu'on nous donnait une image pieuse de Santiago, il la rangeait toujours précieusement dans son porte-monnaie, où elle allait rejoindre celle de Mère Teresa et une autre de la Sainte Vierge, qu'il embrassait parfois. Parmi ses trésors, il me montra aussi une dent de poisson pour la chance, une petite branche de figuier contre les accidents, et un marron contre les rhumatismes qui ne devait pas fonctionner très bien, car il l'abandonna au pied de la Cruz de Hierro, là où l'on déposait des cailloux symbolisant nos péchés. Il voyait aussi de bons augures dans les chats noirs depuis qu'il avait trouvé un billet de cinq mille pesetas juste après en avoir vu un, quand il était tout petit, en période de faim ; sa mère en avait été bien contente...

Dans les montagnes du Cebreiro, quand nous marchions dans le brouillard, il me raconta qu'il avait trouvé, vers la même époque de son enfance en Espagne, tout de suite après la guerre, dans un almanach, une image du sacré-cœur de Jésus, qu'il avait découpée et toujours gardée, épinglée au-dessus de son lit. Sur le chemin, il priait en disant : « Sacré-cœur de Jésus, donne-moi la force de monter cette côte ! » Et ça marchait ; Dieu l'aidait. Quand il allait à Paris, il allait toujours mettre un cierge au Sacré-Cœur... D'ailleurs, pour tout me dire, il l'avait même une fois impliqué dans un match de foot. Comme il voyait le Real Madrid en train de perdre un match, il était allé dans sa chambre engueuler son image : « Sacré-cœur de Jésus, ce n'est pas possible, ça ! », et, que je le croie ou non, quand il était revenu devant sa télé, dans la pièce à côté, le Real avait mis deux buts ! Je voulais bien le croire...

Paco acceptait les cadeaux du ciel. De tous les bijoux qu'il avait donnés à sa femme, le plus beau était un médaillon qu'il avait trouvé dans la rue. Il avait d'abord aperçu la chaîne ; il s'était dit qu'elle devait tenir quelque chose, alors il avait cherché tout autour et fini par trouver la médaille. Après la mort de sa femme, il avait donné tous ses bijoux à ses nièces, sauf celui-là...

C'était peu après qu'il avait fait le chemin de

Saint-Jacques pour la première fois. Après la mort de sa femme. Pour remercier Dieu de lui avoir permis d'être là, près d'elle, au moment de sa mort. Elle avait été malade très longtemps, souvent à l'hôpital, et il aurait pu être à la pêche ou ailleurs, mais il avait été là; elle n'était pas partie seule... Dieu l'avait permis. Quant à ce chemin-là, le nôtre, il le faisait pour les petits mongoliens. Il avait des amis qui avaient un enfant trisomique, et il s'était dit que ce petit ne pourrait jamais faire le chemin. Donc Paco le faisait pour lui et pour tous les petits qui ne pouvaient pas le faire. C'était le vœu qui le fit tenir jusqu'au bout. «J'ai tenu ma parole pour les mongoliens; je n'irai pas plus loin», me dit-il devant la cathédrale, alors que Rodrigo le jubilant aurait bien poussé jusqu'à Finisterre pour manger quelques poulpes à la galicienne... Il me dissuada aussi de promettre à l'apôtre d'arrêter de fumer. «C'est grave une parole; ça engage; tu n'as qu'à promettre que tu essaieras de diminuer...» Du coup, même cela, je ne l'ai pas promis...

Quand il sut que j'écrivais, Paco me dit qu'il possédait deux cents livres: un cadeau de sa voisine quand elle avait déménagé. Il en avait déjà fourgué pas mal à un ami brocanteur, et le reste avait plutôt l'air de l'encombrer. Le seul livre qu'il avait acheté de sa vie était un ouvrage sur les pharaons.

☆

Si Paco aimait la conversation, il prenait rarement part aux discussions. Surtout politiques. La parole l'engageait trop, sans doute, mais tout son corps parlait pour lui. Soupirs, roulement des yeux, haussement d'épaules: il était rarement d'accord. Partager la même table que des indépendantistes catalans le transformait en dessin animé de Tex Avery. Il me faisait ensuite ses commentaires en aparté. Et, quand Rodrigo raconta que, né dans le franquisme, comme le poisson dans son aquarium, il ne s'était pas rendu compte que c'était une dictature avant que Paco et sa génération de réfugiés politiques le lui apprennent à son arrivée en France, que la censure et l'absence de partis ne lui avaient jamais sauté aux yeux auparavant, qu'il y avait des lois, un Parlement, des élections, et que tout lui semblait normal, Paco ne disait rien, mais je voyais la fumée lui sortir par les oreilles.

Plus tard, il me prit par le bras pour me dire, mezza voce: «Je te l'avais dit: cet homme est fou!»

JUAN, LE *PÍCARO*, ET LE *CHICO* DAVID, SANTO LE BRÉSILIEN ET CHRIS L'ALLEMAND

Plus tard, quand il aura été banni et que la simple mention de son nom suffira à faire cracher Rodrigo, soupirer Paco, râler Carlos, siffler David, jurer Chris et loucher Alfredo, seul Santo, qui était le plus doux et le plus juste d'entre nous, continuait à dire : « Oui, mais c'est lui qui a réuni la *janta*. » Comme Santo était né en Italie, mais vivait au Brésil, il mélangeait sans cesse l'italien et le portugais, et je supposais que ce mot appartenait à l'une ou l'autre langue. En réalité, le nez dans les dictionnaires, je m'aperçois qu'il n'apparaît dans aucun ; ce devait être une adaptation personnelle, un adoucissement de la *junta* espagnole, sans le raclement de la jota et le u transformé en a, dont le sens, de toute façon, ne pose aucun problème : la *janta*, c'est la bande. Jamais une poignée de pèlerins dispersés n'aurait formé une bande sans Juan, le bedonnant cuisinier. Et son exclusion même lui apporta une touche de solidarité définitive.

Au départ, Paco, grand spécialiste de l'aparté, m'avait prise par le coude et donné le tuyau à l'oreille : un type de Malaga était prêt à nous faire un repas complet, avec le vin, pour cinq euros par personne, au refuge municipal. C'était une très bonne affaire, car dans tous les bistrots, le menu du pèlerin était à sept euros au moins. Mais il fallait s'inscrire et payer d'avance. Dans un mouvement du menton accompagné d'un souffle du nez, il m'avait désigné le gars, posté au bord de la route sous un chapeau marron de pèlerin médiéval comme on n'en voit que sur les cartes postales, les touristes ou les statues. Une grande coquille Saint-Jacques en sautoir sur l'estomac et un carnet à la main, il ressemblait à une enseigne de restaurant. En jouant des moustaches comme une otarie de cirque, il prit mes cinq euros, m'indiqua que le repas était à huit heures, et inscrivit mon nom dans sa liste : Alic. Les Espagnols n'arrivant pas à prononcer les x, j'avais l'habitude. Il fit faire un nouveau tour à ses moustaches en roulant des yeux pour signifier notre accord. Apparemment, notre homme était un comique.

Dans la journée, nous avions eu une grande conversation sur les morts. Le premier, à l'étape qui part de Roncevaux, Stingo Yamashito, était venu du Japon pour finir ici, en août 2002, à soixante-quatre ans, et nous venions juste de croiser le deuxième, un Belge, Rock Frans, dont le nom disparaissait sous une installation d'images pieuses, de cœurs et de chapelets. Ainsi les pèlerins morts font-ils naître de vivants cénotaphes dont les formes changent chaque jour, simples inscriptions sur un morceau de bois d'où s'étendent et se dressent des monuments en perpétuelle construction, composés de tumulus de petits cailloux plats, de fleurs ou de rubans que chacun dépose en passant, selon sa fantaisie. D'après l'autre Carlos, le médecin de Séville, il meurt environ vingt-cinq pèlerins par an, pas tant de maladies que d'accidents ; le plus souvent des camions ou des voitures les happent les jours de pluie à cause de leurs ponchos et du manque de visibilité. Le parcours n'étant exempt ni de croisements dangereux ni de traversées de routes, voire d'autoroutes, les occasions sont nombreuses. Leur cimetière, le nôtre, est en Galice, à trois jours de l'arrivée. On trouve encore un autre mort, ensuite, près du Monte del Gozo, décédé en 1993, une année sainte, juste avant d'atteindre la Terre promise ; notre Moïse à nous...

Du coup Carlos l'apostat se tapa un cours sur Moïse... Il trouva Dieu pas très *majo*, pas très sympa sur ce coup-là. Il n'avait pas tort. Dieu est bon, mais il n'est pas sympa. Il ne cherche pas à plaire. Le Diable, en revanche, est très sympa... Nous visitâmes ensuite l'église de Los Arcos, où Peter le Hollandais et Peter l'Australien avaient assisté à un enterrement en short lors de mon premier voyage. Je reconnus son Jésus mort, mais j'avais oublié son cloître charmant où d'immenses rosiers nous grimpaient jusqu'aux narines. En l'absence de guide, je fournis les explications. Rodrigo renchérissait,

Paco courbait le dos et Carlos roulait toujours des yeux étonnés. Comme la dernière fois, la dame de l'accueil nous donna une image à chacun.

Au dîner nous étions dix, et j'étais la seule femme. J'allais m'y faire. On me mit à côté de Chris, un Allemand que je croisais matin et soir car, par une curieuse coïncidence, il avait souvent le lit du bas quand j'avais celui du haut, et vice versa. Il se sentait isolé ; personne ne parlait allemand et, en dehors de moi et de Carlos, seuls les jeunes parlaient anglais. Or la tablée manquait de jeunes jusqu'à l'arrivée de l'assistant du cuisinier, un grand brun dégingandé, David, qu'il appelait « *el chico* », le garçon. Mais il n'eut pas l'occasion de montrer ses talents linguistiques ce soir-là, où le truculent cuisinier, tout en apportant macaroni au thon, poissons grillés, salade, yaourts et vin à volonté, confirma sa vocation de comique en monopolisant l'animation du repas par de grosses blagues qu'il soulignait avec le jeu tournicotant de sa moustache mobile. À la fin, il prit les réservations pour le dîner suivant, à Vierra le lendemain, mais je voulais pousser jusqu'à Logroño, vraie ville où je pourrais m'acheter des sandales pour remplacer mes pantoufles en plastique à fleurs avec lesquelles je me cassais la figure presque tous les soirs. « Alors, Belorado, samedi ? » me proposa-t-il. Soit ! Il inscrivit Alic, et encaissa mes cinq euros d'avance. Comme le refuge municipal n'avait pas de cuisine, nous avions rendez-vous au refuge privé où j'avais arrêté de fumer, quatre ans plus tôt, le jour de la Saint-Jacques.

☆

Je marchai donc seule le lendemain dans un paysage immense, envahie d'une joie pleine et bouillonnante, et plus tard en compagnie d'une Russe, Julia, qui n'avait jamais vu d'amandiers, et fut encore plus surprise d'en goûter les fruits, nouveau cadeau de mère nature, comme aurait dit Rodrigo, sous un ciel à la Michel-Ange. Le chemin la remettait en enfance : elle ne comprenait pas bien ce que disaient les gens, et le temps de chaque journée lui semblait infini... Je partageais cette impression : l'étirement du temps dans la variété de jours qui se succèdent sans se ressembler, l'insouciance du logis, le chocolat et les frites à gogo, les pique-niques, les chahuts au dortoir, les sceaux collectionnés comme les images, nous vivions tous en grande enfance...

Dans les collines précédant l'interminable banlieue de Logroño, j'aperçus une étrange silhouette de supermarché : un imper jaune vif traînant un caddie rose, que je finis par rattraper aux portes de la ville où elle s'incarna dans une jeune Asiatique, tout sourire mais tout silence. Comme elle semblait perdue, je lui indiquai les flèches. Rien à faire pour la convaincre de me suivre. Ni mots ni gestes. Elle souriait toujours, et n'en faisait qu'à sa tête. Je finis par la laisser se débrouiller... Au refuge, j'interrogeai ma voisine de lit du haut qui s'exclama : «Mais c'est la Coréenne!» Il ne fallait pas m'en faire, personne n'arrivait à la comprendre... Yolanda d'Alicante me conseilla aussi de ne pas laver mon linge parce que la machine à sécher était en panne, et que le linge sale était moins lourd à trimballer que le linge humide. Je lui proposai d'aller boire une bière dehors, mais elle me recommanda le vin : «Si la bière est la preuve de l'existence de Dieu, essaie le rioja, c'est la preuve que Dieu est bon!» De toute façon, elle avait les pieds trop troués d'ampoules pour sortir, et je lui filai la super crème de huit heures, panacée de pédopsychiatre dont la simple vue suffit à la réjouir.

En ville, je trouvai des Crocs marron, sabots à trous en caoutchouc, pures merveilles de stabilité et d'ampleur, volumineux mais légers, où je pourrais enfin caser mes chaussettes le soir, quand je quittais mes croquenots, sans perdre l'équilibre. «Tu es moins élégante, mais tu es une vraie pèlerine», commenta la vendeuse à qui j'abandonnai mes horribles pantoufles en plastique parsemées de fleurs. À mon retour, je retrouvai la Coréenne installée au dortoir, son chariot rose posé contre le mur.

Je n'ai pas revu mes hommes avant le lendemain soir, au refuge de Nájera. J'avais marché avec Ricardo des Asturies, un habitué qui avait même été hospitalier, et faisait le chemin chaque année; «ça nettoie», disait-il. Il me reprocha d'acheter mes sandwichs au café au lieu de les fabriquer, ce qui était moins cher et meilleur. Mais qu'est-ce qu'ils avaient tous à être si obsédés par les prix? Cette radinerie permanente me paraissait maladive. Chaque fois que je prenais une bière ou un café, il y en avait toujours un pour me demander combien j'avais payé, et s'étonner quand je ne m'en souvenais pas. Pourtant, à vingt centimes près, les prix étaient les mêmes partout. Certes, vingt centimes d'euro, au siècle dernier, c'était un franc trente, soit trente-trois pesetas. Pas rien. En achetant des sandwichs tout faits, je gagnais du temps, ce qui ne présentait peut-être pas grand intérêt dans un univers où personne n'était pressé, mais je m'en épargnais aussi la fabrication pour les fourguer directement dans mon sac, et les sortir aussi facilement. C'était pratique. Et pas si mauvais que ça. J'avais des réflexes de consommatrice, et je ne voyais pas du tout pourquoi m'en défaire; les sandwichs me simplifiaient la vie, et je n'étais pas à un euro près. Il me restait encore beaucoup de choses à apprendre — et à comprendre...

Plus nous approchions de notre but, plus Ricardo ralentissait, tant il redoutait et espérait l'atteindre, car, avait-il fini par m'avouer, il devait y retrouver une Japonaise qui ne le laissait pas indifférent... Ils s'étaient connus sur le chemin, et avaient prévu de rester tous les deux pendant un mois en tant qu'hospitaliers au refuge de Nájera. Toute une organisation. Et s'il s'était trompé? Et si elle ne partageait pas ses sentiments? Et s'ils s'étaient mal compris? Et si elle ne l'attendait pas? Et si elle ne le reconnaissait pas, après un an de séparation? Et si elle n'était même pas là? Plus nous avancions dans les paysages de la Rioja, aussi moches que son vin est bon, et plus le pire lui semblait sûr... Il était si troublé que nous finîmes par nous arrêter dans un café pour prendre une espèce de verre du condamné. J'essayais de l'encourager en suivant ma théologie de la boisson prêchée par Pascal, et enrichie la veille d'un nouveau concept, grâce à Yolanda d'Alicante, en lui proposant du rioja. Il se détendit un peu, resta à la bière, et me laissa partir; il voulait arriver seul. Plus tard.

Après avoir salué quelques compères, assis sur un banc au soleil devant le refuge, j'allai faire la queue pour m'inscrire. La jeune femme chargée du registre à l'accueil était asiatique, sûrement la fameuse Japonaise... Mon tour vint vite. Debout derrière la table, elle m'indiqua du doigt où signer, tout en regardant vaguement par-dessus mon épaule. Je finissais d'écrire quand je la vis tourner de l'œil et s'effondrer sur sa chaise avec un petit cri de souris. Je me retournai: Ricardo était figé dans l'encadrement de la porte... elle ne l'avait pas oublié! Il ne resta pas longtemps immobile; elle reprit vite ses esprits, et ils disparurent ensemble bras dessus, bras dessous, laissant les pèlerins s'autogérer jusqu'au soir dans un joyeux et festif bazar...

☆

C'est le lendemain que je fis connaissance avec Santo, le Brésilien. Difficile de le louper. Il avait un sac encore plus bizarre que celui de Rodrigo, véritable puzzle bricolé dont les différentes parties étaient amarrées par des tendeurs en caoutchouc d'où pendouillait de chaque côté une chaussure de tennis, mais ce n'était pas le plus frappant chez lui. La première chose qu'on voyait, et de très loin, c'étaient ses jambes, aussi torses que s'il avait fait Paris-Bordeaux sur un camion-citerne, comme on disait dans mon jeune temps. Impossible de ne pas le remarquer, et impossible de ne pas le rattraper ; il ne marchait pas vite, en s'aidant de deux cannes, qui n'avaient ni la même taille ni la même couleur... Jusqu'à présent, je l'avais doublé avec un salut, sans ralentir pour bavarder.

Dans une espèce de sabir italo-portugais pourtant facile à déchiffrer, d'autant qu'il faisait l'effort de parler lentement, il m'expliqua que la première canne était un bâton de la forêt de Roncevaux qu'il avait bricolé lui-même, et l'autre un cadeau de Raphaël de Cordoue, sa canne personnelle, qu'il lui avait laissée, par humanité, quand il avait quitté Paco et Rodrigo, ses camarades jubilants, pour rentrer chez lui. Car Santo souffrait beaucoup ; ça se voyait. Il aurait dû être opéré des ménisques le lendemain de son départ. Quand le chirurgien lui avait téléphoné, à la lecture de ses radios, pour lui annoncer qu'il l'hospitaliserait dès le lundi suivant, Santo lui avait répondu qu'à ce moment-là il aurait déjà traversé l'Atlantique pour marcher sur le chemin de Compostelle, et qu'il n'avait pas du tout l'intention d'y renoncer. Le chirurgien l'avait traité de tous les noms, surtout de fou, mais il avait tenu bon. On avait mal pour lui à le voir crapahuter le thorax étiré entre ses jambes torses et ses cannes inégales, comme une sorte d'insecte bancal à qui des marmots cruels auraient arraché deux pattes, mais lui ne se plaignait pas. Il n'allait pas vite, mais ne s'arrêtait jamais; il filait d'une traite jusqu'au refuge où il s'écroulait pour l'après-midi dans une profonde et très ronflante sieste.

Les autres l'appelaient «le paparazzo» parce qu'il avait un appareil photo dans sa banane ventrale, et n'arrêtait pas de s'en servir. On ne pouvait pas lui faire plus plaisir qu'en l'immortalisant, tout sourire, devant un paysage. Pourtant il se trouvait très laid; je crois même que c'est la toute première chose qu'il m'a dite: «Je suis très laid.» Sans coquetterie, mais avec un sourire d'une douceur extraordinaire. Et aussi qu'il était un homme de la mer.

Santo aimait la mer d'un grand amour de vrai marin. Sa technique d'amarrage de nombreux sacs en plastique autour de sa personne, répartissant le poids de ses affaires qui ne reposait pas ainsi seulement sur son dos, lui venait sans doute de la navigation. Comme le système de fixation de son chapeau dont le bord était transpercé par une énorme épingle de nourrice, d'où pendait un lacet accroché à sa veste. Quand je lui dis que le souffle d'un camion m'avait déjà emporté un chapeau en France, il m'offrit généreusement le même équipement: une grosse épingle et une ficelle qu'il fixa avec un nœud plat à la bretelle de mon sac à dos. Dire que mon élégance s'en accrut serait exagéré, mais c'était bien commode! Sauf les fois où j'oubliais d'enlever mon chapeau avant mon sac...

Puisque j'étais française, il m'a demandé si je connaissais les paroles d'une chanson qu'on lui avait apprise, enfant, en Italie, et qui lui revenait quand il était en *saudade*, dans la nostalgie; il les avait cherchées sur Internet, mais ne les avait pas trouvées... Il me chanta le début: «Alouette, gentille alouette...» Je la lui chantai jusqu'au bout, avec les gestes, et lui promis de recommencer dès qu'il aurait le mal du pays.

☆

Je comptais beaucoup sur l'arrivée à Santo Domingo de la Calzada, «où chantent les poulets rôtis», selon l'inscription sur les cartes postales, pour instruire et édifier Carlos l'apostat dans notre belle et sainte religion. En effet, on y conserve toujours, à l'intérieur de la cathédrale gothique, une poule et un coq blancs, vivants et caquetants, derrière un grillage ouvragé intégré dans un mur en hauteur. Cet authentique poulailler du XVe siècle est unique au monde, son emplacement et son histoire aussi. Étant donné que j'avais servi d'interprète au guide quand nous avions visité les lieux avec Raquel la première fois, je m'en souvenais très bien. Elle a trois cents ans de plus que le poulailler...

En l'an de grâce 1130, une famille de pèlerins allemands, le père, la mère et leur fils, Hugonel, en route pour Compostelle, s'arrêta passer une nuit à l'auberge de Santo Domingo. Le soir, alors que les parents étaient allés se coucher, la servante fit des avances au jeune et bel étranger, qui, étant un honnête et vertueux pèlerin, les repoussa. Dépitée, la jeune femme cacha un vase en argent dans le sac du garçon pendant la nuit. À peine les pèlerins étaient-ils partis au petit matin qu'elle signala le vol, et dénonça le jeune homme qui fut arrêté sur le chemin. On trouva le vase dans ses affaires, il fut ramené en ville et, malgré ses dénégations, pendu pour son crime. Désespérés, ses pauvres parents continuèrent néanmoins leur pèlerinage jusqu'au tombeau de l'apôtre.

Après avoir accompli leurs dévotions, ils prirent le chemin du retour, et s'arrêtèrent à Santo Domingo pour récupérer le corps de leur fils et lui faire donner une sépulture. Mais alors qu'ils s'approchaient, avec quelle crainte et quelle douleur, de l'arbre où Hugonel était pendu, ils l'entendirent crier : « Venez ! N'ayez pas peur ! Je ne suis pas mort ! » Car saint Jacques, le sachant innocent, l'avait soutenu, et, même si on ne le voyait pas, le garçon sentait sous ses pieds deux solides épaules, sans doute celles d'un ange, qui l'empêchaient toujours de tomber dans le vide. Les parents s'en furent chez le gouverneur raconter l'histoire et demander qu'on dépende leur fils, innocent et encore vivant. Le gouverneur, qui était à table et mangeait du poulet rôti, éclata de rire en leur répondant : « Votre fils est aussi mort que le coq et la poule que je suis en train de manger ! » Et là, miracle, les poulets rôtis ressuscitèrent, et, jaillissant de son assiette couverts de plumes blanches, le coq et la poule se mirent à chanter. Bien entendu, le gouverneur s'en fut en grand tralala dépendre le jeune Hugonel, la fourbe servante fut châtiée, et depuis ce temps-là, la cathédrale de Santo Domingo abrite un poulailler perché dans un mur latéral.

D'après le guide, il s'agissait d'une nouvelle erreur judiciaire, car la servante n'y était pour rien ! C'était la femme de l'aubergiste qui avait voulu séduire le jeune homme et avait ordonné ensuite à la servante de cacher le vase : les riches s'en sortaient toujours, telle était la leçon de l'affaire...

L'histoire du pendu dépendu est l'une des plus célèbres du chemin de Saint-Jacques, mais comme il devait être écrit depuis le commencement des siècles, l'enseignement de Carlos l'apostat ne devait pas passer par la Légende dorée. Quand nous arrivâmes, en ce jour de la Vierge du Pilar, fête nationale espagnole, la cathédrale était fermée, et toute la famille des poules blanches, en week-end sur la terre des vaches, hors de son monument historique, logeait dans le modeste poulailler du refuge — au grillage très contemporain... Carlos échappa donc à son cours de poésie catholique ; à la place, je soignai ses pieds, car il avait de véritables cratères sous les talons, et l'embarquai avec son linge à la laverie automatique, tentant, très prosaïquement, de lui démontrer le rapport entre des chaussettes sales, qui ont perdu tout ressort, et l'apparition d'énormes ampoules... En l'occurrence, il n'y avait aucun miracle !

☆

Comme c'était aussi la fête de Maria JP II, l'antique pèlerine portugaise portant des tee-shirts à l'effigie du pape, je lui offris une glace à sa sortie de la messe. Maria parlait bien français (elle travaillait à Paris), mais pas du tout anglais, et elle m'entraîna pour traduire ce que voulait lui dire Ocean, jeune lesbienne britannique, percée d'anneaux du nez jusqu'au nombril. « Je crois comprendre que cette petite a perdu sa mère », me dit Maria. De fait Ocean expliqua, en grillant cigarette sur cigarette, que sa mère était morte deux ans plus tôt, d'un cancer généralisé, le 13 novembre, et qu'elle faisait le chemin à cause d'elle. « Elle voudrait sûrement que tu arrêtes de fumer ! » la coupa Maria. Non, la mère d'Ocean fumait, et Ocean lui apportait même en douce à l'hôpital des cigarettes et des allumettes. Avant son cancer, elles ne s'entendaient pas du tout, mais sa maladie les avait rapprochées, les trois dernières semaines de sa vie. Depuis, elle avait l'impression que sa mère était toujours avec elle. «Elle a beaucoup souffert?» demanda Maria. La question était rude, mais je la traduisis, et Ocean raconta d'une traite l'agonie de sa mère, en marchant de long en large devant le banc où Maria, assise, l'écoutait en mangeant sa glace. À la fin, Ocean fit un petit geste de la main et partit en courant. Sa copine l'appelait de l'autre bout de la place. Sans commentaire, après m'avoir remerciée, Maria monta se coucher.

☆

Le lendemain, sous un ciel bleu, avec un temps un peu froid, idéal, nous entrions dans la belle et ample Castille, ses horizons infinis et ses océans de blé moissonné. Un paysage d'immensité dorée qui s'apparente au désert, et dont le vide sidérant a produit les deux plus grands mystiques espagnols, docteurs de l'Église, solitaires de la plus aiguë des solitudes et amis de la plus haute amitié, sainte Thérèse d'Ávila et saint Jean de la Croix. Deux fous dévorés du désir de Dieu, des calcinés, des ravagés, dont les écrits brûlent encore. Je ne suis pas mystique, mais la Castille m'est toujours montée à la tête, et pour peu que j'y marche seule, elle m'enflamme le cœur; j'y ressens une espèce d'ivresse débordante.

Pour être seule, j'étais partie tôt, mais je fus bientôt rejointe par David, *el chico*, le jeune assistant du gros cuisinier, gracieux jeune homme aux grandes jambes et à la petite barbichette, le chapeau en biais sur le coin de l'œil. Les paysages de Castille n'exerçaient aucun charme sur ce Madrilène de vingt ans qui rêvait d'aller travailler à Londres et nourrissait une passion pour les chemins de fer, dont il connaissait toutes les caractéristiques et tous les horaires sur le territoire espagnol. Je le verrai quelques jours plus tard, en plein brouillard après Burgos, distinguer à l'oreille une locomotive d'une autre, compter le nombre de wagons que comportait un convoi, et en déduire d'où il venait et où il allait. Ce matin-là, il m'annonça les endroits où nous aurions une chance d'apercevoir des trains et me montra l'appareil photo qu'il tenait prêt dans cette hypothèse, encore lointaine, hélas. Aucun train à l'horizon avant deux bonnes heures, et David s'ennuyait à grands pas. Pour se donner du courage, rien de mieux que chanter, lui dis-je, si seulement les Espagnols savaient chanter! Lors de mon premier chemin, aucun ne connaissait de chant de marche, ni la «merveilleuse» famille de La Cruz, ni Sonia, ni Raquel, et c'est moi qui devais leur chanter *La Marseillaise* ou *La Madelon* pour les entraîner, alors que j'avais pourtant à mon répertoire les chants de la guerre d'Espagne, des deux côtés, et bien d'autres encore... Plus je râlais, plus je voyais David sourire, et même rire. Je me tus: Quoi enfin?

Alors avec un clin d'œil, il entonna d'une voix d'ange *Les Couplets de la défense de Madrid*, pour moi toute seule, dans la Castille immense; je n'en revenais pas! Quand nous reprîmes ensuite le bouleversant chant de l'armée de l'Èbre, dont il connaissait toutes les paroles et toutes les variantes, je faillis appeler Florence Malraux... Vivant iPhone aux ressources encyclopédiques, David possédait aussi le répertoire de poètes classiques mis en musique par Paco Ibañez, dont les *Stances sur la mort de son père*, de Jorge Manrique, sommet de la littérature et de l'humanité, que nous chantâmes presque d'un bout à l'autre. Sa mère, me dit-il, aimait chanter, et son enfance avait été bercée par ce répertoire interdit sous Franco. Étrangement, sa jeune génération retrouvait la mémoire d'une histoire qu'elle n'avait pas connue. Et pendant ce temps-là, le paysage aussi nous faisait des surprises, avec ses clochers magiques qui apparaissaient et disparaissaient dans les trompe-l'œil des collines.

Au refuge de Grañón, j'ai voulu un sceau pour ma collection qui s'allongeait. L'hospitalier m'a dit: «Nous sommes le seul refuge qui n'ait pas de sceau.» J'ai enlevé mon chapeau et il m'a fait un baiser sur le front: «Voici mon sceau! Ne te lave plus le front!»

Le bedonnant cuisinier est arrivé à Belorado quand nous prenions nos douches aux accents de *La Vie en rose*, avant d'être rattrapés à la lessive par un Carlos converti — au moins à l'hygiène — qui nous dévoila ses rondes épaules, dont la gauche était tatouée. «Une erreur de jeunesse!» dit-il. À la messe, j'ai retrouvé Maria JP II, Santo le Brési-

lien et Alfredo l'Argentin, nous étions quatre
étrangers et plein de vieilles dames locales...
Avant de nous bénir, le curé nous a fait un discours et Maria a demandé qu'on prie pour les
pèlerins qui n'allaient pas à la messe. C'est-à-dire
les neuf dixièmes. Peut-être pensait-elle à Ocean.

Je n'ai pas revu l'hospitalière qui avait un cancer, et dont je n'ai jamais su le nom, mais j'ai
reconnu la statue du saint et la salle à manger.
Le cuisinier avait préparé des tonnes de sardines
grillées, et en dessert une sorte de melon vert et
blanc au goût de pastèque. Le vin coulait à flots.
Pour le lendemain, il se fit fort, à San Juan de
Ortega, de nous faire goûter la fameuse soupe à
l'ail du curé et de nous y préparer en plus un
super dîner, toujours pour cinq euros. Comme
j'émis de sérieux doutes quant au confort de ce
lieu de rêve monastique, à mille mètres d'altitude, sans le moindre radiateur, et à la soupe du
curé octogénaire, mythe pour routard attardé,
il me promit qu'en plus il rétablirait pour moi
l'eau chaude dans les douches médiévales. Je
topai là, et organisai avec Carlos son exfiltration
en autobus dans la nuit, car s'il dormait dans les
refuges ou chez l'habitant, il ne faisait pas trois
mètres à pied. Ce cuisinier était un drôle de
pèlerin.

Le plus fort, c'est qu'il tint parole. À notre
arrivée à San Juan de Ortega, il était sur le pas
de la porte pour nous accueillir comme chez
lui, et, pendant que le vieux curé aux grandes
oreilles de bouddha jouait aux cartes avec un

confrère dans son bureau, toujours roulant des yeux et tournant des moustaches dans l'entrée, il faisait un charme sautillant à son acariâtre vieille fille de sœur, qui tenait le registre. Après nous avoir inscrits, il déclara nous accompagner au dortoir, mais s'arrêta à mi-étage pour ouvrir deux vannes dans des tuyaux. Ton eau chaude, vas-y vite! me chuchota-t-il, tout en faisant un demi-tour tonitruant pour proposer à la vieille fille de l'accompagner éplucher quelques pommes de terre en cuisine; il savait parler aux femmes.

Je retrouvai Yolanda d'Alicante sur la route des douches, encore plus dubitative que moi. L'installation n'aurait pas passé le moindre contrôle sanitaire, la moitié des carreaux étant cassés et le reste mortellement glissant dès qu'il était mouillé; se déshabiller dans un tel froid fut une première épreuve... Mais, alors que j'ouvrais prudemment le robinet, adossée au coin le plus éloigné du pommeau rouillé de la douche pour ne pas finir glacée par une stalactite mal décongelée, la tuyauterie se mit à trembler, et dans un boucan ahurissant, de l'eau se mit à tomber... Chaude! Alléluia! Le choc thermique fut tel qu'une épaisse vapeur envahit les lieux. On se séchait à peine en tentant d'apercevoir nos visages à travers la buée des glaces, afin de les couvrir de cette fameuse crème de huit heures qui n'était pas faite pour les pieds, quand la porte s'ouvrit violemment: la sœur du curé surgit, hurlant contre cette gabegie diabolique et scandaleuse! Quelle honte! Quel péché! De l'eau chaude, et puis quoi encore? Mais où nous croyions-nous? Elle fendit la vapeur pour ouvrir grand la fenêtre, que deux vitres cassées rendaient pourtant peu étanche, et ressortit en claquant la porte après nous avoir signalé qu'on devait laver son linge dehors, et à l'eau froide! Comme à l'école, nous attendîmes deux minutes, le nez dans nos serviettes, pour être sûres qu'elle soit partie, avant d'éclater d'un vrai fou rire de collégiennes.

Et nous allâmes expérimenter le joli lavoir médiéval en eau glacée. La nouvelle de l'existence d'eau chaude, comme celle de sa disparition, n'émut guère nos camarades masculins, qui n'étaient pas gens à se précipiter sur des douches, toutes affaires cessantes, mais plutôt à s'asseoir au soleil, un verre à la main, si possible. À lézarder. «Le soleil, c'est le manteau des pauvres», commenta Maria JP II, quand elle arriva, à son tour, et les vit ainsi, occupés à rôtir en silence. Ils avaient chanté toute la matinée. Car, à ma grande surprise, Paco et Rodrigo connaissaient aussi très bien les chants de la guerre civile. Mais sans David, *el chico*, jamais je ne les aurais entendus les chanter, ni aussi fort. Soit qu'ils aient été trop longtemps interdits, soit que leurs positions politiques fussent trop opposées, ce répertoire ne leur était pas naturel. D'ailleurs, plus les jeunes Carlos et David argumentaient en faveur de nouvelles «lois de la mémoire» qui visaient à exhumer de leurs charniers les Républicains tombés pendant la guerre, dont certains étaient leurs arrière-grands-parents, moins les «personnes aînées», pour qui ces douleurs étaient encore vives, se mêlaient à la discussion. Rodrigo finit par me citer, assez fort pour que Paco l'entende, les mots d'un éditorialiste qu'il approuvait : «Même ceux qui ne croient pas en Dieu ont droit à une sépulture selon la loi de Dieu.» Paco ne dit rien. Mais je songeais que des deux, c'était le Rouge qui croyait en Dieu, et pas l'autre...

La cantonade écroulée sur des sièges de jardin de l'unique café écoutait dans un demi-sommeil Maria raconter son périple depuis Paris, sans guide ni argent, son mari qui avait arrêté de boire après un vœu à saint Jean-Baptiste, sa fille qui fumait trop... Elle annonça son départ le lendemain pour le Portugal, où l'on célébrait le quatre-vingt-dixième anniversaire de Fatima. En fait, la date exacte du miracle, c'était la veille, car c'était le 13 octobre 1917 que la Sainte Vierge avait fait danser le soleil, précisa-t-elle. «Ben voyons!» commenta un pèlerin italien, interrompant son grignotage de petits gâteaux au citron, tandis qu'Alfredo l'Argentin haussait les épaules en soupirant.

Notre calme Maria prit alors la mouche, et se leva pour décrire à grands gestes la foule de dizaines de milliers de personnes sous une pluie battante dans la campagne, les trois petits bergers qui font fermer les parapluies de tous les gens, et soudain plus un nuage, le soleil qui apparaît, et ils peuvent le voir sans qu'il leur brûle les yeux, et d'abord ils ont très peur que le soleil leur fonce dessus, mais il s'arrête et se met à danser avec toutes les couleurs de l'arc-en-ciel, et c'est très joli, et à la fin tout le monde pleure, même les pires athées anticléricaux, car Marie avait fait ce miracle pour les incroyants, conclut-elle, menaçante. «Tu crois ce que tu veux, je crois ce que je veux», lui répondit l'Argentin, distant. «Maria est une personne forte d'une grande foi» s'interposa Rodrigo, à sa rescousse. En réalité, Maria l'épatait — pas du tout en raison de ses convictions religieuses, mais parce qu'il l'avait observée portant son sac à dos sur sa tête, les mains sur les hanches, dans la forêt. Il l'avait même prise en photo avec son téléphone portable, et montrait l'image à tout le monde. Ce petit bout de bonne femme l'impressionnait, et il n'osa pas protester quand elle l'entraîna à la messe en récompense de sa prise de position — qu'elle avait mal interprétée...

C'est la seule fois où je vis cet esthète agnostique assister à un office. Les autres vinrent aussi, en fin de compte, s'agglomérant en un bloc compact au fond de l'église, mais uniquement par respect pour le grand âge du curé, véritable légende du chemin, dont c'était le dernier automne, car il mourut avant le printemps suivant, le 25 février 2008.

Le vieux don José Maria, tout mince et tout sec, au cœur de son sanctuaire roman, tout simple et tout beau, abattit sa messe en trente minutes, à l'espagnole, comme il le faisait chaque jour depuis la nuit des temps, terminant avec de solides encouragements et bénédictions aux pèlerins. Et, comme nous n'étions pas des touristes, et que le cuisinier s'était installé dans les bonnes grâces de sa sœur, nous eûmes droit à sa fameuse soupe à l'ail, chaude et réconfortante panade, qu'il accompagna d'une chanson comique pleine d'astuces à reprendre en chœur, où (à ce que j'ai cru comprendre) il était question d'un moribond qui dictait son testament à un tabellion, et ne léguait que des horreurs. Tournant autour de la grande table du réfectoire, un large sourire plissant ses innombrables rides, le vieux prêtre battait la mesure, et, après quelques blagues, il s'éclipsa sans goûter au reste du repas, prévu pour huit mais que le cuisinier, privé de son rôle d'animateur (grâce à Dieu!), avait réussi à étendre à la quinzaine de personnes qui dormaient ce soir-là au monastère, l'unique bar ne proposant pas de sandwichs...

En revanche, il vendait toute sorte de liqueurs multicolores auxquelles nous fîmes honneur et qui, une tournée après l'autre, me permirent de comprendre, à son sens le plus littéral, l'expression tord-boyaux, au cours de la nuit, dans le dortoir glacé où je m'étais fait sur mon lit un igloo avec d'épaisses couvertures marronnasses à la consistance cartonneuse.

Au matin, nous vîmes le cuisinier, soudain enrichi par la multiplication de tous ses menus à cinq euros, partir en taxi, nous donnant rendez-vous à Burgos.

☆

Nous avons traversé une marée montante de vaches avant d'atteindre Atapuerca, où j'ai offert un café aux jeunes. Ils avaient ramassé un papier, perdu par des pèlerins américains, qui les faisait plier de rire. Ils me le tendirent, c'était un hymne religieux... Et alors ? Il fallait que je lise le titre : *Morning Glory*. Cela voulait dire matin de gloire, ou gloire matinale. Et alors ? Les garçons pouffaient de plus belle. Impossible d'en tirer quoi que ce soit. Plus tard, en marchant, repre-nant son rôle d'enseignant de lexique castillan au sérieux, sans que je le lui demande, Carlos me dit que cette expression était un euphémisme courant pour signifier les érections matinales masculines — je lui fis remarquer que ça, c'était un pléonasme, car il y en avait peu de fémi-nines... Comme on le voit, l'esprit soufflait. Notre répertoire de chansons en prit d'ailleurs ce jour-là un tour gaillard, car j'enseignais à David les paroles anglaises du *Pont de la rivière Kwaï*, « *Hitler, he only has one ball* » (Hitler n'a qu'une couille), tandis qu'il m'apprenait celles que les Espagnols avaient mises sur leur hymne national, qui n'en avait pas d'officielles, dont : Franco a le cul blanc parce que sa femme le lave avec Persil, ou quelque lessive hispanique du même baril rimant mieux avec postérieur du caudillo, que je recopiai à l'étape, fidèlement, dans mes carnets...

La cathédrale de Burgos fut, pour mon catéchumène apostat, un nouvel objet de scandale. Cette fois-ci, la religion catholique n'y était pour rien : la vie de Jésus lui était si inconnue, si étrangère, que les œuvres d'art que nous y admirions auraient aussi bien pu se trouver au musée du Louvre, et les bas-reliefs appartenir à l'Antiquité grecque ou égyptienne sans le troubler davantage. En revanche, comme la traversée de la très moche banlieue de la ville avait été très longue, je lui avais annoncé, pour le mettre en appétit, que Burgos étant la patrie du Cid, nous y verrions sa statue équestre et sa tombe. Il s'était arrêté net : « ¿*El Cid Campeador*? — Lui-même ! Le Cid. — ¿Rodrigo Díaz de Vivar?» s'étouffa-t-il, les yeux plus ronds que jamais. Oui, je ne savais pas son nom en entier, mais c'était bien Rodrigue, l'amoureux de Chimène. « Ce n'est pas possible ! Il n'a jamais existé ! C'est un personnage de légende ! Un héros littéraire !» avait protesté Carlos tout au long du chemin. Peut-être, n'empêche qu'il était enterré dans la cathédrale ; je n'en démordais pas. Et quand nous trouvâmes les deux dalles funéraires, celle de Rodrigue à côté de celle qui était devenue son épouse, Chimène, Carlos, bouleversé, continuait à dire que c'était impossible.

Alexandre Dumas, qui visita Burgos en 1846, écrivit à Delphine de Girardin : «Eh bien ! madame, croyez-vous une chose : c'est qu'il y a des savants qui ont découvert que le Cid n'avait jamais existé, et que cette religion, vouée par toute une ville, que cette renommée qui, débordant d'Espagne, a envahi le monde, ce respect de huit siècles agenouillés sur la tombe du héros n'était qu'une imagination des poètes du XIIe et du XIIIe siècle. N'est-ce pas, madame, que c'est une chose bien utile à la gloire d'une nation qu'un savant, surtout lorsqu'il est assez savant pour découvrir de pareilles choses?» Cent cinquante ans plus tard, Carlos, enseigné par ces savants-là, recevait le choc inverse et ne savait qu'en faire. Car le mythe du Cid était vivant dans son imaginaire, le mythe d'un Cid mythique, et il se heurtait soudain à la dure réalité de deux dalles de pierre. Comme s'il avait trouvé la tombe du Père Noël. Ou plutôt de Don Quichotte. Quelqu'un lui avait menti, mais qui? La désillusion est un thème majeur de la littérature espagnole, mais il n'existe pas encore de mot, à ma connaissance, pour décrire la désillusion de la désillusion dans laquelle le pauvre Carlos se trouvait plongé. Alors, Malraux me souffla de lui dire que le seul tombeau des héros était le cœur des vivants...

☆

Le lendemain quand je me réveillai, ma montre indiquait dix-neuf heures; ça voulait dire qu'il était sept heures du matin. Depuis que je l'avais achetée six euros au magasin de sport, cette montre «sans aucune garantie» présentait la particularité d'indiquer l'heure à l'envers. Je ne comptais plus le nombre de virils pèlerins qui m'avaient dit: «Passe-la-moi, je vais t'arranger ça» en ricanant, aucun n'y était jamais parvenu, et je m'y étais habituée, car elle était à l'heure à sa façon. Un petit bouton sur le côté permettait d'en éclairer le fond, ce qui était commode dans les dortoirs, où le couvre-feu règne entre vingt-deux heures et sept heures, soit dix heures et dix-neuf heures à ma montre, sans la moindre lampe de chevet. Mais ce matin-là, je doutai de ma montre, et sortis fumer à l'extérieur de l'espèce d'Algéco où nous avions dormi. S'il était vraiment sept heures, la lumière aurait dû être allumée, et tout le monde debout. Dormaient-ils? Ou faisaient-ils tous semblant de dormir? Dehors, le temps était brumeux et brouillardeux, et en fumant ma clope, je projetais d'avoir le courage de ne pas m'inscrire au dîner suivant. Celui de la veille avait été un championnat du monde de cholestérol. Le pire dîner de ma vie. Dehors, dans le froid et la nuit, sur une table de camping, les pieds dans l'herbe humide et boueuse, avec ponchos et bonnets, à la lumière des frontales, le cuisinier avait fait griller des charcuteries infâmes accompagnées de chips et de saucissons, de vin direct au foie dans des cubes de plastique, la fumée grasse dans le nez... Là, même pour cinq euros, c'était trop. Et qu'est-ce qu'il restait de la liberté, si l'on était obligé de retrouver toujours les mêmes le soir?

Dix minutes plus tard, un pèlerin sortit, à pas de loup ; il s'était préparé dans le noir. Il était bien sept heures quinze, l'hospitalier ne devait pas s'être réveillé, et tout le monde en profitait. Pour une fois qu'on ne nous giclait pas en fanfare hors du lit ! C'était plutôt drôle, ce réveil en douceur, cette complicité dans la paresse qui dépliait les gens lentement, jusqu'à ce qu'il y ait un inconscient trop consciencieux qui allume le plafonnier...

Le gros cuisinier sortit aussi, armé de son calepin ; je lui dis que je n'étais pas sûre de dîner le soir, que je déciderais plus tard... La brume noyait le paysage, cachant la vilaine autoroute. Pendant que Carlos et David se récitaient intégralement les dialogues du film *Les Simpson*, Chris l'Allemand s'ennuyait à marcher en silence, et voulait que je parle avec lui. Son prénom complet était Christian, et il était souvent triste. La veille, pour dîner, j'avais dû aller le chercher sur son lit, où il pleurait. Je l'avais convaincu de venir à table, ce qui rétrospectivement, dans ce cauchemar de graisse et de fumée, les pieds dans la boue glacée, aurait pu s'apparenter à une tentative de meurtre.

Chris avait mal partout. Au cœur, parce que sa fiancée était loin, qu'elle était difficile à joindre au téléphone, et que ça faisait cher le malentendu. À l'âme, car il avait perdu la foi ; dans son cas, c'était grave, parce qu'il avait voulu être pasteur et, contre la volonté de sa famille, entrepris un long cursus, appris l'hébreu et le grec. Et voilà qu'au beau milieu de ses études, il s'était rendu compte qu'il n'avait pas la foi, ou qu'il ne l'avait plus. Sa connaissance de la religion l'avait éloigné de Dieu, il ne savait pas trop comment. «On peut perdre la foi comme un gant dans un autobus, d'après Tchekhov», lui dis-je, sans lui arracher un sourire. Pour être pasteur, il ne suffisait pas de savoir, il fallait aussi croire. Abandonnant l'université de théologie, Chris s'était retrouvé à travailler en usine, afin de gagner l'argent qui financerait sa future formation dans un nouveau métier; il ignorait encore lequel choisir. Chris marchait dans les grosses chaussures de chantier auxquelles il était habitué, mais qui n'étaient pas conçues pour cela, avec leurs tiges et leurs semelles très rigides, et donc Chris avait aussi mal aux pieds.

Selon la thérapie du chemin, on commencerait par traiter les pieds, en espérant que ça remonte, et j'héritais donc des pieds de Chris, en plus de ceux de Carlos. Et des miens, bien entendu, soit six pieds à talquer le matin, qui se présentaient à domicile devant mon lit, à l'aube — et d'un client de plus pour les machines à laver et à sécher, mais là j'y gagnais, car Chris était une lavandière beaucoup plus assidue et précise que Carlos pour surveiller notre linge commun et trouver, chaque soir ou presque, la pièce de deux euros et celle de vingt centimes, celles-là et uniquement celles-là, qui les feraient démarrer.

À Hontanas, nouveau scandale pour les garçons. Le plus beau refuge du chemin, selon la légende jacquaire, était tenu par la femme du maire, qui faisait de la gratte en vendant la bière à un euro et vingt centimes au lieu de un. Et encore si ç'avait été de la Mahou, la bière de Madrid qu'on trouvait en Castille, leur préférée, ils auraient pu comprendre, mais c'était de la banale et universelle San Miguel! Le plus souvent, sous prétexte que j'étais plus âgée qu'eux, je leur offrais ce qu'ils trouvaient trop cher, et ils finissaient par l'accepter, mais une espèce de réticence dubitative se mêlait toujours à l'expression de leur gratitude. Pourquoi, puisqu'ils m'avaient prévenue, acceptais-je aussi gaiement de me faire voler? D'abord, de façon presque pathologique, j'adore payer les additions. Ensuite, pour leur faire plaisir, par facilité (la bière la plus chère était aussi la plus proche, en trouver une autre aurait impliqué une démarche supplémentaire bien inutile) et enfin parce que mon père m'avait élevée comme ça: le bourgeois est fait pour être volé, et l'élégance consiste à se laisser voler avec le sourire... Même si l'enseignement paternel était peu commun chez les bourgeois (il n'avait rien lui-même d'un bourgeois et employait ce mot par antiphrase du mot noble que les vrais nobles n'utilisent jamais, à l'instar du fatal aristocrate, pour éviter de se faire couper le cou), j'avais un réflexe de classe, et ce réflexe était mauvais, dans la mesure où l'état de pèlerin constituait en lui-même une unique classe sociale où devaient se fondre toutes les origines.

Nous sirotions nos mousses quand Juan le cuisinier sortit d'un taxi, sa coquille rebondissant sur son bedon, traînant paquets et caddies. Il réclama de l'aide, et me demanda si je dînerais avec les autres. Refuser aurait été un signe d'hostilité contre le groupe, et, vu la taille du patelin, j'avais peu de chances de trouver un bistrot ailleurs. J'acceptai le dîner, mais pas question de l'aider. Je ne payerais pas mon repas pour faire la cuisine en plus. Et cela d'autant moins que j'étais la seule femme du refuge... Et puis quoi encore ? Ce type commençait à me taper sur les nerfs avec ses grasses blagues et sa grasse tambouille ; mais comme je râlais, David, avant d'entraîner Chris à la corvée de patates, m'expliqua que le malheureux n'avait pas de famille, et qu'il s'en reconstituait une grâce à nous. Grand bien lui fasse !

Au dîner, le cuisinier continua à régenter l'univers autour de sa monumentale personne avec ses moustaches en tourniquet, et même l'exhibition, ce soir-là, de son nombril sous son tee-shirt constellé de taches, ce qui fit beaucoup rire Chris, dont le stage aux fourneaux semblait avoir produit des effets ergothérapiques. Le repas, avec des beignets de poisson, était plus équilibré que la veille — relevant un peu la barre. Plus tard, dans mon lit, derrière les rideaux du baldaquin formé de tee-shirts en train de sécher, et sous un « *born again christian* » irlandais, à qui la foi recouvrée avait fait abandonner le whiskey,

je me reprochai mon perpétuel désir de me carapater dans une impossible solitude, au lieu de
vivre l'aventure jusqu'au bout ; et puisque le chemin m'envoyait sept maris, de vingt à soixante-
douze ans, comme la femme de l'Évangile, mais
tous bien vivants, il fallait que je les accepte.

Je n'avais aucun mal avec Rodrigo l'Andalou,
qui écoutait du flamenco sur sa radio quand il
était triste en tapant des mains ; Paco le Parigot,
qui me roucoulait « Comme elles sont jolies les
filles de mon pays » ; Santo le Brésilien, qui souffrait de *saudade* et regrettait la mer ; Carlos et
David qui m'attendaient pour que je ne m'en-
nuie pas en marchant seule, alors que c'étaient
eux qui s'ennuyaient quand ils marchaient seuls
— et Chris l'Allemand qui voulait que je lui tra-
duise intégralement les règlements des refuges,
dès qu'il y en avait, dans la crainte de commettre
une infraction... Tout le monde était un peu sa
caricature. Moi aussi sans doute. Après tout, eux
aussi auraient pu vouloir se débarrasser de moi !
D'autant que chaque jour m'accordait aussi ses
kilomètres de jubilation solitaire, si j'y réfléchis-
sais... Le seul qui me posait problème, le cuisinier, en fin de compte, devait être un brave type,
qui gagnait à être connu, si je voulais bien m'en
donner la peine...

☆

Le lendemain, l'autobus l'avait laissé à deux
kilomètres d'Itero de la Vega, notre point de

chute, sur le bord de la route, avec ses sacs en plastique remplis de provisions. C'était la première fois que je le voyais marcher; il se dandinait. Pleine des meilleures dispositions à son égard, et me souvenant de l'histoire du bon Samaritain, quoiqu'il ne fût pas blessé, je lui proposai de l'aider à porter un de ses sacs — ce qu'il accepta. C'était très lourd. Après m'avoir fait remarquer avec quelle élégance et quelle allure le *chico* David marchait, loin devant, il me demanda de but en blanc si j'étais mariée et si j'avais des enfants. Ces questions, pourtant naturelles, me choquèrent. Tout en lui répondant non, je réalisai que jamais, depuis mon départ, personne ne m'avait demandé cela. Chacun disait ce qu'il voulait de sa vie, mais on ne posait aucune autre question que: Comment tu t'appelles? Et: D'où tu viens? On ne connaissait des autres que les bribes qu'ils laissaient flotter de temps en temps. Les confidences, assez fréquentes, n'étaient jamais provoquées. C'était une loi tacite mais toujours respectée chez les pèlerins. Juan, cuisinier du chemin, habillé en pèlerin, n'en était visiblement pas un. «Tu es seule comme moi», conclut-il, en ajoutant que ça lui manquait, parfois, à lui, de ne pas avoir de femme... Sur sa lancée, il me demanda mon âge, autre question indiscrète; il avait juste un an de plus que moi! Le spectre d'une vie à ses côtés me traversa soudain avec horreur.

Au minuscule refuge, tous les lits étaient dans la même pièce, avec une table et un ordinateur cassé. Personne ne me disputa la priorité dans l'usage de l'unique douche — autre avantage de se balader avec autant d'hommes... Devant l'absence d'équipement culinaire, Juan se fit fort de rapporter un réchaud à gaz pour faire cuire le dîner, et, prise dans mes résolutions charitables à son égard, je l'accompagnai, après que Paco m'eut installé le vieux séchoir à linge sur le sol inégal d'un jardin abandonné pour pendre mes affaires. Au premier bar, le cuisinier me raconta son enfance de mouton noir de sa famille (chez lui, on dit *garbanzo negro*, pois chiche noir), qui avait servi dans l'armée pendant huit ans. Depuis son retour, sa sœur ne voulait plus lui parler, et il travaillait comme gardien de camping dans le Sud. Il nous commanda une deuxième tournée de vin rouge, moins cher que la bière. Nous picolions tous, mais comme il ne marchait pas pour éliminer, l'alcool lui laissait une trace larmoyante sous les prunelles et dans la voix. Faisant abstraction de la façon abrupte dont il attrapa mon poignet pour examiner mon porte-monnaie quand je payai en me demandant si j'avais d'autre argent rangé dans mon sac, je résolus de le trouver gentil, et paumé. Il me faisait pitié.

Carlos nous rejoignit, et je les laissai à leur quête d'un réchaud pour retrouver les autres, sur la place, au doux soleil d'octobre. Paco faisait de la balançoire ; Rodrigo la sieste sur un banc ; Chris écrivait des cartes postales ; Alfredo l'Argentin comptait ses sous. Santo ronflait à l'intérieur du refuge ; on l'entendait, par la fenêtre ouverte. Sur le toit de l'église, une cigogne avait abandonné son nid pour aller passer l'hiver en Afrique. Assise face à une fontaine à quatre chevaux, que le manque d'eau rendait silencieuse, j'essayais de finir les lettres de saint Théophane Vénard. «Que ferons-nous après le chemin?» avait écrit une main anonyme contre un mur. Vaste question. Rodrigo avait répondu qu'il aurait aimé y passer toute sa vie. Partout ailleurs, nous aurions été sans doute aussi paumés que le cuisinier, mais nous étions heureux, ici et maintenant...

L'arrivée tonitruante d'une gazinière en voiture troubla un instant les lieux. Après l'avoir fait transporter dans le refuge, Juan de Málaga prépara dessus une sorte de cassoulet au fromage carrément létal, surtout après un thon à l'huile dont mes camarades saucèrent jusqu'à la moindre goutte. Nous éclusâmes du vin en boîte, et j'allai fumer sous la lune en pleine croissance. Puisque j'avais décidé de trouver le cuisinier sympathique, il faudrait bien que je m'y fasse, quitte à finir empoisonnée...

Mais je n'eus pas à m'y faire.

La dispute éclata quand j'étais couchée. Sans aucun signe avant-coureur, puisque mes critiques n'avaient jamais rencontré le moindre écho chez mes camarades... Ils étaient tous restés assis à table. C'est le cuisinier qui commença. Il leur reprocha de ne pas l'aider dans la préparation des repas (à part *el chico* David et Chris), de ne pas avoir porté ses sacs (à part moi), bref de profiter de lui, de l'exploiter pour un prix ridicule... Ne rencontrant aucun soutien chez les petites mains qu'il avait cherché à unir sous sa bannière (David ne disait rien, Chris ne comprenait rien, et je prétendais dormir), mais Carlos protestant qu'il l'avait aussi aidé, le cuisinier se retrouva accusé de tous les maux par les «personnes aînées», traité d'exploiteur, de voleur, d'arnaqueur, de vrai *pícaro*: de fripouille, de canaille...

Au matin, je trouvai son lit dans le couloir où il avait dormi; le divorce était consommé. Il était parti. Bon débarras! Plus besoin de forcer mes sentiments et d'avaler son infâme tambouille! Comme je n'avais pas participé à la discussion, je demandai des explications, qui demeurèrent très vagues. Cependant, mes bouchons bien enfoncés dans les oreilles m'ayant rendue complice de ce lynchage nocturne, je cessai vite de poser des questions hypocrites pour partager le soulagement général...

« C'est une libération! » proclama Rodrigo, au petit déjeuner. David ajouta qu'il en avait marre de se faire traiter de gamin (personne ensuite ne l'appela plus jamais « *el chico*») et de se faire exploiter par un type aussi louche. Sans doute, supposé-je, le regard du cuisinier sur sa gracieuse démarche n'était-il pas purement esthétique... L'impression générale était que nous avions survécu ensemble à un terrible danger, que nous l'avions échappé belle, dans le charmant café de Mme Resurrección, où nous mangions des madeleines:

«Resurrección... Comme la résurrection de Notre-Seigneur?» demanda aimablement Rodrigo à la dame. Tout pareil. Trop mignonne, elle nous demanda de prier pour elle à Compostelle. Parce que nous étions de vrais pèlerins, pas comme ceux qu'elle voyait l'été. Elle voulait la santé; pour l'argent, elle avait juste ce qu'il lui fallait; ni trop ni trop peu; elle s'en fichait. Elle nous a tous embrassés.

Devant l'éblouissement du canal de Castille entouré de peupliers dorés, le paysage faisait du Van Gogh, et la liberté nous grisait.

Mes hommes me regardaient en souriant, comme s'ils m'avaient tous arrachée aux griffes d'un horrible dragon.

LA FEMME AUX SEPT MARIS

Désormais, sans cuisinier pour nous imposer le lieu et le menu de l'étape du soir, seule la liberté guidait nos pas. La joie naturelle à notre *janta* y gagna une sorte de légèreté nouvelle, et je découvris, grâce à mes sept maris, la vraie vie de pèlerin.

Car, en fin de compte, j'avais toujours sept maris. Comme Matthias avait remplacé Judas après sa trahison parmi les apôtres, Alfredo l'Argentin, depuis quelque temps, s'était agrégé au groupe sans qu'on s'en aperçût, car c'était un homme discret et très occupé. Il prenait des photographies. Pas de façon brouillonne comme Santo, mais topographique, avec toutes les flèches et tous les panneaux, en vue d'une future conférence pour réunir les fonds nécessaires à la construction d'une chapelle dédiée à saint Jacques dans son village. Gardant tous les prospectus, il était parvenu à accumuler une telle quantité de documentation que son sac à dos pesait plus de douze kilos, ce qui était deux fois trop lourd pour un homme si mince aux cheveux si blancs, d'à peine soixante kilos tout mouillé, et l'état de ses pieds aurait désespéré le plus consciencieux des pédopsychiatres. Même ses ongles étaient atteints. En conséquence, si je lui fournissais tout le matériel pour se soigner, je refusais de m'en occuper. Je ne traitais pas les cas désespérés. Tant qu'il s'obstinerait à ne pas renvoyer chez lui tout ou partie de sa paperasse, ni pommades ni pansements ne serviraient à rien. J'essayai donc de le convertir à l'usage de la poste espagnole (admirable institution à laquelle Raquel vouait un véritable culte), et ne désespérais pas d'y arriver avant Santiago...

La discrétion d'Alfredo venait aussi de sa nationalité difficile à porter, en raison des contestables régimes politiques qui s'étaient succédé dans son pays, et déclenchaient souvent de violentes passions chez ses interlocuteurs. Ruiné par la crise, et bien décidé à ne jamais refaire fortune malgré son inépuisable énergie d'Argentin toujours prête à rebondir sans la moindre amertume, il était l'un des rares à aller à la messe, avec Santo quand il ne dormait pas, mais se montrait souvent anticlérical ou ironique à l'égard de la religion (vis-à-vis de Maria, par exemple), dès qu'il prenait la parole. Sur le chemin, il cherchait des réponses à ses questions, sans être sûr qu'elles se trouvent là. Lui aussi marchait pour essayer de comprendre ce qu'il pensait.

☆

Le premier matin de notre liberté, nous avons visité l'église romane de saint Martin de Tours, à Frómista. Saint Martin, mon pays, est mort à douze kilomètres de chez moi, à Candes, le long de la Loire, en 397. Ancien officier romain d'origine hongroise, il est connu pour avoir coupé la moitié de son manteau et l'avoir donnée à un pauvre qui grelottait sous la neige. Il avait gardé l'autre moitié parce qu'elle appartenait à l'armée, et qu'il ne pouvait pas en disposer, m'avait expliqué le colonel, mon papa... Que faisait saint Martin, devenu ensuite le premier évêque de Tours, au beau milieu de l'Espagne ? Il y était arrivé, huit siècles après sa mort, en chameau, très exactement à Villarmentero de Campos, où nous fûmes saucissonner dans une espèce de guinguette en pleine cambrousse. Tandis que mes maris sortaient de leur sac chorizo, fromage et pain, une dame du coin nous raconta comment un chameau égaré loin de sa caravane africaine était arrivé là, précisément là, un matin de Pâques 1204, et que les cloches s'étaient mises à sonner toutes seules. Les gens d'ici n'ayant jamais vu de chameau, ils l'avaient pris pour une mule avec des ailes, une bête magique, une sorte de licorne. Le chameau était vêtu de soie, très richement paré. Dans ses bâts, ils ont trouvé des reliques : la tête de saint Martin, les bras de saint Jacques, les jambes de saint Blaise et les côtes de saint Laurent. La belle aubaine ! Ils ont gardé saint Martin et ses deux fêtes, celle du 4 juillet et celle du 11 novembre, quand, au passage de son corps, ramené par les Tourangeaux depuis Candes, en gabarre sur la Loire, la légende rapporte que toutes les plantes se mirent à fleurir comme en plein été ; ce fameux été de la Saint-Martin...

Pour mes maris, en l'honneur de mon pays retrouvé, j'achetai de la bière, et ils m'offrirent de leurs provisions. Tandis que Carlos et moi avions commandé un sandwich, chacun avait déballé ses possessions, qu'il tranchait en fines rondelles ou en petits cubes devant lui, selon que c'était du saucisson ou du fromage, et plaçait certains morceaux au centre de la table pour les autres, comme une sorte de pot au jeu de cartes. Seul Rodrigo (au grand énervement de Paco !) adorait piquer avec la pointe de son couteau directement chez les autres, sous leur nez, au lieu de se servir dans ce qui était proposé au milieu, et régulièrement approvisionné... Chris et David le laissaient faire en rigolant. Même leur pain se retrouvait coupé en petits dés, avant d'être mastiqué, bouchée après bouchée. Tandis qu'ils partageaient leur repas assis, en prenant leur temps, Carlos et moi avalions en vitesse nos sandwichs debout. Et quand ils nous proposèrent de les rejoindre à table, où ils nous invitèrent à nous servir, il fut évident que nos sandwichs n'étaient pas partageables, ou au maximum en deux. Du reste, ils nous les laissèrent volontiers.

Leur manière de déjeuner rituelle et ludique, découpage et partage, n'avait rien à voir avec la façon gloutonne et individualiste dont Carlos et moi nous nourrissions. En les observant, je me souvins de ce que m'avait dit Ricardo des Asturies, l'hospitalier amoureux de la Japonaise : un vrai pèlerin ne mangeait pas de sandwichs ; il en achetait les différents éléments lui-même, et se composait un déjeuner en pièces détachées ; c'était moins cher et meilleur. Chercher à gagner du temps était absurde, quand on passait sa journée à faire du quatre kilomètres à l'heure, et dépenser de l'argent pour faire exécuter par d'autres ce qu'on pouvait faire soi-même avec eux, a fortiori en s'amusant, l'était tout autant. Le cuisinier, même à cinq euros le repas, avait été une erreur. Et ce déjeuner, une joyeuse démonstration de liberté reconquise. J'avais des leçons à prendre de la classe ouvrière.

Je pensais aussi au vieux vagabond dont m'avait parlé mon père, si pauvre qu'il n'avait que du pain à manger ; il réservait une petite partie de sa miche pour la débiter en fines lamelles qu'il faisait alterner avec de grosses tranches : « Je ferme les yeux, et je *me* pense que c'est du fromage », lui avait-il expliqué avec son accent du Sud...

Ce que j'avais trop vite pris pour de la radinerie était de la pauvreté. « Heureux les pauvres ! » dit Jésus dans l'Évangile qui leur promet le royaume de Dieu, où il sera plus difficile au riche d'entrer qu'à un chameau de passer par le chas d'une aiguille. Les théologiens ont eu beau essayer d'élargir la brèche en racontant que le trou de l'aiguille était le nom d'une porte de Jérusalem équipée d'un sas qui bloquait le passage des gros animaux, n'empêche, «Malheur aux riches» est aussi écrit en toutes lettres...

Sur le chemin, la pauvreté n'était pas à fuir, mais à rechercher. Comme la marche, elle transformait le rapport avec le temps. «Tu as la montre, et moi j'ai le temps», avait dit un berger du Mali, il y a vingt ans, à un copain photographe, qui me l'avait rapporté. C'était très juste. Et quand Rodrigo, la veille, déclarait qu'il aurait aimé passer toute sa vie sur le chemin, parce qu'on ne s'y embêtait pas comme en vacances où tous les jours se ressemblaient, il exprimait quelque chose du même genre; en vacances, on passait le temps, on le tuait même parfois, alors qu'ici chaque minute était employée, occupée, vécue. Au premier degré. Même s'il ne dépendait plus, comme au Moyen Âge, de la charité publique, un vrai pèlerin était pauvre, et s'il ne l'était pas, il devait s'efforcer de le devenir. Pour être en harmonie avec le chemin. L'économie du monde spirituel fonctionnant à l'inverse de l'économie du monde matériel (plus on donne d'amour et plus on en a, par exemple), pour vivre vraiment au présent, le temps des enfants, des poètes et des mystiques, il me fallait apprendre à être pauvre. Et, dans ce domaine, mes maris furent de merveilleux professeurs.

Je reçus ma première leçon du plus jeune, David. Je n'avais plus d'encre dans mon stylo à bille, et je devais en acheter un autre. Dans les villages que nous traversions, je ne trouvais aucune épicerie ; il n'y avait que des cafés. Je m'en étais ouverte aux « personnes aînées », qui n'avaient pas l'air de le comprendre, mais peut-être avais-je besoin d'un stylo spécial pour écrire puisque c'était mon métier... Non je n'avais besoin que d'un stylo à bille, un *bolí*. Seul David me dit : « Ça ne s'achète pas, un *bolí* ! Tu demandes à la dame du café ! » Au bar suivant, je demandai à la barmaid où je pourrais en acheter. « Attends, je vais t'en donner un ! » et elle me donna le sien, à la gloire de je ne sais quelle marque de bière. « Eh bien, tu vois, ce n'est pas difficile ! » triompha David. Deux jours plus tard, au refuge de Terradillos, le *bolí*, oublié dans une poche de mon gilet, fut embarqué dans la fureur des tambours d'une machine à laver, où il constella de taches bleues ma polaire rouge... « Ça te fera quelque chose à brûler à Finisterre », me dirent les garçons, tandis que j'abandonnais le fuyant coupable, après une oraison funèbre où je l'enjoignis de ne plus écrire de bêtises, et en retrouvai un autre au premier bar. Comme il n'avait pas de bouchon, Paco m'offrit le précieux chapeau du sien, en plastique bleu, et je ne le perdis plus jamais... Plus tard, je lui fis cadeau de ma frontale, qui lui faisait très envie depuis le fatal dîner dans la nuit glacée de Burgos où je l'avais mise sur mon bonnet, et qui lui serait très utile pour aller à la pêche. J'avais déjà une lampe de poche ; il ne servait à rien d'avoir les choses en double.

Ainsi donc, j'achetai chaque matin un pain rond, qui faisait juste la taille de la poche du haut de mon sac à dos, du saucisson et du fromage. Pas plus qu'il n'en fallait pour la journée, question de poids et d'éthique ; le pain doit être quotidien ; il en devient meilleur à tous les sens du terme. Nous arrivions, avec notre manger, dans les bars, où nous prenions du vin depuis que nous avions constaté qu'il était beaucoup plus avantageux que la bière : cinquante centimes le verre. Bon et pas cher, tel était le principe. On nous laissait nous asseoir et déballer nos affaires. Ni cuiller ni fourchette pour découper et partager avec les autres. Juste la grande lame de mon couteau suisse bleu, dont je n'avais utilisé jusqu'à présent que les accessoires, la pince à épiler, les ciseaux ou le tire-bouchon, et qui passait pour un objet d'un luxe inouï. On ne jetait rien ; on nettoyait ; on récupérait les pommes et les noix laissées pour nous par les paysans dans des paniers sur le pas de leurs portes, et qui constituaient une sorte de dessert mobile, imprévu et permanent. Tout nous était donné, à condition d'avoir l'œil, et je finis par porter sur le paysage un regard presque aussi gourmand que celui de l'âne Pompon...

Nous ne faisions aucun usage des innombrables distributeurs à friandises et autres fontaines à soda, grands placards métalliques réfrigérés qu'on trouve pourtant sur tout le chemin de Saint-Jacques, et même quelquefois calés contre des murs médiévaux en ruine, si moches que je n'en avais pas parlé jusqu'à présent.

En revanche, Chris trouva par terre un petit bracelet orange avec le Yin et le Yang, qu'il accrocha à son bâton. En signe de chance et de rébellion, dit-il. Après tout, il n'avait pas encore étudié le bouddhisme; on en ferait peut-être un lama — à condition qu'il ne l'étudie pas trop...

Dans la foulée des dépouillements, je dus abandonner aussi ma manie journalistique et pourtant joyeuse, à mon sens, d'offrir des tournées générales — elle compliquait trop la vie de mes maris; parce qu'ils devaient m'inviter ensuite et que, comme j'étais une et qu'ils étaient sept, on n'en sortait jamais... Après un temps de confusion, je compris que je m'y prenais mal. On n'offrait pas un verre à tout le monde, mais un verre à une personne à la fois. Qui vous le rendait ensuite. C'était comme ça la justice.

☆

Le matin, le soleil déversait des louches de miel sur les terres de Castille, où nous suivions nos longues ombres noires. Puis sur le León, qui ressemblait à du Dalí. Orange la terre, bleu le ciel, et une seule longue ligne de jeunes platanes. Interminable. La fatigue chaque jour. Et chaque soir les chahuts au dortoir, comme en colonie de vacances, en grande enfance. Le bonheur. La nuit, je faisais des cauchemars, mais à l'aube, tout se nettoyait. Ma cervelle fonctionnait comme un intestin à digérer le cafard.

Le temps se rafraîchissait, et mes maris se trouvèrent des gants à soixante-quinze centimes, en fil, qui, m'expliquèrent-ils, tout fiers, protégeaient du froid à 75 %... Dans de petites boutiques de village, où l'on vend un peu de tout en tout petit pour les pèlerins, j'achetai une fiole de shampoing, deux mouchoirs en papier à l'unité, et un quart de *Lagarto*, le savon de Marseille local, qui lave le linge et le corps. De l'autre côté, près de l'autoroute, au poste à essence de Bercianos, un immense supermarché vendait au contraire, pour les automobilistes, tout par douzaine, dans un monde parallèle de provisions, de coffres et de familles nombreuses, comme notre chemin était parallèle à la route et à l'autoroute. Les pèlerins étaient des anticonsommateurs, même s'ils n'arrêtaient pas de bouffer...

Et de picoler ! Car mes maris, s'ils étaient des enfants du Bon Dieu, n'en demeuraient pas moins, grâce à Dieu, des canards sauvages. D'ailleurs, pour me donner un coup de main dans l'éducation religieuse de Carlos, Rodrigo n'hésita pas à enrichir la théologie de la boisson inaugurée par Pascal le Nantais (La bière est la preuve de l'existence de Dieu) et complétée par Yolanda d'Alicante (Le rioja, c'est la preuve que Dieu est bon) d'une nouvelle illustration des trois vertus théologales: «La foi, c'est croire qu'il y aura un bar au prochain village; l'espérance qu'il sera ouvert, et la charité que tu m'y paieras un verre. »

Pour David, je gardais le sucre, généralement en poudre, qu'on nous donnait avec le café, que je ne prenais jamais, et dont il était friand. En vertu de mon grand âge, je m'octroyais aussi le droit de lui offrir son petit déjeuner, un crois-sant géant et de vraies oranges pressées, mer-veilles qu'on trouve partout, sans avoir jamais l'impression de réussir à rassasier sa carcasse de jeune Don Quichotte. Pour Rodrigo, l'aspirine effervescente ; pour Carlos et Chris, désinfec-tant, pansements et talc ; pour Paco, des ciga-rettes. Il y eut un choc culturel quand Paco, qui n'avait plus de tabac, en demanda à Carlos, qui fumait la pipe... mais sans le moindre tabac ! « Tu le savais, ça, toi ? C'est pas mauvais pour son ciboulot ? » me demanda Paco, toujours en aparté. Ça ne l'empêchait pas de marcher, en tout cas ! Je chantais à Santo « Alouette, gentille alouette » avec les gestes, et discutais avec Alfredo du grave problème de la plantation des eucalyptus. Avec nos économies du midi, nous nous offrions le soir, après nous être installés dans un refuge municipal où la participation, quand elle n'est pas laissée à la libre appréciation du pèlerin, culmine à trois euros, des menus entre sept et dix euros, avec de la soupe, un plat et du dessert. Pain et vin à volonté. On sauçait jusqu'au blanc de l'assiette.

À León, dans une grande boutique de sport, je faillis acheter un nouveau chapeau, mais non.

Le mien, c'était le mien. Avec son épingle de nourrice et sa façon d'être trop chaud sous le soleil et pas vraiment imperméable sous la pluie, il était idéal! L'épingle donnée par Santo, et la ficelle blanche qui pendait. Qu'aurais-je pu rêver de mieux que ce chapeau de Mémé dégoté au PMU de Pissos? Il était parfait les trois quarts du temps, comme les gants de mes maris, qui les protégeaient du froid à 75 %...

Le refuge était dans un couvent où chaque soir les bénédictines organisent une prière pour les volontaires. C'était là que j'avais appris la mort de Nita. Après le *Salve Regina*, toujours si doux à retrouver dans la nuit, la prieure a prononcé quelques mots: «Jésus a dit: Je suis le chemin. Le *camino* c'est le moment de rechercher un trésor, Dieu dans le silence et la solitude. Pas du tourisme.» C'était beau et simple. Je n'avais jamais pensé que Jésus *était* le chemin, pourtant elle est connue, cette phrase! Il fallait d'abord chercher Dieu, et le reste était donné; c'était écrit. Mais, en marchant, nous étions à l'intérieur même de Dieu, et c'est nous qui le faisions marcher; nous lui débouchions les artères! Dans le grand pontage du chemin de Saint-Jacques, nous faisions circuler le sang entre ses trois Personnes, la beauté de la création paternelle, le sacrifice souffrant du Fils partagé dans la douleur quotidienne, et l'amour pur de l'Esprit qui nous unissait. Peu importait que le pèlerin crût ou non en Dieu, du moment qu'il admirait la nature, qu'il en bavait et qu'il tissait avec les autres ces liens si forts dont parle Raquel, il était en plein cœur de Dieu.

La prière finale se terminait par : « Donnez-nous une nuit tranquille et une bonne mort », ratatiné dans la traduction française en : « une bonne nuit et la paix », un vrai somnifère ! Non mais ! J'allai donc râler auprès de l'hospitalier qui était un autre pays : un gars né place Bilange, à Saumur, enchanté, lui, que nous ayons été dix-sept sur les quarante-six pensionnaires à la bénédiction ; c'était une bonne proportion. Quant au reste, il me fila une nouvelle crédentiale en douce pour continuer mon orgie de sceaux ; j'en étais à la troisième ! Et m'avertit que le lendemain nous attendait la plus moche étape du chemin ; c'était même marqué dans le guide : un vrai cauchemar. Plate, longue, le long d'une autoroute, et, comble du bonheur, il allait pleuvoir !

LA PLUIE

Quand les bonnes sœurs nous ont fichu dehors à six heures trente, dans la nuit, il flottait déjà. Nous avons laissé David, qui nous quittait, bien obligé, pour un rancard de boulot à Londres ; les hommes lui donnèrent de virils *abrazos*, à l'écart, en lui souhaitant toute sorte de chances, et puis je l'embrassai, mon joli oiseau chanteur, non à pleins bras, mais sur les joues ; il était si ému qu'il en avait oublié l'heure de son train, notre grand spécialiste ! Rodrigo m'observait du coin de l'œil, peut-être pensait-il que je pleurerais, mais je ne pleure qu'au cinéma, moi ; je suis une femme.

Et il a plu, il a plu, il a plu ! Une pluie lourde, obstinée, professionnelle. Je bénissais le ciel pour mon poncho de luxe rouge qui, au moins, m'évitait d'être en nage en plus de dégouliner ; la capuche couvrant mon chapeau peu étanche, la visibilité était très limitée, et à un moment, je m'aperçus que j'avais perdu tous les maris qui me restaient...

Sans doute était-ce au début, quand j'avais traversé la route entre deux camions pour essayer de visiter un couvent — qui était fermé ? Toujours est-il que, quand les trois barbus indépendantistes catalans, délicats personnages qui avaient ronflé sans complexes dans mon coin du dortoir réservé aux filles (pourtant le seul de tout le chemin !), reconnaissables à leur drapeau sur leur sac à dos, me doublèrent, ils n'avaient vu personne ; les autres devaient être devant... Je traversai des zones et des zones de laideur, tournicotant autour d'une quatre-voies dans des platitudes molles et inondées...

À midi et demi, je m'arrêtai dans une espèce d'hôtel qui ne ressemblait à rien, de ces hideurs modernes comme il en pousse partout. Avec un bar, et des fauteuils en faux cuir où, après m'être débarrassée de mon plastique trempé, je commandai un club sandwich, puisque j'étais abandonnée, et même des frites ! C'était drôlement bon... Je commençais juste à me remballer, quand, miracle, j'aperçus les hommes par la fenêtre ! Tous mes maris montant les marches que je m'apprêtais à descendre ! Je leur ouvris la porte. Stupeur. Émotion. Protestations. Ils s'étaient perdus, et avaient fait tout un crochet dans les villages voisins... Ils burent un café, je distribuai l'aspirine et les cigarettes. Tout le monde s'installa, même Santo, qui ne s'arrêtait pourtant jamais, et me dit, au moment de repartir, les yeux dans les yeux : « Ne fais plus jamais ça, de disparaître ! »

Et nous continuâmes à marcher le long de

la route, sous une pluie battante, jusqu'à San Martín del Camino, où Paco, qui avait pris de l'avance, nous attendait devant un petit refuge, Sainte-Anne, le nom de sa maman, me dit-il, à quatre euros la nuit. Théoriquement, on aurait dû aller jusqu'à Astorga, mais c'était trop désespérant, malgré les très justes allégations de Rodrigo qu'un chemin sans la pluie n'était pas un vrai chemin... En plus de mes hommes, je récupérai un jeune géant canadien et un quadragénaire madrilène, et donc l'usage privatif — théorique! — des toilettes pour femmes... L'ordinateur marchait! En consultant mes mails, j'appris que j'avais gagné un prix dont je n'avais jamais entendu parler, Charles-Oulmont, pour mon dernier livre: trois mille euros! Un cadeau du ciel! Je l'annonçai à la *janta*, qui me félicita, refusa de se laisser inviter à dîner, mais accepta un verre.

Et nous voilà repartis sous la pluie avec Rodrigo à la recherche de bulles dans un bled où n'existait qu'une seule petite épicerie. Hésitant entre un crémant français et un champagne espagnol, que j'imaginais pire l'un que l'autre, mais également tièdes, je demandai à Rodrigo quel était le meilleur. Il me conseilla de demander à l'épicière quel était le moins cher. Pour moi, le meilleur n'était pas forcément le plus cher, mais j'aurais voulu leur offrir le meilleur sans compter, vu l'état de ma fortune. «Cette femme est folle, elle fait les courses sans demander les prix!» déclara Rodrigo à notre retour, chargés de nos bouteilles et de touron de Noël, plaques de caramel dur aux amandes entourées de pain azyme, que les Espagnols grignotent avec. On mit tout ça au frais en attendant le dîner, où nous célébrâmes l'événement. Paco me montra les poèmes qu'il traduisait dans son cahier ; j'ai oublié lesquels, tellement on a mangé et picolé... La fête ! Après quoi, ils s'absorbèrent dans un match de football à la télévision, Barcelone-Glasgow, où Chris, pourtant peu concerné, arrivait à pousser des cris aussi stridents que Carlos — dont la ville jouait.

Le lendemain, on s'est réveillés à huit heures trente, si tard que ça ne nous était jamais arrivé ! Rodrigo avait rêvé que Santo rencontrait le pape, mais ne se souvenait plus de ce qu'ils s'étaient dit... Le ciel toujours bas évita de nous tomber sur la tête jusqu'à Astorga, ville où l'on fait du chocolat, et où j'arrivai en même temps que la mystérieuse Coréenne avec son chariot rose, toujours dans la course... Vers cinq heures, en ville, je croisai les trois barbus catalans, qui me félicitèrent pour mon prix. Très fiers de moi, mes maris en avaient parlé à tout le monde, un peu comme quand j'avais arrêté de fumer, la première fois... Le lendemain, Santo, toujours le seul à exprimer ses sentiments, résuma la situation à un paysan qui nous offrait des pommes : « Nous étions seuls, nous nous sommes réunis, nous sommes amis ! »

Il n'a plus jamais plu ensuite. Cette journée, avec ses errances, ses retrouvailles et son gros lot final, après le bannissement du cuisinier, fut comme un baptême d'innocence retrouvée ; un nouveau départ avant d'attaquer les étapes de montagne, dont la plus redoutée était la dernière, celle d'O Cebreiro, trois jours plus tard, pour ceux qui n'avaient pas traversé les Pyrénées, c'est-à-dire tous — sauf Carlos et moi. Ces hauteurs brumeuses inspirent aux pèlerins une crainte quasi religieuse.

Mais désormais, nous ne pouvions plus nous quitter.

UNE PHOTO FLOUE

Le paysage ne se privait pas d'être magnifique, après la dissipation des brumes matinales, comme dit la météo, et nous ne nous privions d'aucun petit verre, dès onze heures du matin, pour l'apprécier davantage dans de vieux relais où, sous la pancarte incitative «Le touriste exige, le pèlerin remercie», Rodrigo me taquinait en lisant à voix haute les légendes des gravures à la gloire de la résistance espagnole contre des troupes napoléoniennes de Franchouillards (*franchutes*, m'apprit Carlos) qui ne devait rien à la «monarchie melliflue» de l'époque, mais tout à l'énergie farouche des paysans locaux... Ce mot de mellifue m'enchanta. Depuis le début, je sortais mon carnet pour prendre des notes dans tous les cafés, et il y en avait toujours au moins un pour attendre que j'aie fini, et repartir avec moi. Mais depuis le prix, ils protestaient tous quand je n'écrivais pas. C'était devenu leur affaire.

La Coréenne continuait à apparaître et à disparaître, ici ou là, selon des horaires décalés, avec son caddie rose et son air égaré, comme un ange muet. Mes hommes, qui avaient commencé par la trouver charmante, finirent par la détester. Son silence obstiné les vexait. Pour la dégeler, je lui avais offert une glace, un matin. Elle attendit le beau milieu d'une montée, en pleine après-midi, alors que je peinais avec Chris et Carlos, pour m'arrêter, et me tendre une pomme à bout de bras. Je m'inclinai en grands remerciements orientaux. Elle sourit, et nous doubla sans un mot. Ce fut le point culminant de nos relations.

À Foncebadón, nous avons dormi chez des hospitaliers babas et non fumeurs, sous des chromos de Bouddha, Shiva et Vishnou, dans un froid de loup. Ça nous changeait des abbayes !

À Cacabelos, je fus retenue à déjeuner par des pèlerines, deux Allemandes, une Irlandaise et une Australienne. Je n'avais pas vu autant de femmes depuis longtemps ! Elles fréquentaient toutes des refuges privés, un peu plus chers, mais où elles étaient sûres de trouver de l'eau et des radiateurs chauds, des machines en état de marche, et du papier dans les toilettes, éléments dont la présence simultanée était plus aléatoire dans les refuges municipaux où nous allions... J'aurais sans doute fait comme elles si j'avais été seule, mais je me serais retrouvée aussi obligée de faire la queue aux douches — ce qui ne m'arrivait jamais au milieu des garçons. Avec les femmes, la conversation fut tout de suite personnelle, intime, facile et ininterrompue... Tout le contraire des conversations entre hommes !

320

En sortant, je retrouvai Chris, éberlué, qui sortait de l'église pleine de statues costumées en habits de Semaine sainte, rude spectacle pour un ex-futur pasteur ! Pour le remettre d'aplomb, je lui offris un verre dans une bodega qui me fit apprécier la rudesse de la condition féminine plus tard, quand je manquai de me casser la figure à essayer de faire un pipi champêtre en m'accroupissant sans enlever mon sac à dos ; les buissons avaient été longs à se présenter ! Où étaient les autres ? La règle était de laisser son sac dehors, quand on s'arrêtait quelque part, pour signaler sa présence... En pleine cambrousse, tout l'attirail de Rodrigo reposait contre le mur d'un bar sauvage, où il était occupé, avec Paco, à goûter d'authentiques tomates de jardin. Tandis qu'il s'extasiait avec ses habituelles hyperboles fleuries, Paco, agacé, trouvait qu'il en faisait beaucoup pour des tomates qui n'étaient que des tomates... Il y avait du tirage dans le couple fatal. Rodrigo resta faire la sieste sous un arbre. Au dîner, il déclara que les mouches l'avaient empêché de dormir, mais que si l'on ne pouvait pas supporter les mouches, on restait chez soi.

Pour le Cebreiro, je suis partie avec Emma, une Basque, qui était seule et un peu impressionnée ; je lui ai montré comment sangler ses bretelles pour moins souffrir, selon la vieille technique de Peter le Hollandais, quoique ce fût la seule étape où il n'était pas considéré comme déshonorant de faire porter son sac en camionnette jusqu'à l'arrivée. Déjà loin devant, je voyais la silhouette de Santo avancer allongée avec ses bâtons, comme sur des skis. Au premier bar, on a retrouvé Rodrigo qui s'était déjà avalé quelques rouges d'encouragement. « Ce n'est pas bon de vieillir », soupira-t-il à la dame du café, qui lui répondit du tac au tac : « Si, c'est bon de vieillir, il y a tellement de gens qui meurent jeunes ! Et en plus, de vieillir sur le chemin... » Elle était en noir, peut-être en deuil. Ça lui a coupé le sifflet à Rodrigo. Du coup, il a annoncé qu'il restait là faire la sieste, pour prendre des forces. Cette longue étape prend le temps d'installer l'inquié-tude, car elle est plate très longtemps, sur une grand-route sans intérêt, qui se hérisse soudain, au beau milieu, en un lacis de plus en plus serré et de plus en plus vertical.

À mi-hauteur, dans un village, nous avons retrouvé Santo qui en bavait, le malheureux... et Rodrigo, mystérieusement réveillé de sa sieste pour atterrir là, sans nous avoir jamais doublés.

Factrice de Bilbao aux yeux de boxeur, Emma se révéla solide, malgré le handicap de ne pas avoir dans les jambes tous ces kilomètres passés qui nous rendaient l'ascension plus aisée. Et comme, au contraire de moi, elle était gaie le matin, et de moins en moins au long du jour, nos encouragements mutuels s'équilibraient... Nous arrivâmes vers sept heures du soir, épuisées, mais sans trop de douleur, dans la brume.

La Galice ressemble beaucoup à la Bretagne (même végétation, même soleil, même musique, même cidre, mêmes crêpes), et le Cebreiro a quelque chose du village d'Astérix avec ses toits de chaume. On n'y trouvait que du vent et de la neige jusqu'à l'arrivée d'Elias Valina, le curé qui a balisé le chemin de flèches jaunes, et réanimé la vieille culture jacquaire locale, totalement disparue, pour sortir ses paroissiens d'une vraie misère. Jusqu'en 1987, le chemin n'était même pas asphalté. Maintenant, il y a des parkings, des touristes et des boutiques de souvenirs. Et depuis 1993, l'année sainte, du monde tout au long de l'année. En tout cas, on y célèbre la messe la plus rapide du chemin : vingt-quatre minutes tout compris ! Il faudrait l'homologuer pour le livre des records.

Le lendemain soir, après une belle journée dans la montagne, à Triacastela, j'assistai à la messe la plus bizarre ; on y était six pèlerins de quatre nationalités, que le curé plaça en rond autour de l'autel. Chacun devait lire un petit texte préparé et traduit dans sa langue. Il m'échut, dans l'Évangile selon saint Luc, l'histoire des pèlerins d'Emmaüs, ces deux hommes découragés par la mort de Jésus, dont ils espéraient qu'il délivrerait Israël, et qui marchent avec lui toute une journée sans le reconnaître, jusqu'au soir, où ils l'entraînent dans une auberge, et comprennent que c'est lui à sa façon de rompre le pain... Le curé nous dit alors que Jésus voulait notre bonheur, qu'il fallait l'imiter — et surtout ne pas nous laisser emmerder par les curés ! Après ce curieux conseil, venant de sa part, il nous donna une espèce d'absolution collective, et nous embrassa tous comme du bon pain. Fin de la messe. ¡*Ole!*

Ni Paco ni Carlos ne voulurent visiter le plus grand cloître de l'Espagne à Samos. Parce que le bénédictin rondouillard qui tenait la caisse leur réclamait trois euros, et qu'ils étaient des pèlerins. Question de principe. Ce n'était pas chrétien, dirent-ils. En effet. Je proposai de les inviter, il n'y eut rien à faire. Et j'en bénis le Ciel, a posteriori, car dans ce monastère, restauré en 1950 après un incendie, dans un style horrifique mi-Belphégor, mi-*parador*, entre la statue d'Alphonse II tranchant la tête d'un Maure et la photo de la visite du général Franco en 1943, l'œil ne sait où se poser ! À la sortie, Rodrigo, confirmant mes sources de la veille, me cita un vieux proverbe dont je le soupçonne d'être l'auteur : « Le pèlerin a trois ennemis : ses pieds, les chiens et les curés. »

☆

Après deux jours ensoleillés à marcher parmi les vaches, mais sans être incommodée par leur odeur grâce à la fumée de mes cigarettes, renouvelant le miracle de Saint-Palais, j'ai trouvé à Portomarín un rendez-vous d'esthéticienne dans la salle du fond d'un salon de coiffure mixte ! Et j'ai même obtenu un sceau de la *peluquería* Julia, avec la tour de l'église Saint-Nicolas en fond, qui doit être le plus original de ma collection. En tout cas, les garçons n'ont pas celui-là ! J'en suis sortie à temps pour assister à la grande scène de Santo qui essayait, comme chaque fois que nous étions dans des gros bourgs le soir, de joindre le Brésil sur les téléphones publics avec des pièces de monnaie qu'il se faisait invariablement avaler sans jamais y parvenir... Notre marin, grand spécialiste des télécoms, pestait de façon fort argumentée contre le système espagnol, parce qu'il l'avait testé — et refusé — pour le Brésil! Chaque nouvel échec était donc une preuve supplémentaire qu'il avait eu raison, et il en tirait une juste satisfaction. Encore raté? Bravo, Santo! Ce soir-là, il essaya tous les téléphones de tous les cafés de la place, pendant que Rodrigo s'absorbait dans la contemplation de sa petite-fille, en photo sur son portable, et Paco dans un silence qui en disait long. Alfredo avait réussi à joindre son fils (mais il habitait en Andalousie, cela ne comptait pas!) et Carlos méditait d'installer une véranda dans sa salle de bains pour y faire pousser quelques plantes vertes.

Au refuge, la révolte grondait, car nous étions sous la double malédiction de la Galice; la première étant la surpopulation: pour obtenir sa *Compostela*, son diplôme de pèlerin, il suffit d'avoir fait les cent derniers kilomètres à pied, et comme nous venions de les attaquer tout en attaquant aussi le pont de la Toussaint, quantité de gens, dont des cars de scolaires, en profitaient pour s'instituer pèlerins de quatre jours et envahir les refuges en masse; la deuxième étant que ces refuges ne sont pas tenus par des volontaires bénévoles, mais par des employés de la Généralité, des fonctionnaires, et que le week-end, chez le fonctionnaire, est sacré... Moralité, on s'inscrivait soi-même sur les registres, on tamponnait sa crédentiale — quand le tampon n'avait pas été piqué ou enfermé à clé dans un tiroir secret —, on jetait vite ses affaires sur un lit, et l'on filait acheter du papier pour les toilettes... Tout cela dans la perspective d'être réveillés à cinq heures du matin par une sonnette et un violent éclairage automatiques que personne n'avait songé à régler sur l'heure d'hiver, puisque l'hospitalier fonctionnaire ne résidait pas sur place, et puis quoi encore, l'esclavage avait été aboli, vous ne voudriez pas qu'il fasse le ménage en plus... D'ailleurs, il le faisait très peu.

☆

C'était sauvage, énervant, mais on s'en fichait bien. « On avait toréé dans pire », comme disait Rodrigo, et on échappait à la troisième malédiction de la Galice : la pluie. Chaque matin, nous partions dans le givre étincelant d'une carte de Noël.

Alfredo, Chris et Carlos commençaient à aimer marcher en silence, et nous arrivions à nous taire ensemble. Rodrigo riait tout seul en écoutant la radio à son oreillette. Paco cavalait loin devant, et Santo loin derrière... On se retrouvait pour le déjeuner. Mais chaque après-midi, la différence des rythmes individuels mêlée au désir de se retrouver les entraînait dans des cavalcades épiques...

Après Portomarín, par exemple, on s'était tenus groupés jusqu'à Furelos, où je revis, dans une petite chapelle, ce Christ si émouvant, qui a détaché sa main de la croix pour la tendre au pèlerin. Le seul Christ vivant de tout le chemin.

Rendez-vous à Melide chez Ezequiel, où l'on a avalé, l'une après l'autre (car on ne commande pas un plat par personne, mais un pour tout le monde, et si c'est bon, on en demande un autre), trois rations de poulpes mauves avec du vin mauve aussi, servi dans des bols. Après, les hommes se sont pris une petite gnôle, qui a écrasé Rodrigo sur un banc de sieste, mais donné des ailes à Paco et Carlos. Partis comme des fous, ils ont passé ensuite la journée à nous attendre, de bar en bar, s'arrêtant pour goûter des liqueurs d'herbes vertes ou jaunes, mais marchant toujours de plus en plus vite entre leurs différents relais. Mis au défi, ils ont même gagné une course contre Alexandre, le jeune géant canadien de vingt-trois ans, rencontré la nuit du prix, qu'ils ont laissé sur le carreau. À un moment, Paco est tombé amoureux d'un énorme gâteau au chocolat et aux châtaignes qu'ils ont englouti tous les deux avec du café pour seulement trois euros l'ensemble. Pas cher et très bon, m'ont-ils raconté le soir, quand je suis arrivée, bien après eux avec Chris... Carlos était un peu plus arrondi que d'habitude, mais Paco toujours impeccable de dignité. Quant à Rodrigo, Santo et Alfredo, ils s'étaient arrêtés au dernier refuge, cinq kilomètres avant, persuadés que celui d'Arzúa serait plein ; il ne l'était pas.

Mais dès le lendemain à huit heures, ils avaient déjà franchi cette distance, et nous attendaient au café pour un nouveau départ silencieux dans la brume givrée. Seul Santo, derrière, suivrait à son rythme. Vers dix heures, nous étions en pleine campagne, dans un refuge dévasté par les restes d'Halloween que des pèlerins anglo-saxons avaient célébré la veille, au milieu des bougies fondues et des citrouilles percées d'yeux, avec des Américains, des Irlandaises, des Suédois un peu hagards, pour essayer de boire un café, sur un fond de Bob Marley. À un moment, quelqu'un a monté le son et, petit à petit, nous nous sommes tous mis à danser, ceux qui ne s'étaient pas couchés avec ceux qui venaient de se lever, dans le jardin devant les marches, sans pouvoir nous arrêter. « *Oh Baby, baby it's a wild world...* » Pris sous le charme, on ne quittait plus ce bal champêtre improvisé. À onze heures, Santo est apparu, précédé de ses bâtons inégaux. Et même lui, il a dansé.

Pour arrêter le temps, car nous étions presque arrivés.

Il n'y a pas de refuge municipal ouvert à Santiago en novembre, et nous avons passé notre dernière nuit ensemble à quatre kilomètres, dans la résidence moderne du Monte del Gozo, aussi gracieuse qu'un campus de l'ancienne Allemagne de l'Est. Mais l'accueil fut charmant car l'hospitalier, qui venait de Colombes, en banlieue parisienne, insista pour porter mon sac en m'escortant jusqu'à mon lit, dans un beau geste de galanterie qui stupéfia tous mes maris.

☆

La porte du palais où l'on délivre les *Compostelas* n'ouvrant qu'à onze heures, même Santo avait eu le temps de nous rejoindre dans la queue, où je le fis passer devant moi, et devant nous tous. C'est lui qui en avait le plus bavé, notre héros aux ménisques cassés. Je le vis déplier sa crédentiale devant la dame du guichet, et remplir le registre. Après un dernier coup de tampon, le sceau de Santiago, elle écrivit son nom, au feutre, sur le faux parchemin beige. Je lui fis sa photo officielle avec le diplôme devant la grande carte du chemin affichée sur le mur. Il avait un sourire de champion du monde. Il prit aussi la mienne, mais il était si ému à ce moment-là qu'elle est toute floue...

☆

Dans la rue, on se montra nos *Compostelas*. Seul Chris, en bisbille avec le ciel, n'avait pas coché la première case des «motifs religieux», ni même la deuxième plus vaste des «motifs religieux et autres» à son pèlerinage dans le registre, et on lui avait donc donné un certificat différent, laïque, en couleurs, assez joli d'ailleurs. Carlos loucha un peu dessus, mais trop tard... Son parchemin, en latin, proclamait au monde entier qu'il était venu à Saint-Jacques pour cause de dévotion. Et, cette fois-ci, il avait eu le choix !

À la cathédrale, je me suis confessée. J'ai dit au prêtre que le jeune abbé de mon village voulait que nous soyons des apôtres, mais que je n'avais pas vraiment la foi. Ça l'a fait rire, et il m'a répondu : « Mais si, tu l'as ! »

J'ai embrassé l'apôtre, je me suis agenouillée devant son tombeau, mais n'ai pas pu me cogner la tête contre l'ange ; il était en réparation.

Pas de *botafumeiro* à la messe des pèlerins de midi non plus. Je l'avais vu deux fois, à des jours de grandes fêtes mariales, le 15 août et le 8 septembre, où on le balance forcément, mais dans l'ordinaire des jours, et même le dimanche, comme en ce 4 novembre, trente et unième dimanche du temps ordinaire dans la liturgie, il aurait fallu que des gens paient exprès. Assez cher. Quelques centaines d'euros. Des associations de pèlerins ou des confréries. Et franchement, j'étais déçue.

À la sortie, Chris m'a sauté au cou, tout joyeux, parce qu'il y a un moment de la messe où tout le monde s'embrasse, et que, placé loin de moi, il n'avait pas pu le faire. À ma grande surprise, je l'avais vu communier. Pour un protestant athée, c'était étrange. Mais à son habitude, sans doute, Chris suivait le règlement, et à Rome, faisait comme les Romains... Alfredo venait de retrouver son fils, beau garçon venu de Málaga, et s'apprêtait à renvoyer son barda par la poste, avant de visiter l'Europe avec lui. Ses pieds allaient pouvoir guérir.

Dans la foule, sous le soleil, Paco laissait enfin affluer la fatigue sur son visage ; il avait accompli son vœu ; il n'irait pas plus loin. Ici était le tombeau de l'apôtre à qui il avait donné sa parole d'honneur. Il était quitte.

Rodrigo, l'homme aux multiples paroles, aurait bien continué, mais pas sans Paco. Je ne sais pas quel était son vœu, car comme il arrive souvent des grands bavards, c'était un homme secret.

Et tous les trois, vieux pèlerins redoublants, nous retrouvions, devant l'émotion toute neuve des autres, qui n'en revenaient toujours pas d'y être arrivés et riaient tout seuls devant la cathédrale, la même envie de sauter de joie en embrassant la terre entière.

☆

À la fin du déjeuner, vers cinq heures de l'après-midi, après avoir déclaré qu'il était triste après les fêtes, et qu'elles lui coupaient l'appétit, Santo, mélangeant toujours les langues, se lança dans un récit mimé de sa dernière nuit au Monte del Gozo, où un énorme Anglais, gêné par ses ronflements, était venu lui faire un grand «Bouh ! » dans la figure, qui avait réveillé tous ses voisins... sauf Alfredo, qui ronflait aussi, mais avec une suavité argentine. Il imita le ronflement suave d'Alfredo. Alors le gros Anglais était repassé à l'attaque et s'était approché tout doucement du visage d'Alfredo et lui avait refait un gros «Bouh!» pour lui tout seul, en plein dans le nez, et là vraiment personne ne pouvait plus dormir! Tout le bistrot, qui suivait la scène, en le voyant contrefaire la grosse bedaine de l'Anglais et s'approcher ensuite à pas de Sioux du cou d'Alfredo, se marrait... Santo fit encore quelques «Bouh!» aux uns et aux autres; nous eûmes chacun le nôtre. «Et voilà, conclut-il, comment on transforme un petit problème en grand problème! Les gens qui veulent du silence n'ont qu'à aller à l'hôtel. Nous sommes des vrais pèlerins qui ronflons, qui buvons et qui sentons mauvais des pieds!» Après cette noble profession de foi, il se rassit et on l'applaudit très fort un long moment.

J'étais la seule à continuer jusqu'à Finisterre, et je les quittai pour les délices d'un bain et la joie, qu'ils ne me jalouseraient jamais, de tendre mon fil à linge dans l'embrasure de la fenêtre d'une charmante petite pension. Sans moi, ils se sentiraient plus libres, et je devais me lever à l'aube.

À huit heures, devant la cathédrale, je les vis pour la dernière fois. Il faisait nuit, et ils me souhaitèrent bonne route en m'embrassant avec dignité.

Le lendemain, ainsi que je m'en doutais, et que je l'appris plus tard, par un mail amicalement signé «Carlos le converti», ils se sont séparés comme des hommes, dans de grands *abrazos* et des torrents de larmes.

C'est comme ça, les héros !

CAP FINISTERRE

En avant, route !

ARTHUR RIMBAUD

Coucher de soleil

On n'est pas obligé d'aller au Cap Finisterre voir la mer tout au bout de la terre, et beaucoup d'andouilles disent et écrivent même dans les guides que cela n'a rien d'étonnant, de voir la mer au bout de la terre. Comme si l'océan Atlantique n'offrait pas en lui-même un spectacle toujours intéressant! Avec un coucher de soleil quotidien, qui, contrairement au *botafumeiro*, comme il ne dépend pas de l'Église mais directement de son Patron, ainsi que me le fit remarquer finement Antonio, l'un des trois barbus catalans, fonctionne tous les jours sans décevoir. Et c'est gratuit! Aller au Cap Finisterre, c'est du rab, trois ou quatre jours de plus, si l'on prend son temps, et c'était juste le conseil que venait de me donner mon confesseur dans la cathédrale, après ses éclats de rire: «Prends ton temps, et retourne chez toi avec un sourire sur le visage et une étoile dans le cœur!» Il avait même ajouté *¡Adelante!* En avant! Compostelle veut dire le champ de l'étoile en latin, et pour cela on verrait plus tard, mais quant à prendre mon temps, je savais le faire, et j'aimais beaucoup ça.

Au Cap Finisterre, les pèlerins vont brûler leurs vieilles affaires. À l'origine, ça se passait plus près de Saint-Jacques, où des organisations charitables brûlaient les vêtements usés, puants et pleins de vermine des jacquets, pour leur en donner de neufs avant qu'ils entrent dans la cathédrale, où l'énorme encensoir achevait de les parfumer en débarrassant au passage l'assemblée des restes de leurs miasmes. Symboliquement, selon le précepte évangélique, ils brûlaient le vieil homme qui était en eux, pour devenir des hommes nouveaux. Aujourd'hui, les pèlerins vont jusqu'à la mer le faire eux-mêmes, sur des rochers devant l'océan, au coucher du soleil, et chacun donne à ce geste le sens qui lui plaît. Mais comme il permet de réunir les quatre éléments des anciens (l'eau, la terre, le feu et l'air) dans une odeur de brochettes, le champ des interprétations est infini.

☆

Forte de mon expérience, partie à l'aube et sans aucun plan, juste la liste des villages que je devais traverser, je me retrouvai totalement paumée en presque deux heures, au beau milieu des échangeurs d'autoroute... S'il y a une leçon à tirer du chemin, c'est qu'on n'y apprend rien. Moi en tout cas. Aussi douée que deux mille kilomètres plus tôt! Toujours le même brillant sens de l'orientation... «Est-ce que tu es fatiguée?» me répondit une joggeuse à qui je demandais ma route. Drôle de question, mais non, à huit heures du matin, je n'étais pas encore fatiguée. Alors, elle me fit repartir dans l'autre sens et me raccompagna en marchant jusqu'aux portes de Santiago, pendant plus d'une heure, pour me remettre au bon embranchement. Il était tout au début, près de l'église Saint-Laurent, où j'aurais mis un cierge pour ma sœur, si elle avait été ouverte. «Je t'ai demandé si tu étais fatiguée, parce qu'il y avait un raccourci, juste là où on était, mais il t'aurait fait manquer tout le début du chemin, qui est vraiment très joli!» me dit-elle en me quittant. J'avais quand même fait des progrès parce que je l'ai remerciée au lieu de l'étrangler; je n'en avais même pas eu envie.

Et puisque j'étais partie pour prendre mon temps, autant en profiter! Il était vraiment très joli ce chemin, une sorte de forêt enchantée pleine de petits eucalyptus, que je reconnus parce que Alfredo l'Argentin m'avait appris que les bébés eucalyptus étaient bleus... Je n'avais jamais vu d'arbres bleus auparavant. Le sentier, en courbes tendres, épousait la terre comme la trace de la rencontre naturelle de l'homme avec Dieu. Les pieds de l'un et l'œuvre de l'autre. Je découvrais une Galice différente, sans vaches, et qui sentait bon. D'une grande douceur, avec de petits ponts de bois, au fond des vallées. Sous un beau soleil tout à fait hors de saison en novembre dans un pays qui bat habituellement tous les records de pluie européens, et dont les habitants se promenaient autrefois avec un parapluie accroché au col de leur veste, dans le dos, pour ne pas être pris au dépourvu... Je goûtais quelques heures d'une délicieuse solitude.

Alexandre, le jeune géant canadien que mes maris avaient battu à la dernière course inter-bars, me rattrapa au débouché de ce sentier de rêve. Il boitait un peu. Il était là aussi, la nuit de mon prix, sous la pluie de San Martín, et m'avait souvent doublée sur le chemin, où il marchait toujours en chantant, les bras ouverts. C'était une excellente nature. Après s'être fait faucher tous ses bagages dans la chambre d'une auberge de jeunesse à Sète, il vivait de la charité publique, comme un pèlerin médiéval. «Je n'avais plus que mon petit cœur, et j'ai rencontré des gens qui étaient des étoiles!» m'avait-il dit avec un léger fond d'accent québécois. Il lui restait son vélo, les vêtements qu'il portait sur lui, son passeport, son billet d'avion, et une vingtaine d'euros. «Et la santé! Le voleur aurait pu me poignarder! C'est le plus important!» protestait-il. Il avait vendu le vélo, trouvé un sac à dos au marché aux puces, et le responsable de l'auberge de jeunesse, bien embêté, lui avait donné une chemise de rechange. Depuis, il marchait au lieu de pédaler, chantait au lieu d'écouter son iPod, et trouvait la vie encore plus belle qu'avant. Alexandre avait pris le chemin parce que sa grand-mère était morte. Il était son préféré. Elle lui disait qu'il avait le cœur grand comme un bus à étage... Elle était morte d'un coup dans son jardin parmi les carottes. Dans sa famille on mourait tout d'un coup. Sans souffrir. Parce que c'était la fin. Une grâce du Bon Dieu. D'ailleurs, c'est sa grand-mère qui lui avait dit : «Fais confiance à la divine Providence !» Il l'avait fait. Et voilà.

Ralenti par un début de tendinite, il était toujours aussi fauché. Il avait gardé un peu d'argent pour Santiago, mais voilà, il avait commis l'erreur d'entrer dans un bar avec des Irlandais, et bien sûr, de tournée en tournée, il n'avait presque plus un sou, et rien mangé de chaud depuis la veille...

Divine Providence serait donc mon nouveau nom... Il me restait du Voltarène, pour sa tendinite, et je lui collai un énorme sandwich à l'omelette chaud, proportionnel à sa personne, dans le gosier, au premier café. Il accepta sans façons et sans dire merci. C'était surprenant, mais plutôt agréable. Il ne me devait rien, sans doute, puisque j'étais un instrument de la divine providence... Et tant mieux ! Désarmant de franchise et de gentillesse, cet Alexandre ! En repartant, il me dit que s'il avait marché jusqu'à Santiago pour sa grand-mère, très croyante comme l'étaient les personnes de son âge, ce bout de chemin-là, il le faisait pour lui.

Moi aussi. J'avais l'impression étrange qu'on m'avait enlevé un poids sur la poitrine. Ne plus me sentir attirée par le gros aimant de Saint-Jacques, mais au contraire poussée dans le dos, me donnait une sorte de liberté et de légèreté

341

nouvelles. De gaîté. Nos devoirs remplis, notre diplôme en poche, dégagés de toute obligation, comme des enfants, nous allions à la mer, dans un véritable été de la Saint-Martin, par un temps de grandes vacances. Nous traversions de charmants paysages très boisés aux petites maisons aux toits de tuiles, pendant que j'apprenais la recette du sirop d'érable et de la poutine. Rien ne nous pressait.

Au refuge moche et presque plein, je retrouvai les trois barbus catalans, plus Ocean, ses piercings et sa copine. Nous avions raté la mystérieuse Coréenne au caddie rose de peu ; elle était passée la veille. Il n'y avait plus guère d'Espagnols et mes hommes me manquaient...

Me voyant célibataire, les barbus catalans me prirent sous leurs six ailes pour dîner. Ils m'avaient déjà protégée, à l'entrée de León, contre une espèce de clochard camé. Et une autre fois contre un chaton que je voulais caresser, et qui n'avait pas de collier anti-puces... Folle que j'étais ! Habitués à des courses délirantes en pleine nuit dans les montagnes de leur pays, les barbus marchaient à toute blinde et seraient en deux jours à Finisterre. Depuis le départ de David, je gardais mes sucres pour Josep, qui collectionnait leurs enveloppes en papier, bien rangées dans un grand classeur. Il disait que sur le chemin, le chocolat aux amandes remplaçait la vie sexuelle.

En tant que divine Providence, j'avais emmené Alexandre, et ils le félicitèrent pour avoir sauvé un pèlerin contre une bande de chiens errants. J'ignorais cette histoire. Comment s'y était-il pris ? Avec son bourdon. Il avait dispersé les premiers, mais avait dû frapper de biais le dernier qui avait planté ses crocs dans le mollet du gars, et ne voulait vraiment pas le lâcher. Le pèlerin avait fini à l'hôpital où on l'avait recousu, mais, d'après lui, le chien, juste assommé par sa technique, en avait toujours un morceau... À l'origine, la défense anti-chiens était l'une des raisons d'être du bourdon. Décidément, Alexandre était un authentique pèlerin médiéval.

☆

La seconde étape ne faisait que vingt kilomètres, distance reposante. On décélérait doucement avec Lora, Canadienne anglaise qui nous avait élus comme compagnons de route, Alexandre et moi, parce que nous étions parmi les rares à parler anglais, en dehors d'Ocean et sa copine, qui n'avaient pas envie de faire ménage à trois... Fantasque et gaie, elle avait ce mélange d'idées new age que j'avais rencontrées en Californie, dix ans plus tôt, et qui semblaient avoir remonté le long de la côte du Pacifique jusqu'à la Colombie-Britannique, d'où elle était originaire, à l'extrême opposé du Québec d'Alexandre. S'y mêlaient la conversation avec les esprits, le triage des ordures, les fées, les ondes, les économies d'eau, les cristaux, les massages, le tarot, le spiritisme et que sais-je encore. À la recherche de bonnes vibrations, Lora ne lisait jamais la presse, trop pleine de mauvaises nouvelles toxiques pour l'esprit. Elle était ravie car nous étions, d'après elle, sur le vrai chemin, le chemin des Celtes, qui allait jusqu'à la mer, avant que l'Église le récupère, tout en brûlant, à son habitude, plein de sorcières. Quand le soir, à Olveiroa, nous avons dîné dans un village au coin d'un feu de cheminée avec un garde forestier italien issu d'une communauté hippie napolitaine, elle ne se sentit pas trop dépaysée...

Le lendemain matin, Lora trouva un signe des dieux celtes dans des espèces de pierres bleu-vert, transparentes, qui tapissaient le fond du chemin. Elle n'en a jamais vu de plus étonnantes, et, sentant leur énergie à pleines mains, en ramassa une bonne demi-douzaine. C'était la force de notre mère Gaia la Terre ! Et quelle beauté ! Alexandre en prit deux, et quant à moi, il était hors de question que j'embarque des cailloux dans mon sac. Mais ça ne va pas, non ? Du poids inutile ! Lora était rayonnante, la force était avec elle ! Elle chantait avec allégresse.

À onze heures nous étions à Notre-Dame-des-Anges, charmante petite chapelle édifiée pour remercier la Sainte Vierge d'avoir aidé les habitants du coin dans leur lutte contre les troupes de Napoléon... Tiens donc ! J'ai eu beau traduire la pancarte, Lora m'expliqua que les églises étaient toujours bâties sur d'anciennes sources miraculeuses, et qu'il y en avait une cachée en dessous, d'après ses informations. Elle le sentait, elle *pouvait* le sentir, et entraîna Alexandre à sa recherche, tandis que je profitais du soleil allongée dans l'herbe, un vrai délice ! Je m'aperçus que j'avais oublié ma gourde au refuge précédent, les réflexes commençaient à se perdre, ça sentait la fin... Quand arriva le garde forestier hippy napolitain, je laissai les Canadiens à leur hypothétique source miraculeuse pour marcher avec lui jusqu'à la mer, dont la présence était plus attestée.

Même pour ceux qui vivent le long des côtes, comme moi pendant trois années dans la presqu'île de Crozon et une autre à Trouville, la mer est toujours une surprise. Une excellente surprise ! J'étais sûre de ne pas être déçue et pourtant je ne m'attendais pas à une si grande joie quand je la vis apparaître soudain en haut d'une côte. J'avais l'impression de n'avoir marché que pour cela, pour cette surprise qui nous attendait, après tant et tant de terres traversées, pour ces joyeuses retrouvailles, ce souffle, cette libération, cette respiration, ce vrai bonheur d'enfant.

Ensuite, le chemin devenait un grand jeu de cache-cache avec la mer. On montait, on descendait ; elle apparaissait, elle disparaissait. Je riais toute seule.

☆

Au refuge de Corcubión, perché en haut d'une ville à pic, on ne voit pas la mer, et l'on n'a pas le droit d'apporter à manger ni de faire la cuisine car on bénéficie de l'hospitalité galicienne. C'est obligatoire. Cela consiste à poireauter dehors longtemps, avant de rentrer un par un pour subir l'interrogatoire de l'hospitalier, qui veut s'assurer qu'on est bien arrivé à pied et pas en sautant les étapes en autobus. Rapport à l'obtention future de la *Fisterrana*, diplôme distribué par les autorités locales, qui marque la fin du pèlerinage jacquaire. Jeff, un Lillois, se fit refouler devant moi parce qu'il n'avait pas le sceau de la veille, seulement la veille, la personne qui devait tamponner les crédentiales n'était pas là aux bons horaires, et la moitié des pèlerins ne l'avaient pas eu. J'ai eu beau lui expliquer, l'hospitalier, qui venait du León, refusa de me croire, et Jeff, furieux, se cassa directement à Finisterre, à trois heures de marche! Quant à moi, après m'être fait engueuler, mon honneur fut sauvé par un pèlerin cycliste allemand qui me rapporta ma gourde, oubliée au refuge, dont il avait le sceau. La preuve, commissaire! Charmant, après deux mille kilomètres! Rien n'est jamais acquis. Mais puisque nous étions en enfance, sans doute devions-nous nous faire ainsi gronder...

Après quoi, pas le droit de mettre un pied ni dans la cuisine ni dans la salle où l'on nous préparait un dîner qu'on nous servirait à table. Ni de se lever pour aider, parce qu'on serait traités comme des rois. Enfin, c'était l'intention. Elle était très bonne. Mais après une soupe, un morceau d'omelette, de la salade et deux bouteilles de vin pour vingt personnes, on crevait de faim et de soif. Sans pouvoir protester, puisqu'on était invité. À la fin, les veinards qui avaient encore des provisions les partagèrent... Néanmoins, on a quand même bien rigolé quand le pèlerin allemand, qui m'avait rapporté ma gourde et mon honneur, se plaignit que les routes fussent comblées par des déchets industriels polluants... Une espèce de faux verre dégueulasse. Alexandre sortit un caillou magique de sa poche : Ne serait-ce donc pas ça, par hasard ? Mais si ! Les fameuses pierres pleines d'énergie étaient du revêtement de route synthétique, et Alexandre sifflota *Le Magicien d'Oz* à Lora, qui le prit assez bien. Notre gourou était plutôt bonne pomme. Et pas vraiment accro à la rigueur scientifique.

D'ailleurs, le lendemain, elle cherchait des coquilles Saint-Jacques sur la plage avec le même entrain optimiste qu'elle avait mis à la recherche de sa source magique... et le même résultat ! Après une kyrielle de petites criques charmantes, où Alexandre descendit chaque fois marcher dans l'eau, elle porta avec nous un toast à la divine Providence, à l'ombre d'un parasol. Il faisait toujours un temps de plomb avec une légère brume à l'horizon.

☆

Au soir, débarrassés de notre crasse et de nos sacs, tout propres et tout beaux, nous attaquions notre dernière côte. De Fisterra au cap Finisterre, il y a quatre kilomètres. Car il reste toujours quatre kilomètres sur le chemin, comme je l'avais remarqué la toute première fois, et je ne sais toujours pas pourquoi. Pendant que nous marchions, un soleil rougeoyant descendait, la brume montait avec nous, et nous nous retrouvions dans un Turner. À l'horizon, on ne distinguait plus la limite entre le ciel et la mer. C'est beau et doux mais pas du tout impressionnant comme quand je l'avais vu avec Raquel où le soleil était un ballon rouge plongeant dans le grand bleu.

Nous marchions parmi d'autres pèlerins dispersés. Lora avait décidé de faire brûler son guide, car; disait-elle, désormais, elle serait son propre guide. Alexandre la taquinait; il apportait une chemisette trouée. Et moi ma polaire rouge toute tachée par l'encre bleue de mon premier *bolí* donné par la dame du café, ainsi que me l'avaient conseillé mes maris, quand ils m'avaient vue la ressortir de la machine à laver...

Le soleil se fondait dans la brume qui montait, et quand nous arrivâmes, elle nous enveloppait au point qu'on distinguait mal les contours des rochers. Nous étions dans un nuage bleu-rose. Un grand feu brûlait près de la statue en forme de chaussure centrale, et beaucoup d'autres, plus petits, s'élevaient autour, répartis dans les creux de rochers, en aplomb de la mer. Certains préféraient brûler leurs affaires ensemble, et d'autres isolés dans leur coin.

Soudain, une silhouette agita un bras dans ma

direction, tout en attisant un feu avec un bâton. Je m'approchai : Yolanda d'Alicante ! Celle qui disait que le rioja était la preuve de la bonté de Dieu. Je ne l'avais pas revue depuis San Juan de Ortega.

Sa dernière chaussette était en train d'y passer. Elle me tendit son bourdon pour que j'y accroche ma polaire qui crama en se ratatinant très vite. Elle tapa bien sur les cendres pour les éteindre, et se redressa en regardant le paysage avec un air d'intense satisfaction :

« Tu as vu ?

— Quoi ? »

Il y avait presque autant de brume autour de nous que de buée à notre dernière rencontre, quand la sœur du curé nous avait enguirlandées pour avoir fait couler de l'eau chaude dans les douches... On n'y voyait plus rien.

Alors, elle écarta les bras, et dit avec un grand sourire :

« Ce soir, Dieu nous a mis le *botafumeiro* ! »

CAP FINISTERRE